Nina Hundertschnee

Die Glücks-schwindlerin

SAGA Egmont

Originalausgabe

im Vertrieb bei Egmont Verlagsgesellschaften mbH

Dieses Buch wurde vermittelt von der Literarischen Agentur Kossack.

Covergestaltung: Paulina Ochnio
Coverabbildungen: Shutterstock
Satz aus der Minion Pro: Karol Kinal
Druck und Bindung Mazowieckie Centrum Poligrafii, Marki

ISBN 978-3-98750-033-6

SAGA Egmont www.saga-books.com

Dieser Titel erscheint auch als E-Book und Hörbuch.

Für meine Familie und meine Freundinnen,
allen voran Annette, Nici und Frauke.

Kapitel 1
#NoFilter

Wenn wir die Wahl zwischen der Wahrheit und einer Lüge haben, sollten wir uns im Zweifel für die Wahrheit entscheiden. Denn Lügen, das weiß doch jedes Kind, haben kurze Beine. Außer, man bearbeitet sie mit Photoshop. Nach allem, was passiert ist, weiß ich allerdings: Hat man die Wirklichkeit erst einmal retuschiert, dann kommt man um die Nutzung weiterer Filter meist nicht drum herum.

Das hier ist eine ziemlich gute Geschichte. Meine Geschichte. Doch vielleicht sollte ich mit ihr an einem Punkt beginnen, an dem mein Leben noch keine Bearbeitung brauchte.

Hilfe! Ich habe nichts zu lesen.

Ich starrte auf mein Bücherregal, dessen Böden sich schon gefährlich nach unten wölbten. *Ich habe NICHTS zu lesen.*

Ich meine, natürlich hatte ich genug Bücher. Offensichtlich. Daniel verdrehte jedes Mal die Augen, wenn ich mit einem neuen Buch ankam. Andere hatten einen SuB, einen Stapel ungelesener Bücher; ich hatte ein ganzes RuB – ein Regal ungelesener Bücher. Und trotzdem kam es mir immer, wenn ich in Urlaub fahren wollte, so vor, als hätte ich nichts zu lesen. Jedenfalls nichts Passendes für diesen einen bevorstehenden Urlaub.

Ganz ruhig, Wilma. Tief durchatmen. Du weißt, was du zu tun hast.

Ich hüpfte unter die Dusche und hielt mir den Brausekopf direkt vors Gesicht, um ein wenig wacher zu werden. Danach ließ ich meine Locken an der Luft trocknen, während ich ein Buttercroissant mit Himbeermarmelade frühstückte. Ich war allein, denn Daniel war übers Wochenende auf Geschäftsreise in Hamburg. Mal wieder. Das bedeutete auch, ich konnte ohne schlechtes Gewissen den ganzen Samstag in der Buchhandlung verbringen und nach passender Urlaubslektüre stöbern.

Der Buch-Salon wirkte klein und kuschelig. Er war, ohne zu übertreiben, von oben bis unten mit Literatur gefüllt. Überall standen Türme aus Büchern, die Wände wirkten wie mit Buchrücken tapeziert, und von der Decke hingen aus den Seiten alter Bände gebastelte Lampions. An dunklen Tagen leuchteten sie wie Glühwürmchen und zauberten dem Laden eine behagliche Atmosphäre.

Man war fast gezwungen, Bücher zu kaufen, um sich einen Weg durch den *Buch-Salon* bahnen zu können. Zum Beispiel einen Weg zu dem lavendelblauen Cordsofa in der hintersten Ecke. Dort konnte man es sich mit einem Buch gemütlich machen, eine Schokolade trinken und ein Stück von Annelies selbst gebackenem New York Cheesecake genießen. Genau das hatte ich mir gerade vorgenommen. Und dann, in zwei

Tagen, würde ich mit einem Buch im Strandkorb sitzen und mit Daniel Hand in Hand über die Strandpromenade schlendern. Nur wir zwei und nur zwei Tage noch. Mit anderen Worten: Los, Wilma, beeil dich!

Voller Vorfreude stürmte ich durch den Hausflur nach draußen, doch im selben Moment, als ich über die Türschwelle trat, begann es zu regnen. Der *Buch-Salon* lag nur einen Block entfernt, also zögerte ich nicht und sprintete los.

Schon nach wenigen Metern war ich jedoch nicht nur triefend nass, sondern auch vollkommen fertig. Man wird halt nicht jünger.

Mit dem Alter ist das ohnehin so eine Sache – ich schaffte es nie, mich so alt zu fühlen, wie ich eigentlich war. Entweder kam ich mir mindestens doppelt so alt vor (wie nach diesem Sprint oder meiner wöchentlichen Power-Yoga-Stunde mit meiner besten Freundin Sonne) oder aber mindestens zehn Jahre jünger (immer dann, wenn ich nach meinem Alter gefragt wurde.) Aber nie im Leben fühlte ich mich wie vierunddreißig.

Als ich völlig außer Atem vor dem *Buch-Salon* ankam, klebten meine Haare am Kopf wie Spaghetti al dente. Ich riss die Tür zur Buchhandlung auf und stürzte hinein – mitten in einen Vortrag.

Die riesige Leinwand links vom Eingang fiel mir als Erstes ins Auge. Sie verdeckte das Regal, in dem sich die Bestseller von Auster bis Zola tummelten. Doch nun projizierte der Beamer davor ein schwarz-weiß-rotes Tortenmodell darauf. Ich musste sofort an Schwarzwälder Kirschtorte denken, und mein Magen begann, laut zu knurren. Alle Anwesenden, die ordentlich aufgereiht vor der Leinwand saßen, sahen mich fragend oder leicht säuerlich an. Direkt vor der Torte stand ein Mann um die vierzig, in dunkelblauem Anzug mit Mikrofon in der Hand, und unterbrach kurz seine Ausführungen.

Gott, wie peinlich. Wie kam ich aus dieser Nummer nur wieder raus? Vermutlich gar nicht.

Also tat ich das Naheliegendste: Ich lächelte verlegen und setzte mich auf einen der freien Stühle in der letzten Reihe.

Puh. Jetzt nur nicht weiter auffallen, Wilma.

Der Mann nickte mir freundlich zu, fuhr sich durch seine dunklen halblangen Haare und machte dort weiter, wo ich ihn unterbrochen hatte.

„Wer heutzutage nicht in den sozialen Netzwerken präsent ist, der existiert für seine Zielgruppe praktisch nicht."

Ich schielte verstohlen zum Plakat an der Eingangstür. „SOCIAL MEDIA MARKETING IM BUCHHANDEL", stand da. *Ach, du lieber Bot!* Eines dieser Themen, das mich nicht im Geringsten interessierte. Klar, irgendwie kann sich kaum einer Facebook, Instagram und Co. entziehen. Ich allerdings hielt Social Media für überbewertet. Und ungesund. Ein absoluter Zeitfresser, der einem nicht viel bringt, außer vielleicht Kopf- und Nackenschmerzen und auf die Dauer schlechte Augen. Wofür sollte das Ganze dann gut sein? Wahre Freundschaften findet man dort eh nicht. Das ist ja im echten Leben schon schwer genug. Privat nutzte ich den Social-Media-Kram fast nie, und im Verlag kümmerte sich zum Glück immer irgendeine der Praktikantinnen drum.

Mister Marketing strich sich über seine lila Krawatte.

„Mit Ihrem Social-Media-Auftritt schaffen Sie maximalen Nutzen auf minimaler Fläche."

Ach, wirklich? Gerade sah ich nur eine maximale Personenanzahl auf minimaler Fläche. Und die sorgte für ganz schön stickige Luft …

Der Regen tropfte aus meinen Haaren auf den Boden, und mein Kopf glühte wie Sonnes Lavalampe. Kein Wunder – ich hatte ja auch noch meinen Mantel an.

„Nie war der Kampf um Aufmerksamkeit härter", hallte es durch den *Buch-Salon*. Ich versuchte möglichst leise und unauffällig, meinen Mantel von mir zu streifen. Dabei kippelte mein Stuhl bedrohlich, und meine Nachbarin warf mir einen vorwurfsvollen Blick zu.

„Viele Ihrer Kundinnen wechseln ganz selbstverständlich und mehrmals täglich von der realen in die digitale Welt und zurück."

Ach herrje. Ich schaffte es ja nicht mal aus meinem Mantel raus. Ein Schweißausbruch nach dem anderen folgte, was die Sache nicht gerade einfacher machte. Langsam wurde ich ungeduldig. Verflixt aber auch. Der eine Arm war draußen, doch der andere wollte nicht so recht, denn er war eingeschlafen – was mich bei einem langweiligen Vortrag wie diesem ehrlich gesagt nicht wunderte …

„Es kommt darauf an, positiv-emotional im Gedächtnis zu bleiben."

Nun reichte es mir aber. Mit einem Ruck zog ich den Arm aus dem Ärmel. Dabei verlor ich das Gleichgewicht, und mein Stuhl begann zu kippen. Geistesgegenwärtig riss ich den anderen Arm in die Höhe und konnte so das Schlimmste verhindern. Dachte ich jedenfalls.

„Oh. Wir haben eine Wortmeldung."

Alle Köpfe drehten sich zu mir um.

Oh nein! W-Wa-Was sollte ich denn jetzt machen? Was sollte ich sagen?

„Ähm, also, na ja …" Ich strich mir eine nasse Strähne aus dem Gesicht. *Positiv-emotional im Gedächtnis bleiben, Wilma.*

„Ich … ich finde das alles äußerst aufschlussreich", sagte ich schnell. „Und ich denke, jeder kann heute hier sehr viel für sich mitnehmen." *Nur offensichtlich keine Reiselektüre für den Ostseeurlaub.*

„Vielen Dank", entgegnete *Mister Marketing* schmunzelnd.

Moment mal – hatte er mir da gerade etwa zugezwinkert?

„Wenn Sie weiterhin aufmerksam zuhören und meine Tipps beherzigen, gewinnen Sie das Know-how, um neue Kontakte zu knüpfen und langfristige Verbindungen zu schaffen."

Da. Schon wieder. Er hatte mir doch tatsächlich zugezwinkert. Was zum -

Mein Handy piepte. Ich sah den bitterbösen Blick meiner Nachbarin und hätte mich am liebsten auf der Stelle aus dem Staub gemacht. Vor allem, als ich erkannte, dass die Nachricht von Daniel kam. Ich traute mich allerdings nicht, sie an Ort und Stelle zu lesen, denn ich hatte für meinen Geschmack schon genug Aufmerksamkeit auf mich gezogen. Also saß ich die restliche halbe Stunde still und trocknend da und träumte vor mich hin. Von Wellenrauschen und Sand unter den Füßen und einem romantischen Spaziergang bei Sonnenuntergang. Hach.

Als der Vortrag endlich vorbei war, flüchtete ich Hals über Kopf nach draußen. Der Regen hatte zum Glück aufgehört, und durch das Grau der Wolken suchte sich die Sonne wieder ihren Weg. Ich zückte mein Handy und öffnete Daniels Nachricht.

Schatz, bitte nicht sauer sein. Hatte gerade einen Call zu einer Change-Request. Muss das nächste Woche leider managen. Urlaub holen wir ganz bald nach, Schnuffelchen. HDGDL!

HDGDL?! Oh, wie ich diese Abkürzungen hasste. Vor allem, wenn sie offenbar nicht ernst gemeint waren. Niemand sagt einen langfristig geplanten Urlaub so kurzfristig ab, wenn er dich GDL hat. WTF!

Mit zittrigen Händen wählte ich Daniels Nummer. Es klingelte gefühlte tausend Mal, bis er endlich ranging – im Hintergrund war Stimmengewirr zu hören und dumpfe Musik.

„Schatz, ist gerade ungünstig. Bin mitten im Meeting." Seine Stimme war honigweich, keine Spur von schlechtem Gewissen.

„Das klingt aber eher nach Bar als nach Business", entgegnete ich spitz, und meine Laune rutschte ein weiteres Stockwerk tiefer.

„Wir haben ja auch heute – wrap up – zusammen ins Office und dann – verlegt." Ich konnte ihn kaum verstehen – nicht seine Worte und auch nicht, was er mir damit sagen wollte.

Es knackte ein paar Mal, und dann hatte ich nur noch ein Rauschen im Ohr. „Bist du noch dran? Hallo? Halloooo?" Ich starrte genervt aufs Handy, so als sei es schuld an der ganzen Misere, und fluchte. „Verdammter Mist." Plötzlich knackte es wieder. In der Leitung war ein helles Lachen und dann Daniels Stimme: „Hör mal, Schnuffelchen, ich muss jetzt hier weitermachen." Es war kurz still, denn meine Wut erstickte jedes Wort.

„Hey, frag doch Sonne, ob sie mit will", sagte er in versöhnlichem Tonfall. „Macht euch ein paar schöne Tage am Meer. Und ich versorge Derrick. Versprochen."

Ich schluckte den heißen Kloß in meinem Hals runter. „Besorgst du ihm noch ein Aquarium? Ein richtiges? Und einen Freund braucht er auch dringend. Einen Harry. Kümmerst du dich drum?"

„Aber sicher." Daniel machte ein Geräusch, das sich nach einem Kuss anhörte. „Du kannst dich auf mich verlassen." Dann knackte es erneut, und das Gespräch war beendet.

In diesem Moment hätte ich vielleicht etwas ahnen können. Ich hätte die gestörte Verbindung als Zeichen sehen sollen und wissen müssen, dass sich nicht nur etwas zwischen unsere Urlaubspläne, sondern auch zwischen uns drängen würde.

Kapitel 2

#KeineHalbenSachen

Das Meer glitzerte im Sonnenlicht, und der Himmel wechselte langsam von Rosarot ins Blaue hinein. Wenn man aus der Großstadt kommt und die meiste Zeit zwischen Büchern und Bildschirmen im Büro eines Verlags verbringt, dann vergisst man leicht, dass die beste Neuerscheinung ein Sonnenaufgang ist.

Daniel verpasste das alles leider, denn er musste sich ja unbedingt um dieses eine, besonders wichtige Projekt kümmern. Und da ich den Urlaub nicht mehr stornieren konnte, war meine beste Freundin Sonne eingesprungen. Als ich in Tränen aufgelöst vor ihrer Tür gestanden hatte, war sie sofort bereit gewesen, mein „Sakralchakra in Einklang zu bringen". Auf Sonne war eben immer Verlass. Bei Daniel konnte man sich darauf verlassen, dass man sich nicht auf ihn verlassen konnte. Leider bin ich jedoch eine Person, die Verlässlichkeit braucht. Spontane Dinge beäuge ich eher kritisch, und unvorhergesehene Ereignisse beängstigen mich. Sie führen in der Regel dazu, dass ich nicht mehr klar denken kann und irrational handle. Deshalb mag ich es auch nicht, wenn jemand im letzten Moment alle Pläne über Bord wirft. Daniel machte das leider ziemlich oft, und ich ärgerte mich ebenso oft darüber.

Doch nun saß ich am Ostseestrand, im Hier und Jetzt, und das war alles, was zählte, wie Sonne immer sagte.

Sie saß neben mir im Lotussitz, und der Wind wehte uns die Haare ins Gesicht. Es war schon fast Herbst, aber der Sommer mit seinem goldenen Licht schien nicht enden zu wollen. Während Sonne mit geschlossenen Augen meditierte, blickte ich hinaus aufs Meer. Ich hörte dem wilden Rauschen zu, schmeckte die salzige Luft und beobachtete, wie die Möwen hell kreischend über dem Wasser schwebten. Manche ließen sich einfach vom Wind treiben. Andere stiegen erst hoch in den Himmel, um sich kurz drauf steil hinab in die See zu stürzen. Eine von ihnen flog über mich hinweg, und plötzlich klatschte etwas Weißes auf meine Schulter. Ach, du heilige Scheiße! Ich stieß einen kurzen Schrei aus. Sonne hielt sich die Hand vor den Mund und fing an zu glucksen.

„Das ist ein gutes Omen, Willi, das bringt Glück", rief sie mir gegen den Wind zu. Und weil Sonne so herrlich ansteckend lachte, konnte ich gar nicht anders und lachte mit ihr. In diesem Moment ahnte ich auch noch nicht, dass mein Leben in Kürze so richtig beschissen werden sollte.

Nach fünf Tagen am Meer kehrte ich gut erholt und mit Ostseesonne im Herzen zurück. Vor mich hin summend schloss ich die Wohnungstür auf und pfefferte meine Reisetasche in die Ecke. Meine Wohnung hatte nur zwei kleine Zimmer von übersichtlichen fünfundfünfzig Quadratmetern, doch trotz der Enge fühlte ich mich wohl in ihr. Den knarzenden Boden liebte ich ebenso sehr wie die quietschenden Doppelfenster und die altmodischen Kacheln in Küche und Bad. Ich mag es, wenn Dinge Geschichte haben. Meine Möbel waren deshalb eine kunterbunte Mischung aus Flohmarktfunden und Erbstücken. Und dazwischen tummelten sich Billy, Heddamaria und Svenshult. Daniel machte sich manchmal lustig über mich und nannte meine Wohnung „den Zauberwürfel". Er sagte, man könne die Dinge drehen und wenden, wie man wollte – sie passten einfach nicht zusammen.

Daniels eigene Wohnung dagegen sah vollkommen anders aus. Sie war schon allein drei Mal so groß wie meine. Als Unternehmensberater war er zwar ständig in Hotels unterwegs, hatte aber trotzdem noch ein eigenes Apartment in der City, nicht weit von seiner Firma entfernt. Eins mit diesen riesigen Fenstern. Solche, die bis zum Boden gingen, dessen fugenlose Oberfläche mit einer glänzenden Schicht versiegelt war. Man war fast versucht, darauf Schlittschuh zu laufen. Seine Einrichtung beschränkte sich farblich auf Schwarz und Weiß. Wenn ich bei ihm war, kam ich mir vor wie auf einem Schachbrett – wie eine Schachspielerin, die taktisch vorgehen musste, um zum Zug zu kommen. Natürlich war alles immer picobello aufgeräumt. Und natürlich nicht von ihm, sondern von Edita, die ein Mal in der Woche für Ordnung sorgte. Jedes der Zimmer hätte auf dem Titel von „Schöner Wohnen" landen können, und dennoch fühlte ich mich nie ganz wohl dort. Vielleicht mochte ich seine Wohnung auch deshalb nicht, weil es nicht unsere war.

Drei Jahre lang waren wir schon ein Paar. Trotzdem wollte Daniel uns mit dem Zusammenziehen noch ein wenig Zeit geben.

„Ganz oder gar nicht, Schnuffelchen – keine halben Sachen", das war immer sein Spruch, wenn ich das Thema auf den Tisch brachte. „Lass uns lieber irgendwann in Eigentum investieren. Bei den derzeitigen Mieten wäre alles andere Unsinn."

Daniel konnte ziemlich überzeugend sein, wenn er wollte. Das war ja auch Teil seines Jobs und vermutlich einer der Gründe, warum er so viel mehr verdiente als ich. Von meinem mageren Gehalt allein hätte ich uns jedenfalls kein Eigenheim finanzieren können.

Ich ließ mich mit einem Seufzer aufs Sofa fallen und legte gerade die Beine hoch, da streifte mein Blick das Goldfischglas auf der Kommode. Komisch. Daniel hatte doch versprochen, ein richtiges Aquarium zu kaufen. Außerdem wollte er einen Freund für Derrick besorgen. Und … oje! Was war das denn? Der arme Fisch streckte alle Flossen von sich.

Ich sprang auf, griff nach dem Glas und schüttelte es verzweifelt. Doch egal, was ich machte – Derrick rührte sich einfach nicht mehr. „Oh nein. Das darf doch nicht wahr sein." Das Glas glitt mir aus den Händen, und dann sah ich es wie in Zeitlupe auf dem Boden aufschlagen. Wasser spritzte durch die Gegend, Scherben flogen in alle Richtungen, und Derrick rutschte einmal quer über das Parkett bis kurz vors Sofa. Leblos blieb er dort liegen, und ich stand fassungslos daneben.

Derrick war von uns geschwommen. Dabei hatte ich ihn erst vor Kurzem von meiner Kollegin Maja übernommen. Und ich hatte ihr noch geschworen, mich um ein größeres Zuhause und einen Harry an seiner Seite zu kümmern.

Hoffentlich war er nicht an Platzangst oder Einsamkeit gestorben. Ich wusste ja nur zu gut, wie allein man sich manchmal in einer winzigen Wohnung fühlen konnte. *Oh Gott.* Er war mit Sicherheit an Platzangst UND Einsamkeit gestorben. Und das war ganz allein meine Schuld. Ich war einfach in Urlaub gefahren und hatte Derrick seinem Schicksal überlassen. Wie hatte ich Daniel nur vertrauen können? Ich hätte wissen müssen, dass sich Unternehmensberater nur um die ganz, ganz dicken Fische kümmern.

Heiße Tränen liefen über mein Gesicht, während ich die Scherben zusammenfegte. Ach herrje. Sogar unter dem Sofa war noch eine Pfütze. Ich rückte es ein kleines Stück zur Seite und hätte mir beinahe einen Hexenschuss geholt. Wahrscheinlich wäre es das geringere Übel gewesen, denn als ich mit dem Mopp unter das Sofa fuhr, fischte ich einen pinkfarbenen Tanga hervor – und mir gehörte er ganz sicher nicht.

Kurz danach stand ich schon wieder verheult vor Sonnes Wohnungstür. Ich hätte es mir eigentlich denken können, es schon längst hätte merken müssen. Warum nur war ich so naiv gewesen? Warum nur wollte ich nicht glauben, was doch so offensichtlich war, dass man es nicht einfach unters Sofa kehren konnte? Ich hätte eins und eins zusammenzählen können, aber leider bin ich noch nie gut in Mathe gewesen.

Als mir Sonne nach einer gefühlten Ewigkeit endlich öffnete, fiel ich ihr schluchzend in die Arme.

„Alles wird gut, Willi", tröstete sie mich. Ich trocknete meine Tränen, indem ich mein Gesicht in ihrem selbst gestrickten rosa Wollpulli vergrub. Er war weich wie Watte und duftete wohlig nach dem Kokos-Shampoo, das Sonne zum Waschen von fast allem benutzte.

Sie schob mich behutsam in ihre Wohnung und reichte mir ein Mandala-besticktes Stofftaschentuch, in das ich ziemlich geräuschvoll hineinschnäuzte. Ich war niemand, der sich für seine Gefühle schämte, doch ich schämte mich zutiefst, in die Kategorie „Frau-Mitte-dreißig-die-es-hätte-besser-wissen-müssen" zu fallen.

„Ich mache dir jetzt erst mal eine kräftige Tasse Kräuter-Glücks-Tee, und du wirst sehen: Danach sieht die Welt gleich anders aus." Sonne wuschelte mir aufmunternd durch meine Locken. Während sie Mantra-summend in die Küche tänzelte und das Wasser aufsetzte, fiel mein Blick auf den Servierwagen neben dem Wohnzimmerschrank, auf dem nicht nur eine Teekanne mit Leopardenpunkten stand, sondern auch eine Auswahl alkoholischer Getränke.

Statt des Tees trank ich dann zwei Flaschen Monte Rosso, und in der Tat sah die Welt danach anders aus. Irgendwie drehte sie sich auch schneller. Und während ich im Schneidersitz auf Sonnes Futon-Sofa saß und sie mir immer wieder fürsorglich nachschenkte, kreiste in meinem Kopf nur eine einzige Frage: Wie hatte es so weit kommen können?

Kapitel 3
#Herzchakra

Meine beste Freundin wohnte in derselben Straße wie ich, über meinem Lieblingscafé, dem *Karma,* dessen Eigentümerin sie war und in dem sie, wie sie selbst sagte, metaphysisch-kulinarische Pionierarbeit leistete. Eigentlich hieß Sonne Sonja, aber im Zuge ihrer spirituellen Erleuchtung hatte auch ihr Name an Glanz gewonnen.

„Er hat es nicht einmal abgestritten", schluchzte ich, während Sonne sich neben mich setzte.

„Ich hätte doch was merken müssen. All die außerordentlichen Sitzungen nach Feierabend, und dann dieses Projekt, das so furchtbar dringend realisiert werden musste. Und die Sache mit dem Urlaub." Ich schniefte. „Jetzt wissen wir ja, was für ein Projekt das war. Und realisiert hat er es dann auch noch in MEINER Wohnung. Unfassbar!"

„Ich will ihn ja nicht in Schutz nehmen", sagte Sonne und schenkte sich etwas Yogi-Tee nach. „Aber meine Erfahrung sagt mir, dass es kaum einen Mann gibt, der treu ist. Das liegt offenbar in der Natur der Dinge, und ich glaube, das

Universum hat sich dabei etwas gedacht." Sonne drehte ihre rotblonden Haare zu einem Knoten und spielte dann nachdenklich an ihrer Buddha-Kette herum. „Vielleicht sollen wir Frauen unser Leben nicht nur an einen einzigen Mann verschwenden. Vielleicht hat das Universum die Untreue des Mannes erschaffen, damit die treue weibliche Seele auch zu etwas Abwechslung kommt."

Zu dieser Sicht der Dinge war ich gerade leider nicht imstande.

„Dein Karma muss sich jetzt natürlich erst mal auf die neuen Gegebenheiten einstellen", fuhr Sonne fort und legte verständnisvoll ihren Arm um meine Schulter. „Was ganz gut dabei hilft, den energetischen Reinigungsprozess voranzutreiben, ist so ein ayurvedisches Körperöl, das wir vor Kurzem reinbekommen haben." Sie sprang auf und verschwand durch den Muschelvorhang ins Schlafzimmer.

„Irgendwo habe ich noch eine Probe davon", hörte ich sie murmeln.

Im *Café Karma* gab es nicht nur Lupinenkaffee, ayurvedischen Kräutertee und veganen Kuchen, sondern auch alle möglichen spirituell angehauchten Accessoires, und Sonne war sozusagen Ersthelferin, wenn es um Karmareinigung, Engelkommunikation oder makrobiotische Diäten ging. Was mich angeht: Ich glaube nur bedingt an solchen Zauberkram.

„Um ehrlich zu sein – ich bevorzuge ja die gute altmodische Methode der Reinigung", sagte ich, prostete mir selbst zu und trank das nächste Glas Wein in einem Zug leer. Ich wollte einfach nur vergessen. Daniel, den pinkfarbenen Tanga und den Tod meines Haustiers. Eine Welle der Trauer schwappte über mein Herz, und ein Ozean schoss aus meinen Augen.

„Dieser Mistkerl hat ihn kaltblütig umgebracht.“ Obwohl meine Zunge schwerer und schwerer wurde, schien mein Geist stetig wacher zu werden. Mit jedem Glas wurde immer klarer, dass es Mord gewesen war. Hinterhältiger Mord, aus niederen Beweggründen. Daniel hatte sich um Derrick kümmern sollen und nicht um irgend so eine „Bitte setzen Sie hier ein politisch inkorrektes Wort ein“.

In meine Wut mischte sich auch Erleichterung: Ich war nicht verantwortlich für Derricks Tod. Vermutlich hatte er den Anblick von Daniel mit dieser Kimberly nicht überlebt – mir wäre das ja genauso gegangen.

Der Muschelvorhang klimperte hell, als Sonne wieder auftauchte. „Die wichtigste Stufe im Reinigungsprozess ist die Vergebung.“ Sonne kramte in ihrer tibetanischen Hanf-Handtasche herum und zog eine kleine, dunkle Flasche hervor. Ich starrte sie nur entgeistert an. Was sollte das jetzt?

„Ich weiß, ich weiß, du bist noch nicht so weit.“ Sonne drückte mir die Flasche in die Hand. „Hier. Damit reibst du dreimal täglich dein Herzchakra ein. Das wird helfen.“

Sonnes Worte dröhnten in meinem Kopf. Oder war das der Rotwein? Egal. Solange ich vergeben und vor allem vergessen konnte, war mir jedes Mittel recht. Denn das Schlimmste war: Insgeheim liebte ich Daniel noch immer. Auch wenn seine Liebe dringend zu realisierenden Projekten galt. Und wer wusste, wie viele er noch davon hatte.

Den Sonntag verbrachte ich damit, meine Wohnung und mein Karma zu reinigen. Ordnung zu halten, ist wirklich nicht meine Stärke. Aber Sonne hatte so viel von fremden, negativen Schwingungen und gestörtem Feng-Shui gefaselt, dass ich das dringende Bedürfnis verspürte, Klarschiff zu machen.

Bevor ich mit dem Aufräumen beginnen konnte, beseitigte ich meine Kopfschmerzen mit einer Red-Bull-Aspirin-Mischung. Danach saugte es sich ausgesprochen flott. Außerdem musste Derrick seine letzte Ruhe finden. Manch einer mag es für überzogen halten, aber ich spürte immer noch eine tiefe Verbundenheit zu diesem Fisch und wollte ihm eine letzte Ehre erweisen. Sein Wunsch wäre sicher eine Seebestattung gewesen.

„Mach es gut, treuer Freund“, sagte ich und drückte die Spülung. Dabei fiel mir der Freundschaftsring von Daniel in die Toilette. Rein versehentlich natürlich.

Als ich meine Wohnung auf Vordermann gebracht hatte und gerade aufs Bad zusteuerte, um zu duschen und mein Herzchakra ein weiteres Mal einzuölen, klingelte plötzlich mein Micky-Maus-Telefon. Ja, ich hatte noch Festnetz, und alle Welt beneidete mich um diesen Fernsprecher aus den Siebzigern – den guten alten Zeiten, in denen das Telefon noch zum Telefonieren da gewesen war.

„Wonneberg?“

„Milva, Darling, was zum Himmel ist nur los mit dir? Wo hast du denn bloß gesteckt? Wir haben dich alle vermisst.“

Oh nein. Pattis Drag-Party im *Flittergold*. An die hatte ich ja gar nicht mehr gedacht. Patti veranstaltete regelmäßig in seiner Bar einen Abend nur für seinen Freundeskreis. Sein Faible galt dabei Chansons und Schlagern, und er verehrte eine alte, italienische Diva so sehr wie andere den Papst oder ich den Erfinder des Donuts. Deshalb war Patti auch der Einzige, der mich ungestraft Milva nennen durfte.

„Habe ich dir denn nicht gesagt, dass ich ans Meer fahre?“, sagte ich und verzog schuldbewusst mein Gesicht.

„Kann sein, Chérie. Aber du weißt doch: Mein Gedächtnis ist eine Käsereibe.“

Allerdings. Patti konnte sich einfach nichts merken. Und dabei war er selbst eine Person, die man nur schwer aus dem Gedächtnis bekam. Mit einer Körperlänge von über zwei Metern in Stöckelschuhen, den abenteuerlichsten Outfits, die er nicht nur in seiner Bar, sondern auch im Alltag trug, und hochtoupierter, türkisfarbener Perücke war er ohne Zweifel eine imposante Erscheinung.

Wir kannten uns seit dem Kindergarten und hatten schon zusammen im Sandkasten gespielt. Später probierten wir gemeinsam Wimperntusche aus und lackierten uns gegenseitig die Nägel. Die ganze Schulzeit über versuchten meine Eltern, mich mit ihm zu verkuppeln. Sie hatten manchmal eine ziemlich lange Leitung.

„Ist dieser Patrick nicht entzückend?“, schwärmte meine Mutter ständig. „So kreativ und immer hübsch angezogen.“ Erst, als Patrick anfing, künstliche Wimpern und pinkfarbene Röcke zu tragen und sich *Patti Flitter* nannte, gab meine Mutter auf.

„Dann hast du ja sicher eine grandiose Woche hinter dir“, hörte ich Patti sagen.

„Allerdings“, entgegnete ich. „Besonders gestern, da haben Daniel und ich uns nämlich getrennt.“

„Oh, Milva-Schatz, wie schrecklich.“ Patti klang bestürzt. „Vielleicht kann dich eine Runde Karaoke etwas aufmuntern?“

„Ja, vielleicht", sagte ich matt. Normalerweise liebe ich Karaoke über alles. Karaoke ist Singen unter der Dusche ohne Dusche. Man kann so wild und schräg rumgrölen, wie man will – wenn man das Playback nur laut genug laufen lässt, bekommt keiner die schiefen Töne mit. Im Gegenteil: Je weniger Töne man trifft, desto mehr Spaß bringt das Ganze, und desto wilder applaudieren die Leute. Denn niemand erwartet beim Karaoke Perfektion. Perfektes Karaoke setzt unperfektes Singen voraus.

Doch gerade war mir irgendwie nicht nach Rampenlicht. Ich wollte mich lieber verstecken, sodass niemand meine Augenringe und den kümmerlichen Rest von mir sehen konnte.

„Wilma, bist du noch dran?", erkundigte sich Patti besorgt. „Komm doch morgen vorbei, dann organisiere ich einen Abend nur für dich. Und wenn ich sonst irgendwas für dich tun kann, dann sag Bescheid, ja?"

„Ja, Patti, das mache ich."

„Fein, fein." Patti schickte mir einen Kuss durch die Leitung. „Und lass deinen schönen Lockenkopf nicht hängen, hörst du? Denk immer daran, Chérie: Männer sind wie Busse im Nahverkehr – du brauchst ihnen nicht nachzulaufen, weil alle fünf Minuten ein neuer kommt. Bussi, mein Hase."

„Mach's gut, Patti."

Ich legte den Hörer auf. Hmmm … Alle fünf Minuten ein Neuer? Bei meinem Glück stand ich immer stundenlang an Haltestellen rum, weil mein Bus ausgefallen war und der nächste nicht kam, da er Verspätung hatte. Wenn das mit den Männern genauso war, na, dann gute Nacht.

Unter der Dusche ließ mich das warme Wasser ein klein wenig entspannen. Doch dann streifte mein Blick die Außenseite meines linken Oberschenkels. Was waren denn das bitte für komische Dellen? Hatte ich über Nacht etwa Orangenhaut bekommen? Letzte Woche waren Sonne und ich an der Ostsee im Meerwasserhallenbad schwimmen gewesen, und dort hatte es von älteren, orangenhäutigen Menschen nur so gewimmelt. Hatte ich mich womöglich bei einem von ihnen angesteckt?

Mein anderer Oberschenkel sah auch nicht viel besser aus. Möglicherweise war es mir bisher nur nicht aufgefallen. Eigentlich war ich mit meinem Körper zufrieden, von ein paar Kilo zu viel mal abgesehen. Vielleicht hatte ich im Urlaub nicht nur an Gewicht, sondern auch an Sehschärfe zugelegt. Wenn einem dann auch noch jemand die rosarote Brille von der Nase schubst, sieht man leider vieles klarer und zu allem Unglück auch sämtliche Problemzonen des eigenen Körpers.

Nach dem Duschen rubbelte ich meine Haare trocken. Oha. Da schimmerte es doch grau. Du meine Güte, ich war keine fünfunddreißig und schon am Rand des körperlichen Verfalls. Frustriert wandte ich mich meinem Herzchakra zu, um es einzuölen.

Was waren denn das für zwei schlaffe Dinger, die in Richtung Bauchnabel hingen? Und was war mit meinem Bauchnabel geschehen? Das Drumherum hatte auch schon mal deutlich flacher ausgesehen. Oh Mann – mein Körper war eine einzige große Problemzone.

Ich nahm alles, was die Flasche hergab, und ölte mich wie wild am ganzen Körper ein. Wenn dieses Wunderöl für meine energetische Reinigung gut war, dann konnte es meiner Selbstwahrnehmung ja wohl auch nicht schaden.

Es dauerte keine fünf Minuten, bis der Reinigungsprozess einsetzte, und zwar mit voller Wucht. Mein Körper fing an zu jucken, und meine Haut verwandelte sich in eine feuerrote Fläche. Von der Orangenhaut war auf jeden Fall nichts mehr zu sehen. So richtig freuen konnte ich mich trotzdem nicht. Ich griff zur Flasche und las:

Ayurvedisches Chakra-Öl durchdringt Ihren Körper mit wohliger Wärme. Es wirkt anregend und verleiht Ihrer Haut einen sinnlichen Schimmer. Der frische Duft von Zitrone ermuntert den antriebslosen Geist.

„Sonneeeeeeeeeee!", brüllte ich in den Hörer. „Was zum Henker ist in diesem Öl drin?!"

„Rosmarin, Koriander, Zimt und Zitrone", zählte Sonne gewissenhaft auf. „Ach ja, und ich glaube, ein klein wenig Ingwer-Chili-Essenz. Wirkt es denn schon?"

Ich war nicht mehr fähig, ihr zu antworten. Meine Beziehung war am Ende, mein Goldfisch gestorben, und ich stand kurz vor einem anaphylaktischen Schock.

„Wilma?", hörte ich Sonnes Stimme aus dem Hörer. „Hast du etwa mehr als die walnussgroße Menge genommen?"

In der Notaufnahme wurde zum Glück nur ein Nervenzusammenbruch mit leichter Hyperventilation festgestellt.

„Machen Sie sich keine Sorgen", sagte der Notarzt freundlich und unterzeichnete meine Entlassungspapiere. „Das

Ganze ist nicht lebensgefährlich. Sie haben sich einfach nur zu sehr aufgeregt. Legen Sie zu Hause die Beine hoch und entspannen Sie sich. Die Rötungen werden von ganz alleine wieder verschwinden."

„Die Orangenhaut auch?" Ich sah ihn hoffnungsvoll an.

Der Arzt guckte etwas irritiert, dann aber lächelte er. „Eine so hübsche Frau wie Sie sollte sich über Orangenhaut keine Gedanken machen. Ich wette, Ihr Freund hat nichts an Ihnen auszusetzen."

Ich verzog nur gequält mein Gesicht. Es gab ja niemanden mehr, der meine Problemzonen unter die Lupe nehmen konnte.

Und da dämmerte es mir plötzlich. Bislang hatte ich nur die schlechten Seiten der Trennung wahrgenommen. Doch Sonne hatte vollkommen recht damit, wenn sie sagte, man müsse sich auf das Gute in allem besinnen. Im grellen Licht der Notaufnahme wurde mir schlagartig der riesige Vorteil meines wiedergewonnenen Single-Daseins bewusst: Ich konnte seelenruhig und völlig unbemerkt vom Rest der Welt weiter vor mich hin schrumpeln.

Kapitel 4
#WorkWorkWorkWork

Nachdem ich meinen letzten Urlaubstag zur einen Hälfte in der Notaufnahme und zur anderen auf der Couch verbracht hatte, musste ich am Montag wieder in den Verlag. Willkommen zurück im Hamsterrad! Das war vielleicht auch gar nicht so schlecht, denn dadurch war ich abgelenkt und musste nicht die ganze Zeit an Daniel und unsere gescheiterte Beziehung denken.

Der Kiesling Verlag hatte seinen Sitz in einem Charlottenburger Altbau. Alles an dem Gebäude strahlte Geschichte aus. An der Außenwand sah man sogar noch Einschusslöcher aus dem Krieg, und wenn man den Verlag betrat, wehte einem dieser ganz besondere Geruch von Papier und Druckerschwärze entgegen, der sich in all den Jahrzehnten seit der Verlagsgründung nicht geändert hatte. Das jedenfalls behauptete meine Kollegin Marianne, die letztes Jahr ihr Fünfundzwanzigjähriges gefeiert hatte, und mit der ich mir ein Büro teilte.

Ich hätte ihre Tochter sein können, doch Marianne war das komplette Gegenteil von meiner Mutter. Sie gab nie was auf das Gerede irgendwelcher Leute und machte immer das, was ihr Spaß brachte. Der Rest, so war sie der Meinung, erledigte sich von selbst, wenn man ihn nur lang genug ignorierte.

„Und wie war dein Urlaub? Hast du dich gut erholt?", fragte sie mich, während sie drei Zuckerstücke in ihre Kaffeetasse plumpsen ließ und umrührte.

„Mmmm." Ich nickte und merkte, wie mir das Blut ins Gesicht schoss. Ehrlich gesagt, kann ich überhaupt nicht gut lügen. Aber manchmal fühlt es sich noch falscher an, die Wahrheit zu sagen.

Marianne deutete mit dem Löffel fragend auf mein Gesicht. Ich hatte mir wirklich Mühe gegeben, die roten Pusteln von Sonnes Chakra-Öl großzügig abzudecken, aber ganz unsichtbar waren sie nicht geworden.

„Ach, nichts weiter", entgegnete ich so beiläufig wie möglich. „Hab nur zu lange in der Sonne entspannt."

„Entspannung wirst du auch brauchen", meinte Marianne mit einem Augenrollen. „Der Fiesling ist nämlich seit letzter Woche mal wieder unausstehlich."

Der Fiesling war unser Chef – Verlagsleiter Dr. Norbert G. Kiesling. Er war Anfang fünfzig, etwas untersetzt, trug stets zerknitterte Anzüge und sah im Gesicht genauso aus wie seine Kleidung. Außerdem roch er nach betäubungsmittelpflichtigem Aftershave (wie so viele Männer, die sich für besonders wichtig halten und unbedingt auf sich aufmerksam machen müssen). Man bekam schon von Weitem mit, wenn er *in der Luft lag*. Aus diesem Grund gelang es ihm selten, unangekündigt ins Büro zu platzen. Eigentor, würde ich mal sagen. Marianne und ich hatten bei seinen Stippvisiten immer genug Zeit, Strickzeug, Modemagazine und Maniküre-Sets in der Schublade verschwinden zu lassen.

Der Fachverlag für Architektur, Landschaftsarchitektur und Design war Kieslings Ein und Alles – er war mit seiner Arbeit verheiratet, und die Bücher und Zeitschriften waren seine Kinder. Seine Mitarbeiterinnen betrachtete er dementsprechend als Kindermädchen, die rund um die Uhr für das Wohl seiner Lieblinge zu sorgen hatten. Im Lektorat und im Marketing waren wir Frauen in der Überzahl. Männer gab es nur in der IT-Abteilung und in der Herstellung, weil nach Fieslings Meinung Frauen das dafür notwendige technische Verständnis fehlte. Verständnis fehlte mir tatsächlich, und zwar das grundsätzlicher Natur. Mir wollte einfach nicht einleuchten, wie ein so zerknitterter Mensch der Welt so fantastische Bücher schenken konnte. Wahrscheinlich lag es daran, dass in unserem Verlag ziemlich fähige Leute angestellt waren, die nicht nur fachlich, sondern auch menschlich einiges auf dem Kasten hatten. Und das fand unsere Leserschaft dann auch in unseren Büchern wieder. Was mit Liebe gemacht wird, wird auch geliebt werden (den habe ich von Sonne).

Es war schon immer mein Wunsch gewesen, für solche tollen Bücher werben zu dürfen. Als dann die Zusage für die Stelle im Marketing kam, war ich freudekreischend durch meine Wohnung gehüpft. Der Kiesling Verlag war zwar klein, doch sein Renommee in der Branche groß. Und obwohl ich nur eine halbe Stelle ergattern konnte, fühlte sich mein Leben seitdem vollständig an. Auch meine Eltern waren überglücklich, dass ihre Tochter endlich den Sprung ins Leben geschafft hatte. Den Sprung in die Unabhängigkeit.

Die anfängliche Euphorie verflog jedoch recht schnell, als ich merkte, dass ich genauso abhängig wie vorher war – nur halt nicht mehr von meinen Eltern, sondern von der Laune eines cholerischen, arbeitswütigen Chefs. Mal ehrlich: Niemand kann rund um die Uhr schuften, auch wenn es ein Fiesling von einem erwartet. Ansonsten machte mir meine Arbeit viel Spaß. Ich war vor allem dafür zuständig, die Vorschau und das Neuerscheinungsverzeichnis zu koordinieren, lernte ständig dazu und war – vom Fiesling mal abgesehen – von netten, herzlichen Menschen umgeben. Wir arbeiteten gewissenhaft, hatten jedoch auch kein schlechtes Gewissen, ausreichend Pausen zu machen – was der Fiesling natürlich gar nicht gern sah.

„Mich wundert es, dass er uns am Wochenende nicht hier ankettet", meinte Marianne bissig. Sie pustete ihren frisch aufgetragenen Nagellack trocken. „*Aubergine* aus der neuen Kollektion von *Shining Nails*. Hier, probier mal."

„Wie hübsch", sagte ich und stellte das Nagellack-Fläschchen auf meinen Schreibtisch, vor die Ablage „Noch zu erledigen". Dort hatte sich während meiner Abwesenheit so einiges an Post angesammelt. „Ich muss leider erst meine Mails checken. Mal sehen, was ich letzte Woche alles so verpasst habe."

„Guten Morgen." Unsere Kollegin Maja steckte gut gelaunt den Kopf zur Tür herein. Maja war unser Mädchen für alles. Eigentlich kümmerte sie sich um Empfang und Post, aber oft kümmerte sie sich auch einfach um die gute Stimmung. Es verging kein Tag, an dem sie nicht fröhlich pfeifend über den Flur schlenderte und mit dem ein oder anderen ein Schwätzchen hielt.

„Hallo Wilma. Wieder zurück? Wie geht es dir? Und wie geht es Derrick?“

Ich schluckte. „Äh … ja, bestens“, stammelte ich. „Er redet zwar nicht viel, aber ich glaube, das legt sich noch.“

„Hat er denn jetzt ein schönes großes Zuhause?“, wollte Maja wissen.

Ich nickte. „Ein riesengroßes sogar.“ Und das war noch nicht mal gelogen, denn mittlerweile schwamm Derrick wohl – wenn auch eher passiv – in irgendeinem großen Gewässer herum. Da konnte kein Goldfischglas mithalten.

„Fantastisch.“ Maja strahlte mich an. „Wir sehen uns dann in der Mittagspause.“ Laut flötend verließ sie unser Büro.

„Bis dann“, rief ich ihr nach und wandte mich wieder meinem Bildschirm zu.

Als ich den Posteingang öffnete, begrüßten mich 673 Mails. Ein neuer Rekord. Die Hälfte davon war allerdings in asiatischen Schriftzeichen.

„Marianne? Sind wir letzte Woche zufällig eine Kooperation mit China eingegangen?“

Marianne kicherte. „Dich hat es also auch erwischt. Keine Sorge, alles nur Spam. Jeff sitzt schon dran, den Filter zu verbessern.“

„Wie schön“, sagte ich und schlug die Hände vors Gesicht. Nun konnte ich die nächste Zeit erst einmal damit verbringen, die Spreu vom Weizen zu trennen. Oder wie Aschenputtel die Linsen aus der Asche zu lesen. Wo bitte bleiben bloß meine Helfer, die zwei weißen Tauben? Ich schaute aus dem Fenster, doch weit und breit war kein Vogel zu sehen. Nur das graue Mauerwerk der Nachbarhäuser. Schlagartig fühlte ich mich wieder urlaubsreif.

Nachdem ich sämtliche Mails aus China gelöscht hatte, widmete ich mich dem Lesen und Beantworten der übrigen Nachrichten. Gitti aus dem Vertrieb hatte wieder mal eine Kühlschrank-Mail rumgeschickt:

Liebe Kolleginnen und Kollegen,
der Kühlschrank platzt aus allen Nähten. Teilweise befinden sich Dinge in ihm, die schon deutlich bessere Zeiten gesehen haben. Die Züchtung lebender Kulturen bitten wir im Namen der Geschäftsführung aufs Privatleben zu verlegen.

Alle Lebensmittel, die bis Donnerstag nicht mit Namen versehen sind, wandern in den Mülleimer. Ausgenommen davon sind natürlich alkoholische Genussmittel, für die sich im Zweifel sicher eine Verwendung finden lässt.
Schöne Grüße
Brigitte von Bentheim

Gitti schaffte es immer wieder, mir ein Lächeln ins Gesicht zu zaubern. Als ich neu im Verlag gewesen war, hatte sie mich unter ihre Fittiche genommen und mich mit allen Einzelheiten des Verlagsprogramms vertraut gemacht. Und ein wenig Allgemeinwissen über den Kiesling war natürlich auch dabei gewesen.

Eine weitergeleitete Nachricht kam von Marianne:

Tageshoroskop Jungfrau
Ein Sonnenstrahl durchdringt die Wolken Ihres Lebens. Sie senden Ihren Mitmenschen ein freundliches Lächeln und ernten Lob und Wohlwollen. Bei allem, was Sie heute vorhaben – immer steht Liebe und Vergebung im Mittelpunkt. Genießen Sie Ihr Leben und vergessen Sie die dunklen Wolken der Vergangenheit.

Die dunklen Wolken der Vergangenheit – damit konnte ja nur Daniel gemeint sein. Und wo bitte war der Sonnenstrahl, der mein Leben erhellen würde?

Dann fiel mir eine Nachricht ins Auge, die mit drei Ausrufezeichen im Betreff versehen war:

Wichtig!!!

Liebe Frau Wonneberg!
Schön, dass Sie wieder da sind. Bitte kommen Sie doch um 11 Uhr in mein Büro! Ich möchte etwas Dringendes mit Ihnen besprechen!
Beste Grüße
Dr. Norbert G. Kiesling
Geschäftsführer

Ich atmete tief aus. Was konnte der Fiesling mit mir zu besprechen haben? Plötzlich ging mir ein Licht auf: Vielleicht wollte er über die Gehaltserhöhung reden, auf die ich ihn vor meinem Urlaub angesprochen hatte? Ich war nun zwei Jahre für den Verlag tätig, und was mein Gehalt anging, gab es noch ordentlich Luft nach oben.

Und das hatte ich versucht, meinem Chef deutlich zu machen.

„Ich verstehe Ihre Argumentation", hatte der Fiesling gesagt, und seine Stirn hatte noch zerknitterter als sonst ausgesehen. „So etwas will im Interesse des Unternehmens und aller seiner Mitarbeiter und im Sinne einer gerechten Gehaltsabstufung wohlüberlegt sein. Ich werde es mir durch den Kopf gehen lassen." Das schien er nun offensichtlich getan zu haben. Na bitte. Da war er, der Sonnenstrahl.

„Bleib so locker wie im Urlaub, Kindchen", sagte Marianne, während sie das Strickzeug sortierte. „Wichtig ist vor allem deine innere Haltung, wenn du in Verhandlungen gehst." Sie hörte sich fast an wie Sonne.

„Hast du etwa auch eine Karmareinigung hinter dir?", fragte ich.

„Wie bitte?" Marianne sah mich über ihre Lesebrille hinweg fragend an.

Ich winkte ab. „Ach, vergiss es. Nicht so wichtig." Unbedingt entspannt bleiben zu wollen, konnte auch nach hinten losgehen, das hatte ich ja gerade erst schmerzlich erfahren. Also versuchte ich, nicht weiter drüber nachzudenken und mich durchs Arbeiten abzulenken. Die Zeit verging dann auch wie im Flug, und kurz vor elf fand ich mich leicht angespannt und erwartungsvoll im Büro vom Fiesling ein.

Kapitel 5

#Geschafft

Vielleicht waren es die hohen, stuckverzierten Wände, die einem das Gefühl gaben, klein und unscheinbar zu sein, sobald man sein Büro betrat. Vielleicht trug aber auch Kieslings arrogante Ausstrahlung dazu bei. Ich versuchte trotz allem, Haltung zu bewahren und selbstbewusst zu wirken. Es ging schließlich darum, möglichst viel für mich und meine Zukunft herauszuholen, denn nun, wo ich mich allein durchs Leben schlagen musste, zählte jeder Cent, und von meinem nächsten Gehalt musste ich in jedem Fall das tun, was eine betrogene Frau tun muss: exzessiv shoppen gehen.

„Frau Wonneberg, bitte setzen Sie sich doch."

„Vielen Dank." *Wofür eigentlich?! Noch hatte er mein Gehalt ja nicht erhöht.*

Ich nahm auf einem der metallgerahmten Stühle Platz, deren Polsterungen schon deutlich bessere Zeiten gesehen hatten und auf denen man es nie lange aushalten konnte. Vielleicht war das wie so vieles Kalkulation. Ich versuchte,

eine möglichst angenehme Sitzhaltung einzunehmen, le
ohne Erfolg. Vermutlich musste ich da jetzt einfach du
Das Einzige, was noch schlechter saß als ich, war das g
braune Tweed-Sakko vom Fiesling. Er zupfte es umst
lich zurecht, doch dadurch hing dann nur seine gestr
Krawatte schief. Ihre Farbe erinnerte mich irgendwie an
Stützstrümpfe meiner Oma.

Der Fiesling räusperte sich.

„Wie Sie sicher bemerkt haben, hat sich der Kiesling
lag seit geraumer Zeit ein besonderes Ziel auf die Fah
geschrieben."

Ach was.

„Das Stichwort lautet: Internationalisierung."

Oh. Wer hätte das gedacht …

„Ja, natürlich", sagte ich und nickte allwissend. „Da
mir nicht entgangen."

Obwohl ich mir fest vorgenommen hatte, cool zu bleib
komme, was wolle –, waren meine Hände mit einem
schweißgebadet. Und nicht nur die. Zum Glück übertün
das Kölnischwasser meines Chefs alle übrigen Gerüch
seiner unmittelbaren Umgebung.

„Nun liegt uns eine einmalige Möglichkeit der Proz
optimierung vor", fuhr der Fiesling fort. Während er re
bewegte er den Kugelschreiber in seiner Hand hin und
was mich noch nervöser machte. „In der vergangenen Wo
haben wir das Angebot zu einer großartigen Koopera
erhalten …"

Sag an. Mit China?!

„… und es nach kurzer, wohlwollender Prüfung an
nommen."

Er grinste mich schief an, und ich lächelte schief zurück, während ich herauszufinden versuchte, wie der Bogen zu meiner Gehaltserhöhung zu spannen war.

„Mit sofortiger Wirkung wird der Kiesling Verlag in die Strukturen von Kent Art Books integriert werden."

„Oh ... wie ... äh, schön", stammelte ich, ohne zu wissen, was das hieß. Der Fiesling fuhr sich durch seine pomadigen Haare.

„In der Tat, eine gloriose Nachricht. Wie Sie sich sicher vorstellen können, hatte die Prozessoptimierung im Zuge der Fusion auch Auswirkungen auf das Humankapital, die nicht unmittelbar absehbar waren."

Hä? Was zum -

„Um es direkt zu sagen: Kent Art Books hat deutlich gemacht, dass sich seine gut aufgestellte Marketingabteilung ebenfalls um unsere Belange kümmern wird. Die Umstrukturierungen betreffen daher auch Ihren Arbeitsplatz."

Ich verstand nur Bahnhof. „Und das bedeutet?"

„So leid es mir tut, aber ich muss Ihnen mitteilen, dass Sie ab heute freigestellt sind."

„Und für wie lange?" Ich stand immer noch auf dem Schlauch.

„Frau Wonneberg, das ist eine Kündigung. Ihre Kündigung."

In meinem Kopf ratterte es. Sämtliche Synapsen, die ich mit dem Monte Rosso außer Gefecht gesetzt hatte, starteten ein Reset-Programm. Ich war nun also nicht nur meinen Freund, sondern auch noch meinen Job los?

„Aber ..., das ist ...", stammelte ich. „Herr Fies... äh ... Kiesling, das können Sie doch nicht machen!"

„Hören Sie", sagte der Fiesling in vertraulichem Tonfall. „Ich bin mir ziemlich sicher: Eine Frau mit Ihren Talenten", und dabei starrte er mir eindeutig ins Dekolleté, „... eine Frau mit solch außergewöhnlich ... auffälligen Talenten findet sicher schnell eine neue Stellung ... äh, Anstellung."

Er reichte mir einen zusammengefalteten Zettel. „Für den Fall, dass Sie zukünftig noch mal fachmännische Expertise benötigen, gebe ich Ihnen hier meine private Nummer."

Boah, war das widerlich. Ich starrte ihn mit offenem Mund an. Doch dann fand ich schlagartig meine Fassung wieder.

„Danke", entgegnete ich kühl und stand auf. „Mein Bedarf an großartigen Kooperationen ist vorerst gedeckt." Erhobenen Hauptes rauschte ich aus dem Büro. Erst nachdem ich die Tür geschlossen hatte, sackte ich zusammen.

Langsam, aber sicher zerbrach mein Leben – erst meine Beziehung, dann das Goldfischglas, und nun mein Job. Fehlte nur noch, dass mein Vermieter anrief und meine Wohnung kündigte. Früher oder später würde das wohl geschehen, es war nur eine Frage der Zeit. Denn wie bitte sollte ich in Zukunft meine Zukunft finanzieren?

Auf Daniel konnte ich nicht mehr zählen, und meinen Eltern würde ich wahrscheinlich gar nicht erst auf die Nase binden, dass ich Mann und Job so kurz hintereinander verloren hatte.

Bei meinen Eltern drehte sich nämlich alles um Sicherheit. Ein sicheres Einkommen und solide Lebensverhältnisse waren in ihren Augen die Bausteine des Lebens – und nicht etwa Aminosäuren, Zucker, Basen und Fette, wie wir damals in Biologie bei Frau Treumann gelernt hatten. Ich sah schon ihre vorwurfsvollen Gesichter vor mir. „*Kind, du hast gerade erst angefangen, das richtige Leben kennenzulernen, und schon tauchen Probleme auf. Was soll nur aus dir werden?*"

Tja, das fragte ich mich ja selbst die ganze Zeit. Doch was war denn „das richtige Leben" eigentlich? Ein Mann, ein Job, ein Kind, ein Haus? Oder von allem gleich zwei?

Puh. Was für meine Eltern eine eindeutige Sache zu sein schien, war für mich kosmisches Chaos. Kein Wunder, dass sich mein Leben als einziges Schlamassel entpuppte. Sonne betonte ja immer, dass jeder Stärken und Schwächen hat. Der eine ist gut im Hausbauen und Kinderkriegen, und ich, ich war halt gut im … hmmm, worin eigentlich?

Im ersten Moment fielen mir nur Dinge ein, die ich NICHT gut konnte:

1) mathematische Probleme lösen
2) Probleme lösen
3) Ordnung halten (in meiner Wohnung, meinem Kopf, meinem Leben)
4) mein Gewicht halten (und zwar auf einem niedrigen Niveau!)
5) kochen, ohne dass der Rauchmelder anschlägt
6) strukturiert arbeiten und die Dinge nicht erst auf den letzten Drücker in Angriff nehmen
7) pünktlich sein im Allgemeinen und im Besonderen, wenn es um die Steuererklärung, diverse Überweisungen oder Verabredungen mit Freunden ging
8) den Mann fürs Leben finden.

Eine recht deprimierende Liste von Defiziten. Einiges davon war wohl eindeutig eine Frage der Erziehung. Ich fand, meine Eltern waren nicht ganz unschuldig an meiner verkorksten Situation. Die beiden würden natürlich abstreiten, dass sich ihre Erziehungsfehler in meinem dauerhaft überzogenen Bankkonto manifestiert hatten.

„Wir können dir nicht ewig unter die Arme greifen. Du musst selber zusehen, wie du dein Leben auf die Reihe bekommst", hallte die Stimme meines Vaters in meinem Ohr.

„Und so schwer ist das auch wieder nicht. Schau dir nur mal die Liane an, die hat es doch auch geschafft." Meine Mutter hatte demonstrativ in Richtung Gartenzaun der Sperlichs gedeutet.

Die Sperlichs waren nämlich unsere Nachbarn und Liane ihre Tochter. Wir waren in der Grundschule und auf dem Gymnasium in derselben Klasse gewesen. Liane trug ihre Haare jeden Tag in zwei gleich aussehenden, geflochtenen Zöpfen, ihre Pausenbrote waren immer symmetrisch mit Radieschen und Gurke belegt, und in ihrer Federtasche flogen nie irgendwelche Stifte oder Radiergummis rum. Kurz gesagt: Ich mochte sie nicht. Nach dem Abi hatte sie Jura studiert. Oder besser gesagt: ihre Kommilitonen. Sie hatte ihre Angel ausgeworfen, und irgendwann hatte ein toller Hecht aus einem der höheren Semester angebissen. Nachdem dieser Hecht durch erfolgreiche Examina und der folgenden Anstellung in einer großen Wirtschaftskanzlei seine Qualitäten als Alleinversorger unter Beweis gestellt hatte, wurde Liane ganz überraschend schwanger. Sie heiratete ihn, hieß von da an *von Löwenbrinck,* wohnte in Dahlem in einer Villa und gebar ihrem Gatten einen kleinen

Paragrafen. Und das nannten meine Eltern „es geschafft haben".

Tja, was sollte man dazu sagen? Vielleicht besser nichts, ohne einen Anwalt. Doch eins war klar: Ich konnte da offensichtlich nicht mithalten. Denn alles, was ich in meinem bisherigen Leben geschafft hatte, war, völlig geschafft zu sein.

Kapitel 6

#YinUndYang

Sonne hatte gerade Feierabend gemacht und war dabei, im *Karma* aufzuräumen. Oder wie sie es ausdrückte: „die energetische Balance wiederherzustellen“. Dazu zündete sie eine Handvoll indischer Räucherstäbchen an und holte einen Eimer Edelsteinwasser aus der Abstellkammer.

„Eine unglückliche Beziehung ist der Feind der femininen Fettverbrennung“, sagte sie, tunkte einen Hanflappen ins Edelsteinwasser und wischte damit energisch über die dunklen Holztische. „Genau wie das stundenlange Rumsitzen im Büro. Sei froh, dass du beides los bist. Du musst den Dingen immer etwas Positives abgewinnen: Nun hast du genug Zeit und Freiraum, deinen Körper und deinen Geist in Balance zu bringen.“

„Dafür habe ich aber leider kein Geld“, entgegnete ich kraftlos. Um Sonnes unerschütterlichen Optimismus teilen zu können, war ich einfach zu nüchtern. Doch dauernd hackedicht zu sein, erschien mir auch nicht als passende Lösung.

„Aber Willi." Sonne rollte mit den Augen. „Dafür brauchst du doch kein Geld. Die Natur stellt uns kostenfrei alles zur Verfügung, was zu einem glücklichen Leben nötig ist."

„Ich glaube kaum, dass ich mich von Regenwasser und Brennnesseln ernähren möchte."

Sonne lachte und stellte die Stühle auf die Tische. „Das sollst du doch auch gar nicht. Du musst einfach nur an deinem Karma arbeiten. Mit Liebe und Geduld und einer positiven Grundeinstellung."

Ich zog die Augenbrauen hoch. „Als ich das letzte Mal an meinem Karma gearbeitet habe, musstest du mich ins Krankenhaus fahren. Schon vergessen?"

„Also bitte." Sonne stemmte die Hände in die Hüften. „Das war doch eindeutig eine Frage der Dosierung. Der kleine, aber feine Unterschied. Yin und Yang müssen sich immer die Waage halten."

Da hatte sie vielleicht nicht ganz unrecht. Wahrscheinlich kam es wirklich auf die Dosis an. Und ich hatte von allem einfach zu wenig, das war ja wohl offensichtlich. Geld, Liebe, Optimismus … Nur an Gewicht mangelte es mir nicht. Bevor ich mich um mein Karma kümmerte, sollte ich wohl zunächst an meiner Figur arbeiten. Ein wabbeliges weibliches Wesen hat es auf jeden Fall schwerer, im Job und in der Liebe erfolgreich zu sein – das konnte man in jeder *Tina, Laura* oder *Brigitte* nachlesen. Wenn ich meine Oberschenkel und meinen Bauch betrachtete, sah das nach akutem Handlungsbedarf aus. Ich musste also dringend Kalorien verbrennen.

Das ganze *Karma* roch mittlerweile aufdringlich nach Patschuli, und ich konnte es einfach nicht länger dort aushalten. Kein Wunder, dass die negativen Energien bei so einem Duft die Fliege machten.

„Kommst du noch mit ins *Flittergold?*", fragte ich Sonne, die gerade das restliche Edelsteinwasser in den Abfluss kippte. „Mir ist heute irgendwie nach Bewegung."

„Ein wirklich guter Ansatz, Willi", lobte sie mich. „Man muss das Leben tanzen. Geh ruhig schon mal vor. Ich mache eben noch die Abrechnung und komme dann nach."

Wenig später saß ich allein an der Bar im *Flittergold,* nippte an einer Weinschorle und ließ die letzten beiden Tage Revue passieren. So schnell konnte sich ein Leben also ändern. Wenn man seinen Job verliert, dann lässt man so viel mehr hinter sich als seine Arbeit. Man ist mit einem Schlag seinen Alltag los, ebenso wie die vielen bekannten Gesichter um einen herum. Gut, den Fiesling würde ich so schnell nicht vermissen. Aber Marianne und Gitti fehlten mir schon jetzt. Und Jeff aus der IT oder Cordula aus der Buchhaltung. Ich musste schlucken. Ein dicker Kloß machte sich in meinem Hals breit – wie viele Kalorien der wohl hatte?! Ich starrte mein Weinglas an, als wäre es eine magische Kristallkugel, die mir nicht nur diese eine Antwort offenbaren könnte.

Wie würde mein Leben in Zukunft werden? Würde ich wieder eine Arbeit finden? Etwas, das mir Spaß machte, für das ich mich nicht jeden Morgen aus dem Bett quälen musste? Kolleginnen haben, mit denen man durch dick und dünn gehen konnte? Würde ich jemals wieder lieben und vertrauen können? Jemals wieder glücklich sein?

Gerade jetzt erschien mir das unvorstellbar. Dabei war es nicht so, als hätte ich noch nie Glück gehabt. Ab und an hatte ich schon mal einen Toaster auf einer Tombola gewonnen.

Aber ich meinte das ganz, ganz große Glück, das mit Liebe und Zufriedenheit zu tun hat. Wo man denkt: So soll es sein, so kann es bleiben (ihr wisst schon, wie in diesem Song). Von diesem Glück war ich so weit entfernt wie mein Bauch von einer Muskulatur. Nichts würde jemals wieder so sein wie zuvor.

„Miiiiiilvaaaaaaaaa!“ Patti kam in einem pinkfarbenen Charleston-Kostüm auf mich zugestürmt, dessen Fransen in alle Richtungen flogen. Er hauchte mir einen Kuss auf die Wange und legte mir seine Federboa um den Hals. Okay – manche Dinge würden sich nicht so schnell ändern.

„Komm zu Mutti und lass dich knutschen.“ Er wirbelte wie ein aufgescheuchtes Huhn um mich herum und drückte mir eine Flasche Flensburger in die Hand. *Bier auf Wein, das ist fein.* Oder wie war das noch mal? Ach egal. Solche Redewendungen wurden eh überbewertet.

„Prösterchen“, flötete Patti und hob seine Flasche. „Auf das lausige Leben und die Liebe.“

Ich war dermaßen niedergeschlagen, dass ich nicht mal die Kraft hatte, mit ihm anzustoßen. Patti, der gerade einen Schluck nehmen wollte, setzte ab und sah mich durchdringend an. „Ach Gott, hat es dich wirklich so schlimm erwischt?“

Patti hatte einen siebten Sinn dafür, wenn irgendetwas nicht stimmte. Ich nickte nur und spülte den Kloß im Hals mit dem Bier runter. Die innere Leere blieb.

Ich war enttäuscht und traurig und wütend zugleich. Nicht nur auf Daniel und den Fiesling, sondern vor allem auf mich selbst. Wenn ich mein Leben anders gelebt hätte, im besten Fall besser, dann wäre das alles überhaupt nicht passiert. Aber ich war jemand, der nie lange nachdachte, immer sofort „Ja" sagte, ganz egal, ob es nun um einen Arbeitsvertrag oder um emotionale Bindungen ging. Bei allem war ich schnell dabei, und das mit vollem Herzen. Und nun war es gebrochen und leer.

Verdammt, warum war ich nur so gutgläubig gewesen? Ich gab immer alles – und nun wunderte ich mich, dass ich nichts mehr hatte?

„Ich halte immer zu dir, Milva." Patti legte einen Arm um mich, so als hätte er meine Gedanken gelesen, und redete mit ernster Stimme auf mich ein. „Lass dir bloß nicht von einem Mann deine Würde nehmen. Oder dein Selbstbewusstsein, Schätzchen. Das darfst du auf keinen Fall verlieren. Genau wie diese tollen dunklen Locken." Er strich mir sanft übers Haar. „Komm bloß nicht auf die Idee, sie abzuschneiden oder zu färben, oder irgend so einen Quatschkram. Hörst du?"

Ich nickte gequält. Ja, klar, Patti hatte recht. Ein paar Dinge waren mir geblieben, zum Beispiel meine Locken, Wasser und Strom. Wenn ich wollte, konnte ich mich also immer noch in der Badewanne föhnen.

Mein Handy piepte, und ich sah, dass mir Sonne eine Nachricht geschickt hatte:

Schaff es leider nicht mehr. Muss noch meine Kraftkarten sortieren. Wie sieht's bei dir aus? Schon besser? Bist ja in guten Händen. ☺ Morgen zusammen frühstücken? Bei mir? Gute Nacht und Namasté, S

Frühstück? Schon allein bei dem Gedanken an Essen drehte sich mir der Magen um. Das lag vermutlich daran, dass er eher Hochkalorisches als Hochprozentiges gewohnt war. Vielleicht waren zwei Tage durchsaufen ein bisschen zu viel des Guten gewesen. Ich hatte zwar gerade Mann und Job verloren, aber an meinen Synapsen hing ich dann doch irgendwie. Der Raum begann sich mit der Discokugel um die Wette zu drehen, als Patti um mich herumtänzelte.

„Alles in Ordnung, Darling?“, fragte er, hob mein Kinn und sah mir prüfend in die Augen. Obwohl mein Blick immer unschärfer wurde, konnte ich die Sorgenfalten auf seiner Stirn noch erkennen.

„Joooaaa“, machte ich und versuchte dabei zu lächeln. Doch irgendwie wollte es mir nicht gelingen. Mein Handy piepte erneut.

„Du siehst aber ganz schön blass aus, Hase“, meinte Patti und wedelte mir mit seiner Federboa Luft zu.

„Hmmm“, machte ich und hielt mit beiden Händen mein Handy fest.

Klingt super, tippte ich schnell. *Bin dabei.*

Plötzlich wurde mir schrecklich übel, und ich schaffte es gerade noch, auf „Senden“ zu drücken. Dann sprang ich auf, hielt mir die Hand vor den Mund und stürzte in Richtung Toiletten. *Bier auf Wein, das lass sein.* Ach, du Sch…

Sprichwörter hatten ja oft was Wahres.

Kapitel 7

#AusVersehenButter

Wenn man frühmorgens mit Sturmfrisur und zwei verschiedenen Turnschuhen vor der Sparkasse steht und sie mit dem eigenen Wohnungsschlüssel aufschließen will, sollte man vielleicht mal seinen Lebensstil überdenken. Ich war vollkommen verkatert und noch nicht wieder zurechnungsfähig. Mein Kopf schmerzte an diesem Morgen so sehr wie mein Herz, und ich war im wahrsten Sinne des Wortes zerknittert aufgewacht. Was gibt man nicht an Unsummen für Faltencremes aus. Und dann schläft man *ein Mal* betrunken und unvorteilhaft auf der Couch ein, und die jahrelangen Investitionen in ein faltenfreies Äußeres sind über Nacht hinüber.

In meinem Kühlschrank herrschte gähnende Leere, und da man Kopfschmerztabletten nicht auf leeren Magen nehmen sollte, hatte ich mich zunächst zum Geldautomaten geschleppt, um dann zur Bäckerei zu wanken. Mein Kontostand sagte mir an diesem Morgen, dass der Bäcker für mich in Zukunft ziemlich kleine Brötchen backen musste. Egal. Croissants mochte ich sowieso viel lieber.

Als Siebzehnjährige war ich mal bei einem Schüleraustausch in Südfrankreich, nahe der Côte d'Azur gewesen. In meiner Gastfamilie gab es damals jeden Morgen zum Frühstück eine riesige Schale mit heißem Kakao und ein Schoko-Croissant dazu. Und das wurde dann auch noch ohne schlechtes Gewissen in den Kakao getunkt. Die Franzosen wissen wirklich, wie man gut in den Tag startet. Da kann Sonnes zuckerfreies Erdmandel-Porridge mit Kardamom und Keimlingen aus Bodenhaltung einfach nicht mithalten.

Das Glöckchen an der Tür bimmelte fröhlich, als ich das *Brezel-Eck* betrat, und der Duft von Brot und frisch gebrühtem Kaffee machte mich gleich ein wenig munterer.

„Guten Morgen. Sie wünschen?" Die Verkäuferin sah mich freundlich über den Tresen hinweg an.

„Dass diese Kopfschmerzen endlich aufhören." *Oh Gott. Hatte ich das gerade wirklich laut gesagt?* „Ähm, also ich meinte …", stammelte ich peinlich berührt. „Zwei Buttercroissants, einen starken Kaffee und ein Glas Wasser, bitte."

Mein Kopf dröhnte, und meine Beine fühlten sich weich und wackelig an, so als würde ich mich auf einer Hängebrücke befinden.

In komplizierten Situationen hilft es, sich auf unkomplizierte Dinge zu konzentrieren. Also setzte ich mich an einen der kleinen runden Holztische und aß in aller Ruhe das erste Buttercroissant auf. Danach konnte ich die Tablette schlucken, und die Kopfschmerzen ließen ein klein wenig nach. Ein paar Schlucke schwarzen Kaffee später, und ich war fast vollständig wiederhergestellt.

Ein klarer Geist hat ungelogen Vorteile. Ich konnte plötzlich sehen, wie gut es mir eigentlich ging, wie privilegiert ich eigentlich war. Sonne hatte mich immer darin bestärkt, mich auf das Hier und Jetzt zu konzentrieren. Egal, welches Chaos in meinem Leben gerade herrschte – im Hier und Jetzt saß ich in einer gemütlichen Bäckerei wie eine Göttin in Frankreich und frühstückte.

OH, NEIN. DAS FRÜHSTÜCK. UND SONNES NACHRICHT. Ich hatte unsere Verabredung vergessen.

In Windeseile stürzte ich den Rest meines Kaffees runter, bestellte vier vegane Chia-Brötchen zum Mitnehmen und stürmte dann zu Sonne nach Hause. Durch die offene Eingangstür huschte ich ins Treppenhaus, keuchte die knarzende Holztreppe hoch, hielt vor ihrer Wohnungstür nach Luft schnappend an und drückte mit letzter Kraft auf die Klingel. Das Buttercroissant lag mir schwer im Magen, und ich musste aufstoßen. Sonst geschah nichts. Niemand öffnete die Tür, und auch auf mein erneutes Klingeln und Klopfen hin folgte keine Reaktion.

Im Laden konnte Sonne noch nicht sein, es war viel zu früh. Ich setzte mich im Halbdunkel des Flurs auf die oberste Treppenstufe und zückte mein Handy. Vielleicht hatte sie mir ja eine Nachricht geschrieben und kurzfristig abgesagt? Tsss … was für eine Freundin. Das sollte ich mir mal erlauben. Zweimal hintereinander … Dabei konnte ich es mir eigentlich kaum vorstellen. Das passte überhaupt nicht zu ihr. Kurzfristige Absagen war ich doch eher von Daniel gewohnt.

Ich wischte mehrfach über das Display. Halt – da war tatsächlich eine neue Nachricht. Aber nicht von Sonne, sondern von *be_smart_baby*. Hä?!

Ich starrte mein Handy an wie ein Ufo, das Nachrichten aus fremden Galaxien brachte.

+4916344786292 ~ be_smart_baby
Hallo Mädels! Unser letztes Treffen ist ja ewig her (war das noch im letzten Jahrtausend?!). Ich werde bald fünfunddreißig und immer vergesslicher. Und damit ich mich nicht irgendwann nur noch an die Farbe eurer Zahnspangen erinnere, schlage ich ein Treffen vor. Nächsten Freitag, 10 Uhr, im Zuckersüß *in der Bergmannstraße? Ist zwar etwas kurzfristig, aber für gute alte Freundinnen hat man doch immer Zeit, oder?*
Cheerio, Babette

Ach herrje. Das hatte mir gerade noch gefehlt. Wenn dein Leben pures Chaos ist, dann sind Treffen mit alten Schulfreundinnen, die wissen wollen, wie es dir geht, so sinnvoll wie ein Champagnerbad für Alkoholikerinnen.

+491604283315851 ~ error in persona
Leute, das wird großartig. Bin zwar echt busy in der Kanzlei, doch kein Gericht dieser Welt wird mir ein Treffen mit euch untersagen. Wir sehen uns dann im Zuckersüß. Toni

Moment mal. Ich versuchte, meine Gedanken zu entwirren, wie ein Wollknäuel, das vollkommen verheddert war. Stricken und anderes Handarbeitszeugs waren noch nie meine Stärke gewesen. Ich habe es versucht, aber ich bin eher der Typ fürs Grobmotorische. Neulich, da wollte ich mal Sahne schlagen und konnte den Quirl nicht finden (macht man das überhaupt mit einem Quirl?!). Jedenfalls sehen diese Dinger, mit denen man die Milch für Kaffee aufschäumt, ja so ähnlich aus. *Wird schon gehen,* dachte ich. Tja, und plötzlich lag da dieses Klümpchen Butter vor mir, und ich konnte mir nicht erklären, was ich falsch gemacht hatte. So geht es mir leider oft im Leben.

Deshalb musste ich scharf nachdenken und dabei einen möglichst guten Grund finden, um dieses Treffen abzusagen. Ich würde da auf gar keinen Fall hingehen.

+4915228810446 ~ wilma_w
Klingt super. Bin dabei.

Was zum …?! Sag mal, hatte ich noch alle Tassen im Schrank?! Wann hatte ich denn das bitte geschrieben? Da konnte ich ja wohl unmöglich nüchtern gewesen sein …

Und dann fiel mir auf einmal alles wieder ein: das *Flittergold,* der Wein, das Bier, Patti, Sonnes Nachricht, meine Antwort. Im falschen Chat. Mist. Wieder mal aus Versehen Butter.

Das durfte doch alles nicht wahr sein. Hatte sich die ganze Welt gegen mich verschworen? Was hatte ich denn bitte getan? Okay, ich hatte getrunken, natürlich, und nicht gerade wenig. Und vielleicht war es nicht der beste Weg, mit der ganzen Situation umzugehen, das wusste ich auch. Aber musste mein Karma deshalb gleich komplett flöten gehen?

Alles halb so wild, Wilma, versuchte ich, mich selbst zu beruhigen. Ich musste da nicht hin. Auch wenn ich genau genommen bereits zugesagt hatte. Ich würde einfach sagen, dass ich krank sei und nicht kommen könne. Dicker Schnupfen, Bauchkrämpfe, Fuß verstaucht oder so. Ich würde einfach schreiben, dass es mir sehr, sehr schlecht ginge, und das war ja noch nicht einmal gelogen. Und ab morgen, das schwor ich mir hoch und heilig, würde ich es mit Brennnesseln und Regenwasser und einer positiven Grundeinstellung probieren.

+491624329669 ~ amazing_alva
Ihr Lieben! So eine wundervolle Idee. Bei Kaffee und Kuchen in alten Zeiten schwelgen, das klingt fantastisch. Bella und Feli haben zwar Magen-Darm, Rocco hat sich den großen Zeh verstaucht, und ich bin ein wenig erkältet. Aber das bekomme ich hin. Nichts kann verhindern, dass wir uns wiedersehen. Fühlt euch umarmt. Eure Alva

Super. Was sollte ich denn jetzt bitte machen?

In komplizierten Situationen hilft es, sich auf unkomplizierte Dinge zu konzentrieren. Zum Glück hatte ich ja noch das zweite Buttercroissant. Ich biss in das süße Hörnchen hinein – und schmeckte doch gleichzeitig etwas Bitteres. Mein Leben war wirklich wie Sahne schlagen: Ich hatte keinen Plan und nur das dumpfe Gefühl, dass trotz aller Anstrengung immer etwas dabei herauskommen würde, das so nicht beabsichtigt war.

Alles nicht so dramatisch, Wilma, versuchte ich, mir gut zuzureden. Doch ich glaubte mir leider selbst nicht. Und dann kam der Heulkrampf mit voller Wucht. Ich schluchzte und schluchzte, und es hallte durchs ganze Haus – so laut, dass ich nicht einmal hörte, wie die Eingangstür quietschend aufging und Sonne langsam die Treppe hochkam. Sie kniete sich neben mich und strich mir sanft über mein Haar. Und sie roch nach Kokos-Shampoo und nach dem Chakra-Öl, das man nur in walnussgroßer Menge verwenden durfte.

Kapitel 8

#AchDuLiebeGüte

In Wirklichkeit war Sonnes Wohnung gar keine Wohnung, sondern eher so etwas wie ein Tempel. Ein heiliger Ort, eine Oase der Zuversicht.

Wenn man den rosa gestrichenen Flur entlangwanderte, vorbei an unzähligen Buddha-Statuen, Windlichtern und Klangspielen, benebelt vom Vanille-Duft ihrer Räucherstäbchen, dann konnte man gar nicht anders, als willenlos zu lächeln und in das Mantra einzustimmen, mit dem sie mich aus dem Hausflur in ihre Wohnung gelotst hatte.

„Lokah samastah sukhino bhavantu", hörte ich sie singen, während sie mich zielgerichtet zu ihrem Futon-Sofa schob. Vollkommen erschöpft sackte ich auf ihm zusammen. Sonne setzte sich neben mich und sah mir tief in die Augen.

„Wilma, ich fürchte, deine Energiebahnen sind in einem dysfunktionalen Zustand." Sie legte mir ihren Zeigefinger auf die Mitte meiner Stirn. „Wir versuchen jetzt mal, die größten Blockaden zu lösen, damit die angestaute Energie wieder frei fließen kann. Und dafür machen wir die Meditation der liebenden Güte."

Ach, du liebe Güte. Versteht mich bitte nicht falsch – ich liebe meine beste Freundin. Wirklich. Aber manchmal geht mir dieses ganze Karma-Gedöns auf mein oberstes Chakra.

„Schließ die Augen und atme tief ein und aus", befahl Sonne mir. Sie drückte erst meinen Rücken leicht gerade, dann meine Schultern nach unten und hob mit einer Hand mein Kinn. Ich gehorchte und schloss meine Augen, wenn auch widerwillig.

„Und nun sprich mir nach: Möge ich glücklich sein. Möge ich gesund sein. Möge ich frei sein von Hass und Gier. Möge ich voller Ruhe, Frieden und Gelassenheit sein."

Ich blinzelte. Aber Sonne saß mit geschlossenen Augen im Lotussitz und schien es tatsächlich ernst zu meinen. Ich sagte brav das Sprüchlein auf, denn natürlich wollte ich glücklich sein. Ich hasste Unglück und war gierig nach Glück.

„Und nun", sagte Sonne feierlich, „stell dir eine Person vor, die du magst und segnen möchtest."

Ich schloss die Augen und überlegte. Wer konnte das nur sein? Plötzlich blickte ich in zwei imaginäre Fischaugen.

„Mögest du glücklich sein …" Ich segnete Derrick mit all meiner Liebe und Güte und schluchzte dabei laut auf. Sonne legte ihren Arm um mich.

„Sehr gut", lobte sie. „Und nun segne jemanden, den du nicht magst."

Ach du Schreck. Ich fühlte mich sofort wie bei *Kaufwelt* vorm Kühlregal: Die Auswahl war so riesig, dass ich mich einfach nicht entscheiden konnte. Wen sollte ich nur nehmen? Okay. Ich könnte es ja mal mit Daniel versuchen.

„Mögest du –“ Ich stockte, denn plötzlich hatte ich einen pinkfarbenen Tanga vor Augen. „Nein, tut mir leid, Sonne, das kann ich nicht.“

„Ganz ruhig, Willi.“ Sonne legte ihre Hand auf mein Herz. „Entspann dich. Atme einfach. Lass es zu. Verbinde dich ganz mit dir selbst.“

In Ordnung.

Hallo, Zentrale? Würden Sie mich bitte mit Wilhelmina Wonneberg verbinden? Wie bitte? Dauerhaft besetzt?!

„Sonne, ich kann das echt nicht. Ich wünschte, ich könnte es, aber ich bin gerade einfach nicht in der Verfassung für spirituelle Séancen.“

Sonne sah mich verständnisvoll an. „Du musst deine Grundeinstellung ändern, Willi, dann ergibt sich alles andere von selbst. Und es ist wichtig, dass du dich deinen Ängsten stellst. Mir scheint, du scheust dich ein wenig davor.“

Ha. Ich und mich vor meinen Ängsten scheuen?

„Ich — ich bin nicht ängstlich“, entgegnete ich mit zitternder Stimme. „Ich bin nur eine zur Vorsicht erzogene Person.“

Sonne stand auf und schüttelte den Kopf. „Genau das meine ich, Wilma. Du willst es nicht wahrhaben. Dabei ist es so wichtig, es sich einzugestehen. Denn nur, wenn man sich seine Ängste bewusst macht und durch sie hindurchgeht, kann man sie auch überwinden.“

„Wo hast du denn das her?“

„Aus einem Artikel. Stand in der neuen *Spirit*.“ Sie ging in die Küche, und ich hörte, wie der Wasserkocher zischte.

„Das trifft aber überhaupt nicht auf mich zu“, zischte ich leise zurück. Sonne kam mit zwei Tassen Chai wieder, und wir setzten uns an den flachen Wohnzimmertisch auf die Meditationskissen. Eine warme Note von Zimt erfüllte den Raum.

„Hör mal“, sagte sie und schob eine der beiden dampfenden Tassen zu mir rüber. „Deine Angst ist vollkommen normal, nach allem, was du durchgemacht hast.“ Sie reichte mir Milch und Honig. Während sich der Honig im Tee auflöste, musste ich unwillkürlich an Daniel und meinen Job denken. Die Milch bildete kleine, weiße Wolken.

„Die Ursache von Angst ist im Grunde nur ein Missverständnis“, erklärte Sonne Tee schlürfend. „Wir glauben fälschlicherweise, dass wir vom Universum getrennt sind. Und das wiederum führt zu einer begrenzten Vorstellung unseres Seins.“

Ich nickte zustimmend, obwohl ich kein Wort verstanden hatte. Vermutlich lag das an der begrenzten Vorstellung meines Seins.

„Bestimmte Erfahrungen wünschen wir uns herbei“, fuhr Sonne fort. „Solche, die uns glücklich machen. Andere hingegen versuchen wir zu vermeiden. Und das führt dann unweigerlich zur Sorge, entweder nicht das zu bekommen, wonach wir uns sehnen …“ Sonne machte eine bedeutungsvolle Pause und sah mich durchdringend an. „… oder eben das zu bekommen, was wir nicht haben wollen.“

Auch wenn diese Erklärung recht kryptisch klang – die Worte meiner besten Freundin brachten irgendetwas in mir zum Schwingen.

„Hast du dich mit Daniel eigentlich noch mal ausgesprochen?“, wollte Sonne ganz unvermittelt wissen.

„Ich wüsste nicht, was ich mit ihm noch bereden sollte", entgegnete ich und verschränkte meine Arme vor der Brust. „Du sagst doch selbst immer, dass nicht die Worte entscheidend sind, sondern die Taten."

„Das ist schon richtig", meinte Sonne mitfühlend. „Doch manchmal hilft es, Dinge auszusprechen, um dann Taten folgen zu lassen. Besonders, wenn es ums Verzeihen geht."

Ich verzog das Gesicht. Was, wenn ich gar nicht verzeihen wollte, sondern nur vergessen?

„In meinem Tao-Orakel stand heute: Benutze das Trübe, um zur Klarheit zu kommen." Sonne trank ihren letzten Schluck Chai aus. „Verzeihen ist ein Prozess, Willi. Und du bist ein richtiges Glückskind." Sie drückte mir einen Flyer in die Hand, auf dem ein Herz mit zwei goldenen Flügeln abgebildet war. „Nächsten Freitag leite ich nämlich im *Holistic Healing Zentrum* ein Engel-Seminar. Genau zu dem Thema. Da kommst du dann einfach mit."

Ach herrje. Ich wollte mir gerade irgendetwas überlegen, warum ich nicht mitgehen konnte, da fielen mir wieder die Nachrichten und das Treffen am Freitag ein. Und, dass Sonnes Seminar die vermutlich beste Ausrede war, dort nicht aufkreuzen zu müssen. Ha. Manchmal lief doch alles glatt im Leben.

„Also gut", seufzte ich. „Ich komme mit. Eigentlich bin ich ja schon verabredet, aber das werde ich dann absagen. Denn du hast vollkommen recht: Ich muss lernen, mich meinen Ängsten zu stellen."

Sonne horchte auf. „Was für eine Verabredung? Doch nicht etwa mit einem Mann, von dem ich nichts weiß?"

Ich rollte mit den Augen und machte eine abwinkende Handbewegung.

„Nein danke. Von Männern habe ich erst mal genug. Ein Treffen mit alten Freundinnen aus der Schulzeit. Ich habe ihnen eigentlich schon zugesagt, aber ich will da eh nicht hin."

„Oh, oh", machte Sonne und stellte ihre Tasse ab. „Das gibt ganz schlechtes Karma."

„Und wieso, bitte?", fragte ich irritiert. Wie schlecht konnte mein Karma denn noch werden?

„Du kannst keine Verabredung absagen, zu der du bereits zugesagt hast, vor allem nicht ohne triftigen Grund." Von Verständnis war in Sonnes Stimme nun nichts mehr zu hören.

„Aber dein Seminar ist ein triftiger Grund", verteidigte ich mich.

„Oh nein", widersprach Sonne heftig. „Es ist eine Ausrede."

Erwischt. Wieso konnte nicht ein Mal alles glatt laufen?

„Warum willst du denn nicht zu diesem Treffen?", bohrte Sonne in meiner Wunde rum. Mein Dasein mochte begrenzt sein, doch die Antwort auf diese Frage schmerzte grenzenlos. Ich schämte mich. Und ich schämte mich, dass ich mich schämte.

„Ich – ich weiß es nicht", entgegnete ich. „Vermutlich denkst du, ich habe Angst vor irgendetwas. Richtig?"

Sonne sagte nichts. Stattdessen zauberte sie unter dem Tisch einen Stapel Tarotkarten hervor und hielt sie mit beiden Händen wie einen Fächer vor ihr Gesicht.

„Los, zieh eine."

Ohne lange zu überlegen, zog ich eine Karte und drehte sie um. Ihr Bild zeigte eine weiße, leuchtende Blume auf einem Felsbrocken, und darunter stand „MUT".

Ich sah Sonne fragend an. „Und was sagt mir das jetzt?" Sonne lächelte allwissend. „So wie diese Blume trotz aller Widrigkeiten wächst, wirst auch du wachsen. Wenn wir vor schwierigen Situationen stehen, haben wir die Wahl: Wir können uns ärgern und jemanden suchen, dem wir die Schuld an unserem Elend geben." Sonne tippte auf die Karte. „Oder wir nehmen die Herausforderung an und wachsen daran." Sie nahm meine Hand. „Geh zu dem Treffen, Willi, und hab keine Angst davor. Was ist denn das Schlimmste, das passieren kann?"

Kapitel 9
#EinLikeFürDiesesLeben

Sonne hatte vollkommen recht. Ich würde mich meinen Ängsten stellen. Und dann würde ich merken, dass alles halb so wild war. Also verbrachte ich die gesamte Woche damit, mich auf das Treffen am Freitag vorzubereiten. Und wenn ich eins im Verlag gelernt hatte, dann, dass das Universum vor das eigentliche Projekt die Recherche gesetzt hat. Deshalb war der erste Schritt: Freundinnen googeln und mir ihre Profile in den sozialen Netzwerken ansehen. Ich meine, wir alle wissen ja, wie wenig sozial diese „sozialen" Medien sein können. Und deshalb dürfen wir nicht erwarten, das wahre Leben dort zu finden. Doch warum vergessen wir das immer wieder, sobald wir Instagram und Co. geöffnet haben? Warum bitte setzt unser Gehirn immer dann aus, wenn wir es am allermeisten brauchen?!

Alles nur Photoshop und Filter, Wilma, versuchte ich, mir Mut zu machen, als ich die App öffnete. Mein eigener Account, *wilma_werbitte,* hatte nicht mal ein Profilbild. Bis jetzt war ich eher selten auf Instagram gewesen, und wenn, dann lediglich, um zu gucken. Denn nur weil alle anderen jeden Pups aus ihrem Leben posteten, hieß das ja noch lange nicht, dass ich bei diesem digitalen Unfug mitmachen musste.

Tonis Account, *die.rechtsexpertin*, hatte ich schnell gefunden. *Rechtsanwältin Antonia Tang.* Ich blinzelte, leicht verwundert.

Dieses Konto ist privat.

Wie bitte? Was sollte das denn? Man musste ihr erst eine Anfrage schicken?! Da konnte man sich ja gar nichts von ihr ansehen, ohne dass sie das auch mitbekam. Dabei hatte ich immer gedacht, jeder würde versuchen, eine „Person der Öffentlichkeit" zu werden, um so viel wie möglich mit so vielen wie möglich zu teilen. Private Konten waren doch was für Finanzen und nicht für Instagram. Wenn man unbedingt Privatsphäre wollte, was suchte man dann überhaupt auf Social Media?! Tsss ... Spaßverderberin.

Ich versuchte es weiter, und zum Glück war Alvas Account öffentlich einsehbar. Sieh mal an. *i_am_alva* hatte für ein Foto ihrer Blumenkästen 128 Likes bekommen. Und sie hatte über sechshundert Follower, obwohl sie gar nicht so viel postete. Nicht schlecht. Ich hatte genau drei Follower (*holly_flowlightly, kanu_reeves_official* – werauchimmer hinter diesen Namen steckte – und mein Nachbar Burkhard alias *burk-hard1988*) und null Likes. Gut, ich hatte ja auch noch nichts gepostet.

Nachdem ich mir ein Dutzend Blumenkastenfotos von Alva angesehen hatte, nahm ich mir Babettes Profil vor. Babette alias *Babsibetti* war im Gegensatz zu mir ein Vollprofi. In ihrem Profil stand:

Babsibetti
Mami, wife, living my passion for Beauty & TV

Hmmm ... sollte ich bei mir vielleicht auch so etwas hinzufügen? *Single, kinderlos, living my passion for ... Buttercroissants?!* Wenn man wie Babette über 120.000 Follower haben wollte, musste man das wohl so machen. Ich scrollte mich durch ihre Fotos und Reels. Mann, sah das alles schick aus. Bilder von ihren entzückenden Kindern, Babette beim Skifahren in Davos, am Pool auf Mallorca und beim Shoppen mit einer *Hermès*-Handtasche. Mir blieb die Spucke weg bei Hashtags wie *#FriendsForever, #SummerFun, #FashionPassion* und *#HappyGirl.* Ihr Mann, *#LoveOfMyLife,* sah wirklich nett aus. Allerdings war er auch nur von hinten im Halbschatten zu sehen, wie er Babette einen Kuss aufdrückte. Im Hintergrund Palmen und Strand und Sonnenschein.

Mein Hals wurde plötzlich eng, und ich konnte kaum schlucken.

Wiiiilmaaaaa. Das ist doch alles nur Schein und nicht die Realität. Kein Mensch dieser Welt führt ein Leben wie aus einem Hochglanzmagazin.

Aber irgend so eine unangenehme Stimme in mir drin quakte dazwischen: *Wir wissen doch alle, dass in jeder Sache auch immer ein Funken Wahrheit steckt.* Und wenn dieses Instagram-Profil von Babette auch nur ein Fünkchen Wahrheit enthielt, dann hatte sie vermutlich trotzdem ein tausend Mal tolleres Leben, als ich jemals haben würde.

Was konnte ich denn schon vorweisen? Ich war eine Versagerin, und das auf ganzer Linie.

Ohne Mann. Ohne Job. Ohne Goldfisch.

Ohne Follower. Ohne Likes. Ohne Social-Media-Kompetenz. Immerhin hatte ich es irgendwann einmal geschafft, die App zu installieren und mich einzuloggen. Und damit war ich zumindest der Generation meiner Eltern um Längen voraus. Mal ganz ehrlich: Das, was Babette und all die anderen „Personen des öffentlichen Lebens“ so machten, konnte und wollte ich ja sowieso nicht. Ich war nicht der Typ dafür, sämtliche Dinge meines Privatlebens einem breiten Publikum zu präsentieren. Um das festzustellen, brauchte man sich bloß meine Kinderfotos anzusehen. Auf der einen Hälfte waren meine Augen geschlossen, auf der anderen hatte ich sie weit aufgerissen. Ich war schon immer ziemlich lichtempfindlich und nicht besonders fotogen. Ein halbwegs cooler Instagram-Feed war für mich somit nahezu ausgeschlossen.

Gut, es gab auch die Möglichkeit, sich selbst gar nicht zu zeigen. Aber wer machte das bitte?! Ich meine, darum ging es ja gerade bei dem ganzen Hokuspokus.

Doch dann klickte ich mich durch ein paar vorgeschlagene Profile und stellte schnell fest: Das gab es doch. *Unfassbar.* Da gab es doch wirklich Menschen, die jemandem folgten, der sich gar nicht zeigte. Warum um Himmels willen machte man so was?

Das musste ich mir unbedingt näher ansehen.

dalia.dolittle (miss_dolittle)
*fashion*travel*beauty*lifestyle*
*Berlin based***d.dolittle-shop.de*
1,5 Mio. Abonnenten 3 Abonniert

Über eine Million Follower? Das war ja mal eine Hausnummer. Ich sah mir einen ihrer Posts an. Eine junge Frau in *Chanel*-Mantel und Wollmütze, von hinten fotografiert, flaniert durch einen rot leuchtenden Herbstwald. „AUTUMN VIBES" stand fett drunter und „Ich liebe den Herbst so sehr. Ihr auch?". Der Post wurde 11.242 Mal gelikt und hatte 167 Kommentare. Fassungslos scrollte ich weiter.

Auf keinem der Fotos und Reels war Dalia richtig zu sehen. Mal postete sie ihre Beine („Boots!"), mal sah man ihren Oberkörper in einem schwarzen Hauch von Nichts mit Kette, Uhr und Armband („BLING BLING"). Und dann zeigte sie sich im knappen Bikini mit Basttasche und Riesen-Sombrero, der ihr Gesicht verdeckte („Back on the beach").

Alles war in Grau-Braun-Rosa-Crème gehalten, und das Ganze war mit Hashtags wie *#CosySunday, #OutfitInspiration, #LoveIt, #PicOfTheDay, #PrettyLittleInspo* und Ähnlichem versehen. Was immer das auch bedeutete. Man sah nicht, wer dahintersteckte, aber offenbar bewunderten sie alle trotzdem.

Mir wurde ganz schwindelig von so viel Hochglanz. Ich hielt mein Handy, so fest ich konnte, und versuchte, meine zitternden Hände unter Kontrolle zu bringen.

Irgendetwas war in meinem Leben grundlegend schiefgelaufen. Hatten meine Eltern nicht darauf bestanden, dass ich etwas Anständiges lernte? All die Jahre an der Uni, der Abschluss in Kommunikationswissenschaften, das anschließende Volontariat im Verlag, die darauffolgende Festanstellung – all das. Und wofür?! Für ein Leben als Arbeitslose in einer winzigen Bude. Ein Leben, das so erbärmlich war, dass niemand es mit mir teilen wollte. Niemand schenkte mir für dieses Leben ein Like. Niemand bewunderte mich, niemand liebte mich, niemand –

Es klingelte an der Wohnungstür. Wie in Trance stand ich auf, schleppte mich in den Flur und öffnete.

Vor mir stand Burkhard Kühn, mein Nachbar. Frosch-Burkhard. Ich konnte ihn einfach nicht ansehen, ohne an ein grün-glibschiges Amphibium zu denken. Obwohl wir ungefähr gleich alt waren, sah Burkhard mindestens zehn Jahre älter aus. Er war einer dieser Computer-Nerds, die fast durchgehend in ihrer virtuellen Welt lebten. Nur am Wochenende zwängte er seinen schlaksigen Körper in grüne Radlerhosen und Rennradshirt und raste über die Schnellstraßen Berlins. Er teilte sein Leben mit seinem Rad und seinem PC. Eine Frau, abgesehen von seiner Mutter, hatte ich noch nie an seiner Seite gesehen.

„Hallo, Wilma." Er lächelte mich breit an und rückte seine Brille gerade. „Mir ist leider das Olivenöl ausgegangen. Könntest du mir vielleicht aushelfen?"

Ich nickte freundlich, aber nicht zu freundlich. Als ich ihm die Flasche in die Hand drückte, glänzten seine Augen vor Glück. „Kann ich denn auch etwas für dich tun, Wilma?"

Diese Frage hatte ich schon so oft von ihm gehört, genau wie den schmachtenden Unterton in seiner Stimme. Vielleicht bildete ich ihn mir auch nur ein. Aber irgendwie waren da, wie Sonne sagen würde, ungute Schwingungen zwischen Frosch-Burkhard und mir, die mich jedes Mal nervös machten. Nur heute nicht, denn ich war ja bereits ein nervliches Wrack.

„Nein danke", entgegnete ich, wie immer freundlich, aber nicht zu freundlich.

Ich schloss die Tür und wurde das dumpfe Gefühl nicht los, dass es Burkhard weniger um das Öl ging als um die Gelegenheit, es auszuborgen und zurückzubringen. Was machte man bloß mit Leuten, die einen likten, obwohl man das nicht likte? Auf Instagram würde man sie einfach blockieren. Im wahren Leben ging das nicht so leicht.

Das wahre Leben war viel zu kompliziert und trostlos, um sich näher damit zu befassen, das wurde mir immer klarer. Aber so ganz ausblenden konnte ich es dann doch nicht.

Du musst dich deinen Ängsten stellen. Du musst dich deinen Ängsten stellen. Du musst …

… dich beim Treffen einfach so präsentieren wie eine Influencerin! Ha. Das war es. Warum war ich da nicht gleich drauf gekommen?

Mit neuer Zuversicht und Energie riss ich meinen Kleiderschrank auf und suchte nach einem *Chanel*-Mantel oder alternativ nach einem Bikini mit Riesen-Sombrero.

Mist.

Bislang hatte ich mich ganz wohlgefühlt mit meinem Mix aus *H&M* und Secondhand. Aber wenn ich an Dalia und ihre Fotos dachte, dann wirkten meine Klamotten plötzlich wie Komposttüten. Es half alles nichts: Um vor meinen alten Freundinnen nicht wie eine komplette Versagerin dazustehen, brauchte ich wohl ein komplettes Umstyling.

Kapitel 10
#ShoppingVictim

Wow.

Der Palast war die riesigste Shoppingmall, die ich je gesehen hatte. Kein Vergleich zur *Kleiderkiste,* dem kleinen Secondhandladen zwei Querstraßen von mir entfernt, in dem Sonne und ich gelegentlich nach alten Schätzen stöberten.

Ich war ewig nicht in anderen und vor allem exklusiveren Läden einkaufen gewesen. Daniels Versuche, mich in teure Designer-Boutiquen zu schleifen, empfand ich immer als Nötigung und hatte mich entsprechend geweigert.

Und nun stand ich da, als wäre ich auf einem fremden Planeten gelandet und erforschte ihn auf der Suche nach intelligentem Leben. Zugegeben: Alleine hätte ich diese Expedition nicht finanzieren können. Doch Patti und seine Kreditkarte waren immer für mich da, wenn ich in Not geriet. Und das hier war wohl ein Notfall erster Güte.

Mit offenem Mund fuhr ich die Rolltreppe ins erste Geschoss hoch und stolperte in den erstbesten Laden mit Bekleidung hinein. Oh, mein Gott. Dieses Licht, diese Farben, diese Musik. Ich hatte mal irgendwo gelesen, dass das alles gut durchdacht und aufeinander abgestimmt war, um die Kundschaft in eine lockere und ausgelassene Stimmung zu versetzen. Und, dass die Musik unterbewusste Botschaften enthielt. Kauf mich. Kauf mich. „Kann ich Ihnen behilflich sein?" „KAUF MICH!"

„Entschuldigung?"

Ups. Hatte ich das gerade etwa laut gesagt? Mir brach der Schweiß aus, und ich musste erst mal meinen Schal abnehmen.

„Tja … also … ähm", stammelte ich und sah die Verkäuferin hilflos lächelnd an. „Ich suche etwas, das ich kaufen kann."

Die Verkäuferin nickte mir gutmütig zu. „In Ordnung. Das dürfte kein Problem sein."

Ich atmete erleichtert aus, und meine verkrampften Muskeln entspannten sich ein wenig. Für Fälle wie mich hatte Gott diese Frau erschaffen. Und ich war ihr sehr dankbar, denn ich musste ihr nur mein Handy unter die Nase halten und ein paar von Dalias Outfits zeigen. Schon eilte sie los und stellte mir ein paar ähnliche Kombinationen zusammen. Dann begleitete sie mich mit einem Berg feinster Designerstücke zur Umkleide.

„Vielen Dank", sagte ich ein wenig verlegen. „Ich glaube, ab hier schaffe ich es alleine."

Dann verschwand ich hinter einem sandfarbenen Umhang in der Umkleidekabine.

Ich muss gestehen, vor diesem Moment habe ich eigentlich immer Angst. Wir wissen ja alle, dass uns Umkleiden den letzten Rest an Selbstbewusstsein rauben können – mit nur einem einzigen Blick in den Spiegel. Kaltes Neonlicht von oben ist besonders tödlich für die positive Selbstwahrnehmung. Plötzlich hast du Augenringe in der Größe von Pizzatellern und Pickel, Falten und Speckrollen in nie zuvor gekanntem Ausmaß. Ich bin schon mal rückwärts wieder aus einer Kabine raus und habe fluchtartig den Laden verlassen, weil der Spiegel wie Breitbild wirkte und meine Haut dank des grünen Vorhangs wie die eines Ogers aussah. Deshalb gehe ich aus Selbstschutz nur noch mit geschlossenen Augen in Umkleidekabinen und blinzele dann als Erstes ganz vorsichtig, aus welcher Richtung das Licht kommt.

In diesem Fall hatte ich großes Glück. Entwarnung. Rechts und links neben dem Spiegel waren Leuchtröhren angebracht, und der Spiegel selbst war schräg an der Wand montiert. Mein Spiegelbild wirkte dadurch groß und schlank, und das warme Licht der Röhren verlieh meinem Gesicht einen angenehmen Teint.

Ich probierte das erste Outfit an, und was soll ich sagen: Es war einfach fantastisch. Alles an ihm sagte mir: *Kauf mich. Kauf mich. Kauf mich.*

Auch das zweite Outfit war hinreißend, das dritte zauberhaft, und im vierten wirkte ich atemberaubend schön. Nach längerem Hin und Her schwankte ich zwischen Nummer eins und Nummer vier, doch ich konnte mich beim besten Willen nicht zwischen ihnen entscheiden.

Vielleicht ging es Daniel ja auch so, schoss es mir da durch den Kopf. Auf der einen Seite diese Kimberly und auf der anderen ich. Eigentlich kannte ich sie ja gar nicht. Aber der pinkfarbene Tanga sagte mir alles über sie. Vermutlich war sie eines dieser Püppchen, in Minirock und High Heels, mit einem Bunny-Kettchen um den Hals. Eine, die nicht nur jedem Modetrend hinterherjagte, sondern auch jedem Mann. Ein Kleid von der Stange, Versandhausmode, Fast Fashion.

Und ich? Nun ja, ich kann nicht behaupten, Haute Couture zu sein. Ich würde sagen, ich bin wohl eher ein … gemütliches Kleidungsstück. So was wie die liebste Jogginghose. Eine, die man ewig hat, weil man sich einfach wohl mit ihr fühlt. Weil man immer gut mit ihr aussieht, sie angenehm kuschelig ist und außerdem richtig schön … bequem. Hmmm … Hmm.

Wollte ich wirklich, dass jemand aus Bequemlichkeit mit mir zusammen war?

Puh. Ich schluckte. Natürlich nicht. Wer wollte das schon? Andererseits – was war so verkehrt daran? Es gab doch sicher auch Outfits, die bequem und superschick zugleich waren, oder? So wie der Chanel-Blazer, den ich gerade anhatte. Ich blickte anerkennend in den Spiegel. Gekauft.

Ich sah einfach umwerfend in ihm aus. Wie frisch aus Dalias Posts geklettert. Und wenn Daniel mich in diesem Kostüm sah, würde er sicher bitter bereuen, sich für die billige Variante entschieden zu haben. Er würde sofort einen Umtausch verlangen und mich auf Knien anflehen, ihm zu verzeihen und zu ihm zurückzukommen – in seine schwarz-weiße Welt, die – das musste ich zugeben – ziemlich gut zu meinem Anblick im Spiegel passte.

Jede Frau weiß, dass es mit der richtigen Kleidung allein nicht getan ist. Ein tolles Outfit ist zwar die halbe Miete, doch vollständig wird das Ganze erst durch das richtige Make-up und die passenden Accessoires. Ich bin keine Freundin von Schmuck, insbesondere nicht von Perlenketten, finde allerdings, dass sie einen gewissen Zweck erfüllen. Wer Perlen trägt, suggeriert seinem Gegenüber: Ich bin hier, um zu glänzen. Und genau das hatte ich ja vor.

Bei *Jackie Jewel* wurde ich schließlich fündig, und nebenbei bemerkt: Ich denke, im Leben kommt es nicht darauf an, dass wir echte Perlen tragen. Auch Modeschmuck-Perlen können kostbar sein, wenn man sie mit Liebe kauft.

Ich verließ den *Palast* mit mehreren Tüten in jeder Hand und einem wohlig warmen Gefühl der Glückseligkeit, das meinen gesamten Körper durchströmte. Besonders die Bauchregion, denn nachdem ich im Umkleidespiegel dermaßen schlank ausgesehen hatte, hatte ich mir im Café nebenan noch einen Apfelstrudel mit Vanillesoße gegönnt. Als Belohnung für die Strapazen, die so eine Shopping-Tour nun mal mit sich brachte. Immerhin musste ich meine Schätze auch noch nach Hause transportieren. Und es war mir wirklich ein Rätsel, wie ein Hauch von nichts so viel kosten und dann auch noch wiegen konnte.

Mit letzter Kraft kämpfte ich mich durch den öffentlichen Nahverkehr nach Hause. Als ich schließlich schwer bepackt aus dem Bus strauchelte, musste ich mich erst mal kurz ins Haltestellenhäuschen setzen und erschöpft durchatmen.

Puh. War das anstrengend, wie eine Influencerin auszusehen. Allein der Gedanke daran, beim Treffen im *Zuckersüß* mit meinem Outfit beeindrucken zu können, motivierte mich, den Kopf nicht hängen zu lassen. Ich hob meinen Blick und sah zufällig zur gegenüberliegenden Haltestelle. Da sah ich ihn – ein männliches Shopping-Victim. Auch das gab es, und ich musste unwillkürlich schmunzeln.

Er wirkte, als suche er jemanden, wie er da stand, mit mindestens so vielen Tüten in der Hand wie ich. Er studierte den Fahrplan und sah dann auf seine Uhr. Ich war zu weit entfernt, um das Modell erkennen zu können, doch nah genug, um zu sehen, dass sie teuer gewesen sein musste. Eigentlich alles an ihm sah teuer aus. Sein hellgrauer Anzug, sein blütenweißes Hemd, die dunkle Krawatte und die frisch geputzten Schuhe, die bis zur anderen Straßenseite glänzten.

Warum fuhr er dann nicht Taxi, sondern Bus? Hatte er etwa alles beim Shopping verprasst und war nun auf dem Weg zum Pfandleihhaus, um seine Uhr zu versetzen?!

Nein. Dafür wirkte er zu … zu in sich ruhend. Ausgeglichen und gelassen, trotz aller Hektik um ihn herum. So wie jemand, der alles im Griff hat, auf eine gute Art und Weise. Jemand, der sein Leben im Griff hat. Gott, ich wünschte, ich wäre auch so. Ich wünschte, ich hätte auch diese gewisse Ausstrahlung von Zufriedenheit und Selbstsicherheit.

Man muss manchmal gar nicht besonders nah an Menschen herankommen, um zu sehen, dass sie mit beiden Beinen fest im Leben stehen. Dass kein Wind sie so schnell umwehen kann, oder sie mit ihren Absätzen im Pflastersteinboden stecken bleiben und nicht mehr weiterwissen. Gut, das passiert Männern, die eher flache Schuhe tragen, sowieso selten. Aber allein durch die Art und Weise, wie er da stand, konnte man über die Straße hinweg erkennen, dass ihn offensichtlich nichts so schnell aus der Ruhe brachte.

Sonne würde sicher sagen: „Der Typ hat nicht nur eine goldene Uhr, sondern auch eine goldene Aura.“ Fragt sich nur, was zuerst da gewesen war.

Er sah sich um und fuhr sich durch seine dunklen, halblangen Haare. Dann strich er nachdenklich über seine Krawatte und blickte erneut zur Uhr. Ich stutzte. Irgendwie kam er mir bekannt vor. Irgendwas an ihm kam mir bekannt vor. Aber ich konnte beim besten Willen nicht sagen, was.

Ein Bus hielt mit quietschenden Reifen und versperrte mir die Sicht. Was soll's. Ich hatte sowieso Besseres zu tun, als fremde Männer zu beäugen. Und wie oberflächlich eigentlich von mir, jemanden nur nach seinem äußeren Erscheinungsbild zu beurteilen, ohne je ein Wort mit ihm gewechselt zu haben. Dieser Mann konnte genauso gut ein Axtmörder sein. Ein Axtmörder mit einem außergewöhnlich guten Kleidungsstil. Möglich, aber doch ziemlich unwahrscheinlich. Oder? Dafür wirkte er einfach zu … na, ich sagte es ja bereits.

Mit einem Seufzer griff ich nach meinen Einkaufstüten und erhob mich. In diesem Moment fuhr der Bus weiter, und neben dem Mann stand plötzlich eine Frau, die ihn umarmte. Ich seufzte erneut. Natürlich. Natürlich war nicht ER das Shopping-Victim. Und natürlich fiel er in die Kategorie „Männer, die ihrer Frau die Einkäufe nach Hause tragen" und deshalb logischerweise eine Frau haben. Und nicht Single sind.

Schade, dachte ich insgeheim und seufzte ein drittes Mal. Wirklich. Sehr. Schade. Die tollsten Typen waren immer schon vergeben. Andererseits – welche Frau brauchte schon einen Mann, wenn sie das richtige Outfit hatte.

Kapitel 11

#AllEyesOnMe

Mein Plan war voll aufgegangen. Ich hatte mein letztes Erspartes zusammengekratzt und Pattis Großzügigkeit und seine Kreditkarte benutzt, um wie eine echte Influencerin auszusehen. Und da stand ich nun im Casual Business Look: im dunkelblauen Blazer über hellem Top, kombiniert mit sandfarbener Jeans. Ohne Sombrero, dafür mit Perlenkette. Dalia wäre bestimmt stolz auf mich gewesen. Dieses Outfit machte nämlich deutlich: Hier kommt eine moderne, geistreiche Frau. Eine Frau, die ihr Leben im Griff hat und weiß, wo es langgeht.

Ich brauchte eine Weile, um das *Zuckersüß* zu finden. Es war eines der angesagtesten Cafés im Bergmann-Kiez, aber da ich mich nie hip und cool genug für so was hielt, machte ich um solche Orte normalerweise einen großen Bogen.

Ich stolperte über die Türschwelle, hinein in den Duft von frisch gerösteten Kaffeebohnen und selbst gebackenem Käsekuchen, der Spezialität des Hauses. Im *Zuckersüß* herrschte schon morgens Hochbetrieb. Ich holte tief Luft, tauchte in das Meer fröhlicher Stimmen ein und schob mich mit angehaltenem Atem durch die Masse von Menschen bis zum Tisch in der hintersten Ecke. Dort atmete ich endlich aus.

Es war offensichtlich nicht einfach, hier kurzfristig einen Tisch zu reservieren. Doch Babette war schon immer die Sorte Frau gewesen, die bekam, was sie wollte. Manche Dinge änderten sich eben nie.

Auch wenn unser letztes Treffen fast fünfzehn Jahre her war und wir danach keinen persönlichen Kontakt mehr miteinander gehabt hatten, erkannten wir uns sofort.

Ein Küsschen links, ein Küsschen rechts, und schon fühlten wir einander wieder vertraut. Wir setzten uns, bestellten eine große Frühstücksplatte, von der sich jeder bedienen konnte, und Sekt, um auf unser Wiedersehen anzustoßen. Dann begannen wir zu plaudern, und es war, als hätten wir uns erst gestern das letzte Mal gesprochen. Natürlich waren wir alle älter geworden, reifer und hatten mehr Lebenserfahrung. Aber manche Dinge schien die Zeit konserviert zu haben.

Alva wirkte mit ihrer zierlichen Gestalt und ihren langen, blonden Haaren immer noch elfenhaft wie Tinker Bell. Antonias Teint war makellos und faltenfrei wie früher. Und Babette war, wie schon zu Schulzeiten, das Fashion Victim unter uns vieren und, was die Wahl ihrer Kleidung anging, eine Art weiblicher Thomas Gottschalk. Ich jedenfalls hätte mich nie getraut, zu diesem Treffen in kanarienvogelgelber Bluse, Minirock im Leo-Look und pinkfarbenen Pumps aufzukreuzen. Doch Babette hielt nicht nur wenig von klassischer Garderobe, sondern auch von der Meinung anderer. Ich bewunderte sie dafür.

„Weißt du, ich hätte nie Anwältin werden können", raunte Babette Toni zu und strich sich die rotbraunen Haare hinters Ohr. „Perlenohrringe stehen mir einfach nicht."

Toni nickte nur amüsiert. „Beim Fernsehen bist du auch viel besser aufgehoben. Du könntest nämlich glatt als Testbild durchgehen."

„Autsch." Babette lachte gekünstelt und spielte die Beleidigte. „Da ist er wieder – der Bruce Lee der Paragrafen. Ich liebe dich für deine Schlagfertigkeit, Toni." Sie erhob ihr Glas, und dann stießen wir alle an.

„Auf uns vier und unsere Freundschaft."

Der Sekt prickelte angenehm in meiner Kehle, und dadurch entspannte ich mich ein wenig. Zum ersten Mal seit Tagen fühlte ich mich hoffnungsvoller. Vielleicht lag es an meinem neuen Look. Vielleicht lag es aber auch daran, dass mich die drei an meine Kindheit erinnerten – eine Zeit, in der das Leben noch so herrlich unkompliziert gewesen war.

„Sag mal, was macht man denn so als TV-Redakteurin?", wollte Alva von Babette wissen. „Ich stelle mir das furchtbar spannend vor."

„Ach, wisst ihr", winkte Babette gelangweilt ab, „nach zehn Jahren in dem Business ist der Glamour-Faktor so gut wie verflogen. Aber natürlich ist es immer noch nett, auf Promi-Partys zu gehen, herumzureisen und dafür ganz gut bezahlt zu werden." Sie streichelte ihre *Prada*-Tasche liebevoll wie ein Schoßhündchen. „Insgeheim arbeite ich ja darauf hin, in fünf Jahren in meiner Hängematte auf Malle zu liegen." Dabei nippte sie gedankenverloren an ihrem Glas. Ich dagegen trank einen großen Schluck. Irgendwie war mir immer noch nicht klar, was eine TV-Redakteurin nun zu tun hatte. Für mich klang es jedenfalls nicht so unglamourös, wie Babette uns weismachen wollte.

Meine letzte Party war der sechzigste Geburtstag von Herrn Pottrawski, unserem Hausmeister, gewesen. Er hatte alle Hausbewohner zu sich eingeladen, und wir tranken Schnaps und spielten Doppelkopf. Irgendwann sah ich nur noch doppelte Köpfe, und Frau Meyer-Bierling, die noch weniger Alkohol als ich vertrug, tanzte mit ihrem Krückstock durch Pottes Wohnung Tango. Es war ein wirklich lustiger Abend gewesen, aber von Glamour so weit entfernt wie ich von einem vorzeigbaren Instagram-Auftritt.

„Und wie läuft es bei dir?", lenkte Babette das Gespräch auf Alva.

„Ganz gut", hauchte die und tupfte sich mit der Serviette den Mund ab. „Nach fünf Jahren Dubai fällt es mir noch etwas schwer, mich an das kühle Klima hier zu gewöhnen. Aber Vincent hat mir fest versprochen, mindestens drei Mal im Jahr nach Mauritius zu fliegen. Nur wir zwei."

„Und die Kinder?", fragte Toni mit gespieltem Entsetzen. „Was ist mit eurer Aufsichtspflicht? Der elterlichen Fürsorge?"

Alva lächelte ihr Feenlächeln.

„Wir haben mit Margarita ein hervorragendes Kindermädchen, dem wir voll und ganz vertrauen können. Außerdem befinden sich Rocco und Bella gerade in einer Phase, in der man die Abnabelung von den Eltern fördern sollte."

„Arbeitest du denn noch?", wollte Babette wissen.

Alva schüttelte den Kopf. „Gerade konzentriere ich mich ganz auf meine Familie. Aber irgendwann möchte ich natürlich wieder als Lehrerin unterrichten. Finanziell abhängig zu sein und nichts für sich selbst zu machen, ist doch schrecklich unbefriedigend, oder?“

Ja, das stimmte allerdings.

„Und dabei ist es heutzutage so einfach, berufstätig zu sein.“ *Aha.*

Sie blickte in die Runde. „Man muss sich schon sehr ungeschickt anstellen, um keine Arbeit zu finden.“

Wie bitte?! Hatte ich mich da gerade verhört?

„Du hast vollkommen recht“, stimmte ihr Babette zu. „Man muss es einfach nur wollen. Auf das Leichte im Leben, Ladys.“

Wieder klirrten die Gläser. Ich war schon gehörig angeheitert, obwohl mir mittlerweile gar nicht mehr heiter zumute war, nach dem, was meine Freundinnen da vom Stapel ließen. Der Sekt blubberte vom Bauch bis in meinen Hals. Was soll's, runter mit ihm. Anders war dieser Tag wohl nicht mehr zu retten.

„Und du, Wilma?“, hörte ich Babette sagen. „Du warst die ganze Zeit so still. Nun erzähl doch mal, wie geht es dir?“ Ich schluckte. *Jetzt bloß nicht rülpsen, bloß nicht rülpsen.*

„Glänzend“, piepste ich. „Könnte nicht besser sein.“

„Wunderbar“, strahlte Babette. „Und was machst du so beruflich?“

Mit einem Mal waren alle Augen auf mich gerichtet. Meine Wangen glühten, und mein Herz schlug mir bis zum Hals. Mit schweißnassen Händen klammerte ich mich an mein Sektglas wie eine Schiffbrüchige an einen Rettungsring. Panik stieg in mir auf.

Ganz ruhig, Wilma. Tief durchatmen. Du kannst das. Stell dich deinen Ängsten. Niemand wird dich verurteilen. Niemand wird dich auslachen. Niemand wird dich – Oh, Gott. Nein.

Ich konnte es nicht – ich konnte ihnen nicht die Wahrheit sagen.

„Ich … ähm, ich …“, stotterte ich. Hilfe suchend blickte ich mich um. Eine junge Frau am Nachbartisch tippte fieberhaft auf ihrem Handy herum.

Was sollte ich denn jetzt machen? Was sollte ich darauf antworten? Was … was würde zum Beispiel Dalia in einer solchen Situation sagen?

„Ich … ich bin … Influencerin.“

Kapitel 12
#MissDolittle

Was hatte ich mir nur dabei gedacht? Was hatte ich mir nur dabei gedacht?!!! Hatte ich mir überhaupt irgendetwas dabei gedacht?

Ich hatte einfach nur das Erstbeste gesagt, was mir in den Sinn gekommen war. Mir wurde leicht schwindelig, und ich wusste nicht, ob das vom Alkohol oder von den Blicken der anderen kam.

Für einen kurzen Moment herrschte Stille am Tisch. „Interessant", sagte Toni schließlich.

„Ist das denn ein richtiger Beruf?", erkundigte sich Alva.

„Aber hallo!", entgegnete Babette. „Schätzchen, es gibt Influencerinnen, die machen Millionen mit dem, was sie posten."

„Du etwa auch?" Alva sah mich mit weit aufgerissenen Augen an.

Ich verzog mein Gesicht zu einem schiefen Grinsen. Meine Zunge fühlte sich plötzlich zu schwer an, um Worte zu bilden.

„Na ja, ich …“

„Wie heißt denn dein Account?“, fragte Babette und klatschte verzückt in die Hände. „Vielleicht folge ich dir ja schon, ohne es zu wissen.“

Oh, mein Gott. Ganz ruhig, Wilma. Nicht in Ohnmacht fallen. Wie ging noch mal dieses Entspannungs-Mantra von Sonne? Lokah dada—da—da- „Dalia Dolittle“, sprudelte es aus mir raus. „@miss_dolittle, um genau zu sein.“

Ich bin keine Freundin von halben Sachen. Wenn, dann bringe ich mich schon richtig in Verlegenheit.

Babette tippte auf ihrem Handy rum, und dann hörte ich nur noch „Oh!“, „Wow!“, „Mega!“.

„Über eine Million Abonnenten?“, piepste Alva und schnappte sichtlich nach Luft. „Wilma, du bist ja richtig prominent.“

„Ich … äh … tja …“

„Und so bescheiden geblieben.“ Babette legte einen Arm um meine Schulter. „Jede andere von uns hätte mit so was nicht lange hinterm Berg gehalten. Aber du –“

Ich konnte nur mit einem unsicheren Lächeln antworten und strich mir eine Strähne aus dem Gesicht. Es kam mir vor, als wäre ich gerade auf einen Zug aufgesprungen. Einen Zug, der unaufhörlich an Fahrt aufnahm und den ich nicht ohne Weiteres mehr stoppen konnte.

„Und wieso nennst du dich Dalia?“, hakte Toni nach. Hörte ich da etwa Misstrauen in ihrer Stimme? Diese Juristinnen. Müssen hinter allem immer sofort Lug und Betrug vermuten. Tssss …

„Ja, weißt du“, sagte ich, um etwas Zeit zu gewinnen und nachdenken zu können. Alva sah mich mit ihren leuchtend blauen Augen erwartungsvoll an, und da fiel mir wieder ihr Blumenkasten-Foto ein.

„Ich liebe Dahlien.“ *So einfach war das.* „So einfach ist das.“

„Und das machst du hauptberuflich?“ In Tonis Stimme lag immer noch eine gewisse Skepsis. „Also, du verdienst richtig Geld damit?“

Ich hielt kurz inne und dachte an Dalias Posts. Die Luxushandtaschen, der Urlaub in der Südsee, die teure Wohnungseinrichtung. Was hätte sie wohl auf eine so indiskrete Frage geantwortet?

„Nun“, lächelte ich geheimnisvoll, „über Geld spricht man ja bekanntlich nicht. Das alles – hat sich einfach so ergeben.“ *Allerdings. Nämlich in den letzten fünf Minuten.* „Und ich bin ausgesprochen froh darüber.“

Das war ausnahmsweise nicht gelogen. Ich war tatsächlich froh. Ihnen die Wahrheit über mein desolates Leben zu erzählen, hätte ich einfach nicht fertiggebracht. Und so eine winzige Notlüge, die einem den Tag rettet, war in meinen Augen wirklich kein Grund für schlechtes Karma.

„Schade, dass du nie richtig zu sehen bist“, meinte Alva.

„Das hat ihr sicher ihre Agentur geraten, oder?“ Babette blickte mich gespannt an.

„Ja, genau.“ Ich nickte eifrig. *Agentur? Was meinte sie nur damit?*

„Bei welcher bist du denn unter Vertrag? Lass mich raten: *Winfluencer?*“

Oh, Gott, Babette war ja noch neugieriger als Frau Meyer-Bierling.

„Ähäm … also …“, stammelte ich. Was sollte ich denn bloß antworten?

„Hier steht es doch.“ Alva deutete auf Dalias Profil. „roxx social media.“

Puh, das war knapp.

„Das gibt es doch nicht!“, rief Babette verblüfft und hätte fast ihr Glas vom Tisch gefegt. „Ein guter Freund von mir arbeitet für roxx.tv. Die Welt ist so klein, Wilma. Du musst uns alles in Ruhe erzählen. ALLES.“

„Ich würde so gerne mal deine Wohnung sehen“, bettelte Alva und setzte einen Hundeblick auf. „Vielleicht könntest du mir ein paar Tipps für meine Inneneinrichtung geben. Ich liebe ja diesen floralen Mustermix.“

Nur Toni sagte nichts, sondern sah auf ihre Uhr.

„Oh, schon so spät. Ich muss dann mal. Da wartet nämlich noch diese eine Akte auf mich.“ Das war das Stichwort.

„Und ich muss mich ihr leider anschließen“, fügte ich schnell hinzu und seufzte zum Ausdruck meines Bedauerns. Insgeheim war ich mehr als erleichtert, mich aus dieser sonderbaren Situation verabschieden zu können.

„Wie schade.“ Alva stand die Enttäuschung ins Gesicht geschrieben. „Jetzt, wo es gerade richtig spannend wird.“

„Ja, wirklich schade.“ Ich griff nach meinem Mantel. „Es war sehr schön, euch alle wiederzusehen.“

„Oooooh.“ Babette hielt mich am Arm fest, und ihre Augen weiteten sich, so als wäre sie im Begriff, die Relativitätstheorie zu widerlegen. „Ich habe eine großartige Idee: Wir treffen uns einfach noch mal.“

Na großartig.

„Und dann, Wilma, erzählst du uns alles aus deinem aufregenden Influencerinnen-Leben.“

Ähm …

„Oh, ja." Alva war hin und weg. „Vielleicht …", sie zögerte kurz, „vielleicht könnten wir uns ja bei dir zu Hause treffen, Wilma?"

Wie bitte?! Hatte ihr keiner beigebracht, wie unhöflich es ist, sich bei anderen einzuladen? Das Blut schoss mir in den Kopf.

„Ach, das wäre große Klasse", hörte ich Babette sagen. „Bei mir wird nämlich gerade renoviert."

„Und bei mir stapeln sich die Akten sogar schon im Kinderzimmer." Toni stöhnte und verdrehte genervt die Augen.

„Weißt du, wir sind ja erst gerade aus Dubai zurück, und unser Haus ist noch so unfertig." Alva fasste meine Hände und sah mich flehend an. „Aber bei dir, Wilma, sieht alles so zauberhaft aus. Richtig gemütlich und einladend. Ich würde direkt bei dir einziehen." Wie konnte ich ihr das verübeln? Ich würde da ja auch sofort einziehen, wenn Dalias Wohnung meine wäre.

Okay, Wilma. Wo war die Chance, aus dieser Nummer wieder rauszukommen?

„Ja, also …", setzte ich an.

„Jaaaa!", jubelte Alva und wippte vor Begeisterung auf ihrem Stuhl herum. „Ich wusste doch, du würdest nicht Nein sagen." Offensichtlich nicht. Ich kam ja nicht dazu.

„Sehr schön." Toni schnappte sich ihre Aktentasche und stand auf. „Nächsten Freitag hätte ich zum Beispiel wieder Zeit. Aber jetzt muss ich wirklich los. Wir hören uns."

Babette hob ihr Glas mit dem letzten Schluck Sekt und prostete mir zu.

„Auf unsere Freundschaft, Ladys. Und auf Wilmas wundervolles Leben."

Kapitel 13

#Hallelujah

Manchmal ist das Leben wie ein Regenschirm bei zu viel Wind aus der falschen Richtung. Was war nur mit mir los? War ich von allen guten Geistern verlassen? Hatte ich den Verstand verloren? Wo sollte das alles bitte hinführen?!

Ich stolperte von der S-Bahn in Richtung zu Hause. Durch die frische Luft hatte die Wirkung des Sekts etwas nachgelassen. Trotzdem fühlte ich mich wie benommen. Und wenn ich nicht aus purem Zufall den Kopf gehoben hätte, wäre ich wohl geradewegs in ihn reingerannt. Er überquerte die kleine Seitenstraße an der nächsten Kreuzung, nicht weit von mir, doch noch weit genug weg, um unentdeckt ausweichen zu können. Mir wurde heiß und kalt und auch ein klein wenig übel. Darauf war ich einfach nicht vorbereitet, vor allem nicht nach diesem furchtbaren Vormittag.

Jetzt nur nicht kollabieren, Wilma. Noch hat er dich nicht gesehen. Noch kannst du eine Begegnung vermeiden und ihm entkommen.

Ich machte immer kleinere Schritte, bis ich einen Fuß unmittelbar vor den anderen setzte und fast stehen blieb. Die Straßenseite zu wechseln, war viel zu auffällig. Aber was, um Himmels willen, sollte ich nur tun? Ich wollte Daniel unter keinen Umständen in die Augen blicken. Natürlich hätte ich gerne gewusst, was er zu meinem Outfit sagte. Doch im Augenblick war ich für ein Gespräch mit ihm einfach viel zu durcheinander.

Zögerlich tippelte ich weiter geradeaus, in den Schatten eines hohen Gebäudes hinein. Um dem Unglück nicht ins Gesicht sehen zu müssen, schwenkte mein Blick nach links.

Die Kirche. Ich stand direkt vor ihr, neben dem Seiteneingang und – hallelujah! Die Tür war offen. Wenn ich die Begegnung mit dem Teufel verhindern wollte, dann gab es offenbar nur diesen einen Weg. Ohne länger zu zögern, wandte ich mich nach links und tauchte ein in die Dunkelheit des Gotteshauses.

In der Kirche war es angenehm kühl. Trotzdem lief mir ein Schauer über den Rücken, wenn ich daran dachte, dass Daniel genau in diesem Moment draußen vorbeispazierte. Ich rieb meine Arme und trat fröstelnd ein Stück in den Gang hinein. Meine Augen brauchten eine Weile, bis sie sich an das gedämpfte Licht gewöhnt hatten.

Das Erste, was mir auffiel, waren die großen gotischen Glasfenster, durch die buntes Licht von außen hindurchschimmerte und die mich ein klein wenig an meine Tiffany-Lampe erinnerten. Ich war ewig nicht in einer Kirche gewesen. Gott, vergib mir. Ich bin schon irgendwie gläubig, auf meine ganz spezielle Art und Weise. Aber ich bin nun mal keine Kirchgängerin.

„Sie kommen zur Beichte?" Vor mir stand ein älterer, freundlich lächelnder Herr mit Halbglatze und in Kutte. Er sah aus wie Sean Connery in „Der Name der Rose". Eine grandiose Buchverfilmung, wenn man mich fragt.

„Ja, also … ich …", stammelte ich. Was zum …?! *Bloß nicht fluchen, Wilma. Nicht hier und nicht jetzt.*

„Ich bin Pater Vinzenz. Kommen Sie mit." Der Pater schob mich den Gang entlang, bis kurz vor den Altar. Rechts davon befand sich eine kleine Kabine, und er deutete mir an, einzutreten. Ich zögerte kurz und überlegte. Doch dann fasste ich einen Entschluss. Warum nicht? Dieser Raum schien mir ein noch sichererer Ort zu sein, was Daniel betraf. Außerdem traute ich mich nicht, Widerstand zu leisten. Also huschte ich am dunkelroten Vorhang vorbei hinein und setzte mich etwas umständlich und voller Ehrfurcht auf den Beichtstuhl. Es war die zweite Situation innerhalb eines Tages, in der ich mich fragte: In was war ich da schon wieder reingeraten? Und vor allem: Wie kam ich unbeschadet und mit Gottes Segen wieder raus?!

Pater Vinzenz nahm auf der anderen Seite Platz. Durch die schwarze löchrige Wand, die uns trennte, konnte ich seine dunkle Silhouette erkennen. Als ich das letzte Mal einem Priester im Beichtstuhl gegenübersaß, war ich ungefähr zehn gewesen und stand kurz vor der Kommunion. Schon damals fand ich diese Situation äußerst unangenehm. Ich war als Kind sehr schüchtern und folgsam gewesen und wusste partout nicht, was ich beichten sollte. Ich war eine unkomplizierte Esserin, trug brav meine Zahnspange, räumte pflichtbewusst mein Zimmer auf und machte gewissenhaft meine Hausaufgaben. Mir blieb also gar nichts anderes übrig, als kreativ zu werden und mir etwas auszudenken. Kleinlaut und reumütig berichtete ich von einem geknackten Kaugummiautomaten und meiner süßen rosa Diebesbeute. Ich log das Blaue vom Himmel herunter und konnte danach nie mehr ohne schlechtes Gewissen an einem Kaugummiautomaten vorbeigehen (am Priester und seinem Beichtstuhl übrigens auch nicht). War nun etwa die Zeit gekommen, für diese kleine Sünde Buße zu tun? Oder sollte ich ihm etwa meine kleine Notlüge vom Treffen im *Zuckersüß* beichten?

„Sie sind hier in Gottes Gegenwart, um Ihr Gewissen zu erleichtern", hörte ich den Geistlichen. „Was führt Sie zu mir, mein Kind?"

„Ich … ich habe gelogen, Pater." *Vor langer Zeit und vor nicht mal zwei Stunden. Offensichtlich hatte das Ganze System, und das Trauma meiner Kindheit zog sich bis in die Gegenwart.*

„Ich habe gelogen, und aus einer kleinen Lüge ist plötzlich eine große geworden. Ich wollte das so nicht. Es ist einfach so … so passiert." Ich atmete tief durch. „Haben Sie schon mal gelogen?"

Auf der anderen Seite herrschte Stille. Ich konnte nur den gleichmäßigen Atem des Paters hören. Und dann glaubte ich, ihn schmunzeln zu sehen.

„Niemand ist frei von Lastern", entgegnete er schließlich in vertraulichem Tonfall. „Wichtig ist, dass wir Gott gegenüber aufrichtig sind. Dies hier", er machte eine kurze, bedeutungsschwere Pause. „… ist ein erster richtiger Schritt."

Dies hier war wohl eher eine Verkettung unglücklicher Umstände. Aber ein Treffen mit Gott war in jedem Fall besser als ein Treffen mit dem Ex.

Ich überlegte kurz, wie aufrichtig ich sein konnte und wollte. „Wissen Sie, was das Schlimmste ist?", fragte ich und holte tief Luft. „Ich würde es genau so wieder tun." Jetzt war es raus. „Auch, wenn es natürlich besser wäre – ich habe nicht die Kraft dafür, ehrlich zu sein. Jedenfalls gerade nicht. Ich habe das Gefühl, für die Wahrheit Muskeln zu brauchen, die ich noch nie zuvor benutzt habe oder vielleicht auch gar nicht besitze. Ich bin vollkommen untrainiert, und fürs Fitnessstudio fehlt mir leider das Geld. Ich bräuchte vermutlich einen Personal Trainer, einen Coach. Jemanden, der auf mich aufpasst und mir Anleitung gibt, damit ich nichts falsch mache. Denn auf mich allein ist ja offensichtlich kein Verlass. Verstehen Sie, was ich meine? Immerhin ist das hier das echte Leben, um das es sich dreht. Das ist nicht wie bei Social Media. Man kann nicht einfach so einen Wahrheitsfilter drüberlegen und – zack – ist man plötzlich ehrlich in allem, was man sagt und tut. Im Übrigen wüsste ich gar nicht, ob so ein Filter wirklich vorteilhaft wäre. Ich meine, man nutzt Filter doch gerade, um zu beschönigen, und nicht, um den Tatsachen ins Auge zu sehen. Ein Wahrheitsfilter wäre dann wahrscheinlich so was wie ein Paradoxon, nicht wahr? Was sagen Sie dazu?"

„Ähm …tja …" Pater Vinzenz wirkte sichtlich überfordert.

Oh, Gott, der Arme. Wenn nicht mal er wusste, was zu tun war, wer dann?

„Auch ein verirrtes Schaf kann wieder zur Herde finden", sagte er schließlich und schob einen Rosenkranz durch den kleinen Schlitz in der Trennwand. „Betet zehn Mal das Vaterunser, mein Kind. Möge dies den rastlosen Geist zur Ruhe bringen, sodass er fortan Wahrheit und Lüge voneinander unterscheiden kann.“ Er hüstelte verlegen. „Und nun geht, mit Gottes Segen.“

Ich wankte aus der Kirche wie eine Betrunkene aus der Kneipe. Vielleicht war das etwas zu viel himmlischer Beistand auf einmal gewesen. Jedenfalls nach jahrelanger Abstinenz und an einem Tag, an dem sich das reine Gewissen schon am Morgen verabschiedet hatte.

Das Sonnenlicht wirkte plötzlich so grell, dass ich meinen Arm heben musste, um meine Augen abzuschirmen. Während ich die Straße langstolperte, nahm ich meine Umgebung nur noch gedämpft wahr – den Duft von frischen Teigwaren aus dem *Brezel-Eck,* die italienischen Klänge aus der *Pizzeria Samira,* das Lachen der Nachbarskinder, die bei den Mülltonnen Fangen spielten. All das wirkte irgendwie unwirklich. Sogar das Donnern der Autos über die Pflastersteinstraßen drang nur wie durch Watte an mein Ohr. Ich kam erst wieder zur vollen Besinnung, als ich den Weg zum Haus einbog und die Tür aufschließen wollte. Denn dort stand Daniel.

Kapitel 14

#KarmaBaby

Er lehnte an der Hauswand, die Hände lässig in den Taschen seiner cremefarbenen Chino. Die braune Jacke hatte er über die Schulter geworfen, das blau-weiß gestreifte Hemd leicht aufgeknöpft. Und seine Haare glänzten in einem Goldton wie frisch nach einem Friseurbesuch. Er sah aus wie bei einem Foto-Shooting für die Modekette C&P. Nur warum musste es direkt vor meiner Haustür stattfinden? Er konnte doch überall sein. Warum war er gerade hier? Gerade jetzt? Warum war er nicht bei *ihr?*

Daniel lächelte, als er mich sah, doch es wirkte unecht. Ich lief langsam auf ihn zu, innerlich jedoch bewegte ich mich von ihm fort. Alles an mir sträubte sich gegen dieses Wiedersehen.

Drei Schritte von ihm entfernt blieb ich stehen, und wir sahen uns stumm an. Wie in einem schlechten Western bei einem Duell. Wie ungünstig, dass ich unbewaffnet war und meine Knie ganz weich wurden.

„Wa-Was machst du denn hier?“, stotterte ich.

Daniel fuhr sich lässig durch seine Haare. „Ich? Ich war eben bei Perle."

Ich blinzelte ihn ungläubig an.

„Du weißt doch", sagte er in einem Tonfall, als müsse er einem kleinen Kind etwas erklären. „Der Gutschein, den du mir zum Geburtstag geschenkt hattest. Den wollte ich nicht einfach verfallen lassen."

Wie bitte?! Ich glaubte, mich verhört zu haben. „Du bist gerade beim Friseur gewesen?" Ich schnappte nach Luft. „Bei *meinem* Friseur?!" Meine Stimme überschlug sich fast. Der Kerl hatte echt Nerven.

Walter Perlinger, für alle nur Perle, war der beste Friseur weit und breit und ich schon ewig seine Stammkundin. Jede Frau weiß, was es heißt, einen Friseur des Vertrauens zu haben. Perles Warteliste ging einmal um den Erdball, doch für meinen Freund hatte er eine Ausnahme gemacht. Weil er mein Freund gewesen war. Aber nun war es aus, aus und vorbei. Und das galt nicht nur für unsere Beziehung.

Daniel zuckte nur mit den Schultern und nickte, so als sei überhaupt nichts dabei. Als ginge ihn das alles überhaupt nichts an und ich würde mal wieder nur übertreiben. Das setzte dann die Zündschnur in Brand.

„Perle ist MEIN Friseur", fauchte ich ihn an. „Und das hier ist MEIN Viertel. Such dir gefälligst jemand anderen."

Daniel hob beschwichtigend die Hände. „Ist ja gut. Jetzt reg dich nicht auf, Schnuffelchen." Er griff in seine hintere Hosentasche, zog einen Briefumschlag heraus und hielt ihn mir entgegen. „Hier. Ich dachte, es wäre eine gute Gelegenheit, dir deinen Schlüssel zurückzugeben."

„Du wolltest ihn in den Briefkasten werfen?“ Meine Stimme klang hoch und schrill. „Du hast nicht mal den Mumm, ihn mir persönlich zu geben?!“

Daniel grinste schief. „Mach ich doch gerade. Kein Grund, gleich so hysterisch zu werden.“

„Hysterisch?!!!“, kreischte ich. „Ich und hysterisch?! Dass ich nicht lache!“ Ich atmete heftig, und mein ganzer Körper bebte, wie ein Vulkan kurz vor seinem Ausbruch. „Du hast verdammt noch mal Glück, denn noch bin ich vollkommen tiefenentspannt.“

Ich riss ihm den Umschlag aus der Hand, und meine Finger krallten sich an ihm fest. Am liebsten hätte ich ihn Daniel um die Ohren geschlagen. *Dinge aussprechen, Taten folgen lassen*. War es nicht das, was Sonne mir geraten hatte?!

Tief in mir brodelte es, und ich spürte den gewaltigen Drang, diese Energie nach außen zu lassen. Wenn auch auf eine ungute Art und Weise. Aber ich schlage niemanden. Oder? Ich bin ein guter Mensch, und Gewalt ist keine Lösung. Nicht wahr? Oder bin ich vielleicht jemand, der –

PLATSCH.

Daniel sah sich erst verwundert um, und dann blickte er in Richtung Himmel.

Etwas war auf seinem Kopf gelandet, auf seiner frisch frisierten Haarpracht. Manch einer würde sagen, es bringt Glück. Ich würde eher sagen: Beschissen gelaufen.

Mit einem Schlag war das Brodeln in mir weg. Oder besser gesagt, ohne einen Schlag. Erst stand mein Mund offen, denn ich konnte nicht wirklich glauben, was da gerade geschehen war. Aber dann gingen meine Mundwinkel nach oben, und ein tiefes Gefühl der Genugtuung machte sich in mir breit. Ich fing an zu lachen und konnte einfach nicht mehr damit aufhören. Ich muss zugeben, es war kein fröhliches Lachen, und ich krümmte mich, denn mein Bauch tat schon weh. Aus den Augenwinkeln nahm ich wahr, wie sich Daniel umdrehte und ging. Ohne ein weiteres Wort, aber es gab ja auch nichts mehr zu sagen.

Ich setzte mich auf die Treppenstufen vorm Haus und versuchte, mich zu beruhigen. War ich etwa ein schlechter Mensch, weil meine Wut mit mir fast durchgegangen war? Oder weil ich gerade solche Schadenfreude Daniel gegenüber empfand?

Auf jeden Fall war ich ab sofort ein Mensch, der an Karma glaubte – und daran, dass es im richtigen Moment zurückschlug.

Kapitel 15

#DoggyDate

Was für ein Tag. Mehr Aufregung passte wohl in vierundzwanzig Stunden nicht hinein.

Ich hatte mir zur Beruhigung ein Lavendel-Molke-Bad eingelassen und schrumpelte nun bei einem Glas Rotwein vor mich hin. Alkohol ist keine Lösung, ich weiß. Aber ich wusste genauso gut, dass es für manche Probleme einfach keine Lösung gab.

Die Sache mit Daniel schien fürs Erste geklärt zu sein. In meinem Kopf und in meinem Herzen. Die andere Sache jedoch bereitete mir Kopfschmerzen.

Jetzt hatte ich also ein weiteres Treffen mit Toni, Alva und Babette an der Backe. Bei mir. Nein, halt – noch viel, viel schlimmer: bei Dalia Dolittle. In ihrem superschicken und durchgestylten Apartment. Wo auch immer das lag. Nächsten Freitag um 20 Uhr würde alles auffliegen. Ich würde für den Rest meines Lebens blamiert sein. Alle würden tuscheln, wenn sie mich sahen. Es würde sich herumsprechen wie ein Lauffeuer. Ich würde nicht nur als komplette Versagerin, sondern auch als erbärmliche Lügnerin dastehen. Abgestempelt, für immer.

Oh, Gott. Ich musste das Treffen absagen. Ich würde sagen, ich hätte eine ganz üble und hartnäckige Kaklidrose. Hatte ich mal irgendwo aufgeschnappt. Keine Ahnung mehr, was das bedeutete, aber es hörte sich nach einer ernst zu nehmenden Sache an.

Verdammt. Ich würde trotzdem auffliegen. Wir würden das Treffen nur verschieben. Und dann? Irgendwann würde ich am Ende meiner Ausreden ankommen. Wie hatte ich nur so naiv sein können?

Obwohl ich in der warmen Wanne lag, wurde mir abwechselnd heiß und kalt. Waren das etwa schon die Wechseljahre? Oder die Midlife-Crisis? Wahrscheinlich beides zusammen. Ha! Ich konnte gar nichts für das Ganze. Ich war ein bemitleidenswertes Opfer meiner Hormone. An der ganzen Misere trug ich also überhaupt keine Schuld.

Ich rutschte ein Stück tiefer in die Wanne. Hier würde ich bleiben, in meiner eigenen, kleinen Schaumbad-Bubble. Geschützt vor der ungerechten, bösen, bösen Welt da draußen.

Das Telefon klingelte. Ich ließ es klingeln.

Nichts und niemand würde mich aus dieser mutterleibsähnlichen Atmosphäre reißen.

„*MILVAAAAA!*“, hörte ich Pattis Stimme auf dem Anrufbeantworter. „*Milva-Schatz, du musst mir helfen! Ich stecke ganz schön in der Klemme. Milva?! Bist du daaaa? Bitte geh ran! Bitte!!! Ich weiß nicht mehr weiter.*“

Ich stieg aus der Wanne und tropfte zum Telefon.

„Patti, was ist los?“

„Gott sei Dank, du bist da“, schniefte er in den Hörer. „Ich habe mich in eine ziemlich missliche Lage gebracht. Das kannst du dir gar nicht vorstellen.“ *Nein, wirklich, das konnte ich nicht …*

Seine Stimme zitterte. „Milva, du bist meine letzte Rettung. Du musst mir helfen. DU MUSST!!!“

„Jetzt beruhig dich erst mal“, sagte ich und zupfte mein Handtuch zurecht. „Egal, was es ist: Es gibt immer eine Lösung. Erzähl mir erst mal, worum es geht.“

Patti schluchzte. „Du magst doch Hunde, oder?“

Was sollte das denn jetzt? „Ja, sicher“, sagte ich, „aber erzähl mir doch erst mal –“

„Kannst du dich um Pegasus kümmern?“

„Wie bitte? Was zum –“

„Hauke und Jörg sind gerade auf Sylt, und ich habe ihnen versprochen, auf ihren Hund aufzupassen. Er ist schon so alt und verträgt keine Reisen mehr.“ Patti klang, als stünde er kurz vor einem Nervenzusammenbruch. „Jetzt muss ich aber am Wochenende nach Düsseldorf, die neue Beleuchtung für den Klub auswählen. Mein Flug geht Freitagfrüh, Samstagabend bin ich zurück. Es ist also nur ein Tag, Milva. Ein Tag. Bitte, bitte, bitte.“

Ich holte tief Luft. „Ja, also …“

„Ooooh“, kreischte Patti, so laut, dass es in meinem Ohr klingelte. „Ich wusste, du würdest nicht Nein sagen.“

Irgendwie war heute nicht mein Tag.

Keine halbe Stunde später stand Patti vor meiner Tür, um alles in Ruhe mit mir zu besprechen. Mit pinker Perücke, in türkisfarbenem Kleidchen und auf goldenen High Heels. Völlig außer Atem hielt er sich am Türrahmen fest.

„Darling, du rettest mir mein Popöchen."

Dann stöckelte er in meine Wohnung und ließ sich theatralisch aufs Sofa nieder. Drag and drop analog, sozusagen.

„Wunderbar", sagte ich tonlos und starrte finster ins Leere. Ich war die Retterin des Universums. Und wer rettete mich? Patti sah mich verwundert an.

„Ist irgendwas mit dir, Milva?"

Gute Freunde merken sofort, wenn mit einem etwas nicht stimmt. So ein Mist. Ich konnte es noch nicht mal Sonne und Patti sagen, so sehr schämte ich mich für mich selbst.

„Ach, es ist … nichts. Nichts Wichtiges."

„Machst du dir Sorgen, ob du mit Pegasus klarkommst?", forschte Patti nach. Er verdrehte die Augen. „Ich schwöre dir, das ist so ein Sonnenschein von Hund. Absolut pflegeleicht und verschmust, das hast du noch nicht gesehen, Chérie."

„Dieser Hund ist mein geringstes Problem." *Oh mein Gott. Hatte ich das gerade wirklich laut gesagt?*

Patti klimperte aufgeregt mit seinen falschen Wimpern. „Was ist los mit dir, Hase?" Dann legte er seinen Arm beschützend um mich. „Erzähl mal: Wo drückt denn die Pantolette?"

Was sollte ich darauf nur sagen? Die Wahrheit etwa? Unmöglich. Wieder lügen? Auf keinen Fall.

Und ganz plötzlich, aus dieser Not und Verzweiflung heraus, bildeten die Worte in meinem Kopf ausnahmsweise mal eine sinnvolle Reihenfolge.

„Weißt du, Patti", begann ich mit zaghafter Stimme. „Stell dir vor, ich hätte einen … einen Bekannten. Und dieser Bekannte, der … der hätte eine beste Freundin." Ich versuchte zu schmunzeln, doch mein Gesicht fühlte sich schrecklich schräg an. Irgendetwas zog meine Mundwinkel immer wieder nach unten.

„So weit kann ich dir folgen, Chérie." Patti drückte mich aufmunternd.

„Gut." Ich atmete tief aus. „Nehmen wir mal an, diese beste Freundin hätte sich in schwierige Umstände gebracht."

„Ist sie etwa schwanger?!" Patti riss seine Augen weit auf.

„Nein, nein", entgegnete ich schnell, um ihn zu beruhigen. „Das ist sie nicht." Ich überlegte kurz, wie ich es formulieren konnte. „Sie … sie hat nur etwas ziemlich Folgenschweres gemacht. Sie hat … geschummelt."

Patti legte den Kopf schief. „So wie man bei einer Klassenarbeit schummelt?"

„Na ja", sagte ich. „So ähnlich. Vielleicht noch ein bisschen mehr als das." Ich zupfte verlegen an meinem Shirt herum. „Jedenfalls denkt nun jemand etwas über sie, das so nicht ganz richtig ist."

Patti zuckte mit den Schultern. „Das kommt doch immer mal vor, Schätzchen. Macht sie sich darüber etwa so einen Kopf?"

„Es hängt da leider eine Menge dran. Deshalb ist sie gezwungen, die Wahrheit … noch ein wenig mehr zu modulieren." Ja, das klang gut. Viel besser jedenfalls als „lügen".

„Sie weiß, dass das nicht richtig ist", fuhr ich fort. „Aber sie kann die Sache auch nicht ohne Weiteres richtigstellen."

„Hmm …" Patti wirkte nachdenklich. „Verletzt sie denn jemanden damit?"

Ich hielt die Luft an.

„Ich weiß nicht", gab ich kleinlaut zu. „Sie will es jedenfalls nicht. Das ist nicht ihre Absicht. Sie macht es nur, um sich zu schützen. Weil sie selbst verletzt worden ist." Mein Mund war plötzlich ganz trocken. „Ach, ich weiß auch nicht. Wahrscheinlich muss sie da alleine durch. Sie hat halt nur Angst, ihren Bekannten zu enttäuschen."

„Wegen ein bisschen Schummelei?" Patti lachte. Er fasste sich an sein Dekolleté und schob seine Brüste zusammen. „Wir schummeln doch alle mal auf die ein oder andere Weise. Ich sag immer: Lieber schummeln als schimmeln."

Ja, … das war mal eine Ansage.

Ich umarmte ihn fest und fühlte mich auf einmal viel leichter. Ich hatte es geschafft, nicht die Wahrheit zu sagen, und das, ohne zu lügen. Das war so viel besser als schimmeln und schummeln zugleich.

„Ach, Patti!", seufzte ich. „Jeder sollte einen besten Freund wie dich haben."

Patti tätschelte mir behutsam den Kopf. „Apropos bester Freund: Ich habe gerade eine grandiose Idee. Die wird dich ganz sicher auf andere Gedanken bringen."

Danke vielmals. Mein Bedarf an grandiosen Ideen war vorerst gedeckt.

„Hopp-hopp, zieh dich an, Hase!" Er klopfte auf meinen Rücken und erhob sich vom Sofa. „Du hast ein Doggy-Date."

Kapitel 16

#BuckinghamPalace

Hauke und Jörg waren zwei gute Freunde von Patti. Ich kannte sie allerdings nur flüchtig, von ein paar Partys im *Flittergold*. Viel wusste ich nicht über sie, außer, dass beide teure Hosenanzüge trugen und meine Leidenschaft für Karaoke teilten. Dass sie sich ein geflügeltes Wesen als Hund hielten, war mir ebenso neu wie ihr Wohnsitz am Winterfeldplatz.

Patti parkte vor einem gepflegten Altbau, dessen Fassade von Crème über Rosé ins Backsteinfarbene floss. Schon von außen sah das Haus hübsch und gepflegt aus, und ich fühlte mich sofort heimisch. Das Gefühl nahm mit jeder Treppenstufe zu, die wir in Richtung Dachgeschoss hochstiegen. Ganz oben angekommen, schloss Patti die mintfarbene Wohnungstür auf.

„Et voilà."

Was sich hinter der Tür befand, sah aus wie der Buckingham Palace in Miniaturformat. Diese Wohnung war das Beeindruckendste, was ich jemals besichtigt hatte. Mir klappte die Kinnlade runter. So wohnte also der Berliner Hochadel.

Mein Blick glitt über den glänzenden Parkettboden des Flurs und wanderte über eine weiße Kommode, auf der eine Vase mit überdimensionalen Seidenblumen stand. Sie sahen wunderschön und täuschend echt aus. Die Wände waren mit Stofftapeten im britischen Landhausstil verkleidet, und es kam mir so vor, als wäre ich am Set von *Downton Abbey* gelandet. Alles war sehr geschmackvoll in Pastelltönen gehalten, und hier und da blitzten ein paar goldene Elemente auf. Der imposante Kristall-Kronleuchter im Wohnzimmer zeigte, dass hier nicht nur jemand mit Stil, sondern auch dem nötigen Kleingeld residierte.

„Und wo ist der Hund?"

Ich hätte ihn fast übersehen, denn Pegasus lag vollkommen reglos wie ein weiß-grauer Teppich vor dem Kamin. Er passte perfekt zur Farbkomposition des Interieurs und fügte sich nahtlos ins royale Ambiente ein. Mir schien, dass dies kein Zufall war.

„Bonjour, mon ami", flötete Patti und streichelte der französischen Bulldogge über den Rücken. Dann deutete er auf mich. „Darf ich vorstellen? Das ist Wilma, deine neue Nanny."

Ich habe keine Angst vor Hunden, aber ich fühle mich in ihrer Gegenwart immer ein wenig unsicher. Also setzte ich mein Ich-tu-dir-nichts-du-tust-mir-nichts-Lächeln auf und machte einen Knicks. Wieso genau, weiß ich nicht. Vermutlich wegen der Buckingham-Atmosphäre und der aristokratischen Ausstrahlung dieser Dogge. Eine Mischung aus Gelassenheit und Teilnahmslosigkeit.

„Sehr erfreut, Eure Hoheit", sagte ich mit gespielter Ehrfurcht. Es folgte keine Reaktion. Stattdessen vornehme Ignoranz. Vielleicht konnte ich mir von diesem Hund noch etwas abschauen.

„Ich sehe, ihr zwei Hübschen versteht euch bereits blendend“, meinte Patti erleichtert. „Dann kann ich ja am Freitag beruhigt in den Flieger steigen.“

Warte mal, Wilma. Freitag? Da klingelte doch was. Freitag war doch – das Treffen!

Mir wurde ganz schwindelig, und ich musste mich am superteuren, samtbezogenen Sofa abstützen.

„Oh, mein Gott. Ich kann am Freitag –“ Ich hielt mitten im Satz inne. Augenblick mal. Meine verschwitzte Hand fuhr über die superteure Samtsofalehne. Das goldene Muster funkelte mir verschwörerisch zu. Das hier war eine Wohnung, wie ich sie noch nie zuvor gesehen hatte. Nicht mal auf Instagram. Und am Freitagabend hatte ich diese Wohnung für mich allein. Gut, nicht ganz allein, aber ein scheintoter Hund zählte ja nicht wirklich, oder?

In meinem Kopf begann es zu rattern. Hatte ich nicht zu Patti gesagt, dass es für alles eine Lösung gab?

„Ich kann am Freitag gerne schon ganz früh hier sein und mit dem Schätzchen eine Runde Gassi gehen“, sagte ich und warf Pegasus einen Handkuss zu. In diesem Moment hätte ich die ganze Welt küssen können. Patti drückte mich dankbar, sodass etwas von seinem Make-up an meiner Wange haften blieb. „Das vergesse ich dir nie, Darling.“

Ich winkte ab und fühlte mich plötzlich selbst ganz königlich. „Keine Ursache, Patti. Wann, sagtest du noch mal, wirst du zurück sein?“

Kapitel 17

#Himmelblau

An diesem Abend fiel mir das Einschlafen schwer. Ich lag noch lange wach auf meinem Bett und sah durchs Dachgeschossfenster nach draußen. Mochte meine eigene Wohnung, verglichen mit der von Hauke und Jörg, noch so kümmerlich klein sein – wir schliefen alle unter demselben Himmel.

Die Sterne funkelten wie das strasssteinbesetzte Halsband von Pegasus. Wir Menschen lassen uns so schnell blenden. Und diese Erkenntnis würde ich mir zunutze machen. Endlich sah ich wieder Licht am Ende des Tunnels, denn ich hatte einen Plan: Am Freitag würde ich Dalia Dolittle sein und die Wohnung am Winterfeldplatz meine Residenz. Der Palast von Queen Dalia – der Königin aller Influencerinnen. Ich würde mich in eine schillernde Persönlichkeit verwandeln, die sich hinter keinem Filter zu verstecken brauchte. Gemälde von Dalí waren Schwarz-Weiß-Bilder, verglichen mit meinen Posts.

Ich malte mir aus, wie ich Alva, Toni und Babette bei einem Kir Royal von meinen Reisen an die Côte d'Azur, meinem Shooting für die australische *Vogue*, meiner neuen Kosmetikserie für *Lancôme* und meinem Ski-Urlaub in Aspen mit meiner Busenfreundin, Verzeihung, meiner BFF Heidi Klum erzählen würde.

Natürlich würde ich nur Andeutungen machen. Ich würde Sätze sagen wie „Kitzbühel ist auch nicht mehr das, was es einmal war“ oder „Die Hüte in Ascot waren auch schon mal größer, findet ihr nicht?“. Unbestimmt und doch bedeutungsschwer genug, um alle nachhaltig zu beeindrucken.

Während ich auf meinem Bett lag und über mein imaginäres Influencerinnen-Leben nachdachte, wurde ich immer ruhiger. Es schadete ja niemandem. Es war eine Notlüge. Eine winzige Notlüge, die niemandem wehtat. Im Gegenteil: Die Wahrheit schmerzte. Und nun hatte ich einen einfachen, harmlosen und wirkungsvollen Weg gefunden, sie meinen Freundinnen zu ersparen. Zufrieden und erleichtert schlief ich ein – und träumte von Posts, Likes, Stories und Hashtags.

Am nächsten Morgen sprang ich gut gelaunt und voller Tatendrang aus dem Bett. Es gab viel zu tun an diesem Samstag, zum Beispiel zu frühstücken. Im Kühlschrank fand ich leider nur noch ein angefangenes Glas saure Gurken und eine Tube abgelaufene Mayonnaise.

Das konnte man weder für ein Frühstück noch für einen Post nutzen. Also schlüpfte ich schnell in Jeans und Wollpulli, um das Nötigste im Supermarkt um die Ecke zu besorgen.

Im Hausflur wäre ich fast mit Herrn Pottrawski zusammengestoßen. Potte fegte gerade den Boden und pfiff fröhlich vor sich hin. Er trug wie immer einen Blaumann (ich hatte ihn eigentlich noch nie in etwas anderem gesehen), und auch sonst erinnerte seine Erscheinung an Peter Lustig aus „Löwenzahn". Dies führte dazu, dass ich nie an Potte vorbeigehen konnte, ohne dass in meiner Fantasie überall gelbe Blumen aus dem Boden schossen und ich innerlich die Titelmelodie der Sendung summte.

„Fräulein Wonneberg", grüßte er mich. „Wie immer voller Elan."

Ich nickte ihm freundlich zu. „Sie sind ja auch fleißig, wie immer."

Potte breitete die Arme aus. „*Was Ihr nicht tut mit Lust, gedeiht Euch nicht*", zitierte er im theatralischen Tonfall. „Shakespeare."

Potte wollte als junger Mann immer Schauspieler werden. Sein Lebenstraum. Für manche Menschen war es vielleicht besser, wenn sie ein Leben lang träumten und es kein böses Erwachen gab. So ganz konnte Potte es jedoch nicht lassen, deshalb war er vor einigen Jahren einer Laienschauspieltruppe beigetreten. Und deshalb kamen wir immer wieder in den unerwarteten Genuss von Zitaten und Weisheiten.

Voller Elan. Seine Worte hallten noch in mir nach, als ich mit knurrendem Magen vor dem Tiefkühlregal mit den Aufbackbrötchen stand. Da waren wir wieder bei der Wahrnehmung, und wie unterschiedlich sie doch sein kann. Vielleicht nehmen wir ja auch immer nur das wahr, was wir sehen wollen? Oder laufen wir mit Scheuklappen durchs Leben und sehen nur das Gewohnte? So wie wir im Supermarkt immer das Gleiche kaufen, und zwar überwiegend Dinge, die in Augenhöhe stehen? Das Ganze hat ja System: An die preiswerten Produkte unten im Regal kommt man schon aus anatomischen Gründen nicht ran. Also bleibt einem ja nur das teure Markenprodukt, das sich in Sichtweite befindet. Vielleicht sollte ich es bei dem Treffen mit meinen Freundinnen genauso machen? Meine Schwächen ins untere Regal verbannen und meine Stärken mit bunten Etiketten bekleben und so platzieren, dass sie nicht zu übersehen waren.

Oje. Da hatte ich ja echt noch was vor mir. Und mir blieben nur noch wenige Tage, um eine überzeugende Influencerin zu werden. Ich musste mich schleunigst in den Themen *Fashion, Beauty, Lifestyle* und vorsichtshalber auch *Britischer Adel und Co.* fortbilden. Bei all diesen Überlegungen fiel mir siedend heiß ein, dass ich auch noch ein paar andere Dinge zu erledigen hatte. Ich musste mich wohl oder übel beim Arbeitsamt melden. Und ich musste wohl oder übel noch ein Mal zum Verlag, um ein paar persönliche Dinge abzuholen. Mir war zwar nicht gerade wohl dabei, aber was sein musste, musste eben sein. In meinem Schreibtischfach lag nämlich noch eine signierte Ausgabe von Paula Coelhos „Alchimistin". Meine Alchimistin. Und ich würde sie mir zurückholen, koste es, was es wolle. Wenn es um Bücher geht, verstehe ich keinen Spaß. Sie sind meine Babys. Ich konnte mir inzwischen ein Leben ohne Daniel vorstellen und ein Leben ohne Job. Aber ein Leben ohne meine Bücher und mein Rainbow-Shelf war für mich einfach unvorstellbar.

Eines meiner Babys fehlte. Doch Mami würde kommen und es zurückholen. Nachdem sich Mami fortgebildet hatte.

Kurz vor der Supermarktkasse wurde ich fündig. *Gala, In Style, Bild der Frau* – zur Sicherheit nahm ich nicht eine, sondern einen ganzen Stapel Frauenzeitschriften und Lifestyle-

Magazine mit. Von nichts kommt bekanntlich nichts. Schwer bepackt schleppte ich mich nach draußen. Jetzt musste ich nur noch all die Sachen nach Hause jonglieren und etwas frühstücken, denn mit leerem Magen lernt es sich einfach schlecht. Und dann würde ich mit meiner theoretischen Ausbildung zur Influencerin beginnen.

Ich kam bis zur nächsten Ecke.

Der Mann, mit dem ich zusammenstieß, war ähnlich beladen wie ich. Im Zweifel war es aber seine Schuld.

„Entschuldigung. Alles in Ordnung?" Er kniete sich neben mich und sammelte *Tina, Laura, Barbara* und *Brigitte* vom Bürgersteig auf.

„Ja, alles okay." Ich sah hoch und blickte in ein Paar strahlend blaue Augen. Blau wie der Himmel an einem herrlichen Sommertag. Dazu ein gebräuntes Gesicht und dunkle, lockige Haare. Augenblick – vielleicht ging es mir doch nicht so gut?

Mir war plötzlich ganz schwindelig, und ich musste meine Augen schließen. Vielleicht würde ich ausgerechnet jetzt in diesem Moment in Ohnmacht fallen? Natürlich nur kurz, denn sonst würde ich ja nicht mitbekommen, wie er mich auffing und in seinen starken Armen hielt. Ich finde ja, Männer müssen nicht unbedingt muskulös sein. Aber sie sollten zumindest den Eindruck vermitteln, dass sie einem im entscheidenden Moment Halt geben können. Und eine durchtrainierte Figur, so wie er sie hatte, schadete dabei ganz sicher nicht.

Also bitte, Wilma. Reiß dich zusammen! Jetzt geht deine Fantasie nun wirklich mit dir durch.

„Es geht schon", hauchte ich und blinzelte vorsichtig.

Er reichte mir den Zeitschriftenstapel, und dabei berührten sich unsere Hände. Nur ganz leicht und nur für einen winzigen Augenblick, doch lang genug für eine unvorhersehbare Kettenreaktion. Ich war nie gut in Chemie, aber in diesem Moment entstand ganz eindeutig ein unsichtbarer Funkenflug zwischen ihm und mir. Und er löste ein Kribbeln in meiner Hand aus, das sich sekundenschnell in meinem ganzen Körper ausbreitete.

Er blickte mich fragend an. „Entschuldigen Sie, wir kennen uns doch."

„Ach … wirklich?", sagte ich zögerlich. Ich presste die Zeitschriften fest an meine Brust, und mein Herz schlug heftig dagegen. Diese blauen Augen. Oh, mein Gott. Genau so musste sich Hypnose anfühlen. Man weiß überhaupt nicht, was man machen soll, aber man ist zu allem bereit.

„Wenn ich nur wüsste, woher", murmelte er und wischte sich mit dem Handrücken über die Stirn. „Sagen Sie es mir."

He, wie unfair. In willenlosem Zustand, eingelullt durch seine angenehm tiefe Stimme, war ich doch zu keinem klaren Gedanken mehr fähig. *Los, Wilma! Konzentrier dich!*

Ich überlegte angestrengt. Irgendwie kam er mir schon bekannt vor, aber ich konnte ihn beim besten Willen nirgendwo einordnen.

„Yoga mit Anatol?", tastete ich mich vorsichtig vor. Er schüttelte lachend den Kopf, und ich bemerkte ein Grübchen an seiner linken Wange. Es sah aus wie ein Stern, der sein gesamtes Gesicht zum Leuchten brachte. Und aus irgendeinem Grund wirkte dieses Gesicht sonderbar vertraut auf mich. Woher kannte ich es nur?

„Die Kreativ-Kurse bei Klaus?“, mutmaßte ich weiter. Wieder ein Kopfschütteln. Möglicherweise musste ich noch tiefer zurück in die Vergangenheit. „Von der Uni vielleicht?“

„Technische Universität?“ Er fuhr mit seiner Hand durch die dunklen Locken.

„Gott bewahre“, rutschte es mir heraus. Ich tat so, als hätte ich in eine Zitrone gebissen, und schüttelte mich.

Er lachte erneut. „So schlimm war es da nun auch wieder nicht. Aber vielleicht irre ich mich auch.“

„Mag sein“, entgegnete ich und atmete tief aus. Es mochte sein, dass er sich irrte und wir uns tatsächlich nicht kannten. Aber dass wir uns kennengelernt hatten, war kein Irrtum. Das war Schicksal. Vorbestimmung. Die Götter hatten es so gewollt. Sie hatten gewollt, dass wir …

„Na dann … einen schönen Tag noch.“

Er hob seine Sachen auf, lächelte mich noch einmal freundlich an und wandte sich zum Gehen.

HALT! WILMA! TU ETWAS! SAG ETWAS!!!

Hilfe suchend blickte ich mich um. In der Ferne flatterte die leuchtend rote Markise der Buchhandlung fröhlich im Wind.

„BUCH-SALON!“, rief ich, so laut ich konnte, hinter ihm her. *Mister Marketing* drehte sich um und nickte mir strahlend zu. Genau. Das war es. Wir kannten uns. Natürlich von einer kulturellen Veranstaltung aus der Buchhandlung. Und zum Glück nicht vom Yoga mit Anatol, denn da kamen die Männer ausschließlich wegen Anatol.

Ich nickte ebenfalls freundlich, ausgesprochen freundlich, jedenfalls freundlich genug, um ihm zu signalisieren, dass ich demnächst öfter im *Buch-Salon* anzutreffen sei. Dann drehte ich mich lächelnd um und schwebte wie auf rosa Wolken nach Hause.

Das Leben hatte doch ganz wunderbare Seiten. Es konnte voller Überraschungen sein. Manchmal war es wie ein Pfannkuchen mit Senf drin. Aber gerade schmeckte es wie ein Croissant mit Nuss-Nugat-Füllung. Nur ein Blick in diese Augen, strahlend blau wie ein Sommerhimmel, hatte mich zu einem völlig neuen Menschen gemacht. Alle Gedanken an Daniel waren verschwunden. Gelöscht mit nur einem *Klick*, wie bei einem geschmacklosen Kommentar unter einem Post. Mit einem Schlag war ich eine Frau, die optimistisch und voller Zuversicht in die Zukunft sah.

Ich würde dieses Treffen am Freitag irgendwie überstehen, und danach hatte ich alle Zeit der Welt, um sie in der Buchhandlung zu verbringen. Dort würde ich *Mister Marketing* rein zufällig wiedersehen, und wir würden bei einem Cappuccino und einem Stück Sachertorte über Paul Auster, Hermann Hesse und Truman Capote diskutieren. Wir würden zusammen lachen und feststellen, wie viel wir doch gemeinsam hatten, und dann würden wir – PING.

Eine neue Nachricht blinkte auf meinem Handy auf. Sie kam von Babette.

Wilma! Alle sind schon so aufgeregt. Freuen uns unbeschreiblich, deinen Mann und deine Kinder kennenzulernen. Wenn sie nur halb so bezaubernd wie auf Insta sind, bin ich jetzt schon neidisch.
XXX Cheerio
Babette

WIE BITTE?!! Was zum – Hektisch tippte ich mich zu Dalias Profil durch. Ich scrollte und suchte, und Tatsache: Da waren sie. Ein Mann und zwei Kinder.

#CoupleGoals, #FamilyFirst.

Wie Dalia selbst kaum zu erkennen, aber doch deutlich genug, um zu wissen, dass es sie gab.

Das durfte doch alles nicht wahr sein. Wie sollte ich denn jetzt noch bis Freitag einen Mann und zwei Kinder herbeizaubern?!

Kapitel 18

#SendMeAnAngel

Mir war nicht mehr zu helfen. Meine zitternden Hände klammerten sich an der Tasse fest, die Sonne mir gerade serviert hatte. Das *Karma* war sonntags immer gut besucht. Doch niemand der Gäste um mich herum nahm Notiz von mir. Alle anderen schienen in fröhliche Gespräche vertieft zu sein. Nur ich saß alleine mit gesenktem Kopf an meinem Tisch und starrte trübsinnig auf mein Cappuccino-Schaumherz. Mit dem Löffel zog ich einen Strich hindurch. Mein eigenes Herz war gebrochen, und offenbar hatte mein Verstand ebenfalls einen Knacks abbekommen.

Vor dem Cappuccino hatte ich bereits zwei doppelte Latte Macchiato getrunken. Keine Ahnung, ob es besonders klug war, meine Nerven mit Koffein beruhigen zu wollen, aber Kaffeetrinken war das Einzige, zu dem ich mich noch einwandfrei in der Lage fühlte. (Durften Influencerinnen eigentlich nur noch Filterkaffee schlürfen?)

„Wie lief es denn am Freitag?“, riss Sonne mich aus meinen wirren Gedanken. *Jetzt bloß nicht nach oben schauen, Wilma, sonst merkt sie was.*

„Ganz gut", sagte ich so beiläufig wie möglich und rührte sehr beschäftigt in meiner Tasse herum. Von dem Herz war nun nichts mehr zu sehen. Dafür meldete sich mein schlechtes Gewissen.

War es auch eine Lüge, wenn ich Sonne meine Lügen verschwieg? Wenn ich einfach nichts dazu sagte, sondern ganz oberflächlich von dem Treffen berichtete? Dann war das doch eigentlich nicht die Unwahrheit, oder? Ich ließ einfach nur ein paar kleine, unwesentliche Details weg.

Natürlich hätte ich Sonne gerne alles erzählt. Vor allem die Wahrheit. Aber ich konnte es nicht. Es ging einfach nicht. Wenn du Größe 42 trägst, versuchst du dich ja auch nicht in eine Stretch-Jeans mit Size Zero zu quetschen. Bei manchen Sachen weiß man doch schon vorher, was passieren wird, und man will sich und anderen diesen Schreck ersparen. Im schlimmsten Fall platzen nämlich Nähte.

„Du hattest wie immer recht", sagte ich. „Es war gar nicht so schlimm, wie ich dachte. Wir haben uns wirklich gut verstanden, und es war sehr unterhaltsam. Und wir wollen uns sogar wiedersehen."

„Na, siehst du." Sonne legte behutsam eine Hand auf meine Schulter. „Dann war die ganze Aufregung umsonst. Der Dalai-Lama hat einmal etwas sehr Weises gesagt: Wenn ein Problem gelöst werden kann, braucht man sich keine Sorgen zu machen. Wenn nicht, sind Sorgen sinnlos."

Hä? Wie bitte? Ich stand wieder mal völlig auf dem Schlauch. So etwas versteht man wohl nur, wenn man einigermaßen erleuchtet ist. Und ich hatte ja gerade eher so was wie eine seelische Sonnenfinsternis.

„Wie lief eigentlich dein Seminar mit den Engeln?“ *Sehr gut, Wilma. Einfach schnell ablenken.*

„Es war himmlisch.“ Sonnes Augen bekamen diesen Ich-bin-nicht-von-dieser-Welt-Glanz. Ich gönnte es ihr von Herzen. Wenigstens eine von uns hatte sich und ihr Leben im Griff. Wenn auch mithilfe von kosmischen Wesen.

Hmmm … vielleicht war das ja doch nicht alles Hokuspokus? Vielleicht sollte ich auch mal zu so einem Engelsseminar?

„Worum ging es denn eigentlich?“, erkundigte ich mich und schob mir einen Löffel Cappuccinoschaum in den Mund. Sonne strich sich die Schürze glatt. „Wir haben uns ein wenig mit unseren Engeln unterhalten.“ Sie sagte das so selbstverständlich wie „Bitte schön, hier ist Ihre Rechnung“. Ich konnte nicht fassen, dass sie an so was glaubte.

„Ihr hattet also einen Chat mit dem Himmel?“

„Ja, genau“, lachte Sonne. „So könnte man das sagen.“ Doch Sonne wäre nicht meine beste Freundin, wenn sie nicht meine Skepsis gespürt hätte.

„Jeder Mensch hat einen Engel“, erklärte sie und tippte mich an. „Auch du, Wilma Wonneberg. Und auch dann, wenn du nicht daran glaubst.“

Interessant. Ich fragte mich, was mein Engel gerade so machte. Urlaub auf Sansibar? Lag er vielleicht komatös in irgendeiner Skihütte rum, weil der Après-Ski zu heftig gewesen war? Oder verbrachte mein Engel den ganzen Tag auf Instagram mit Posten, Liken und Kommentieren und hatte deshalb keine Zeit für mich?

„Mag ja sein, dass jeder einen Engel hat.“ Ich seufzte tief. „Wir haben auch alle Haare. Aber die eine hat halt eine supertolle Frisur, während die andere mit einem Wischmopp auf dem Kopf herumläuft." Ich musste augenblicklich an Marianne aus dem Verlag denken, was gemein war, denn ich mochte sie ja eigentlich sehr gern. Doch ihre Frisur sah wirklich immer aus, als könne sie damit den Boden auf Hochglanz bringen.

„Ich muss übrigens noch mal ins Büro", wechselte ich das Thema.

„Schieb das bloß nicht auf die lange Bank", sagte Sonne energisch. „Denn das –"

„– gibt schlechtes Karma. Ich weiß."

Der Montag begann für mich ziemlich früh, denn ich wollte zum Verlag, um meine Sachen abzuholen. Und da mein Plan war, vor allen anderen da zu sein, klingelte mein Wecker bereits kurz nach Sonnenaufgang. Ich rieb meine müden Augen, setzte mich auf und stieß mir direkt den Kopf an der Dachschräge. Na super. Das fing ja gut an. Als wenn es nicht schon genug schmerzte, noch ein allerletztes Mal ins Büro fahren zu müssen. Mit brummendem Kopf und zittrigen Knien stieg ich um sechs Uhr in die Bahn Richtung Charlottenburg.

Ich wählte den Weg durch die eiserne Hintertür. Quietschend fiel sie ins Schloss, und ich stand im dunklen Archiv des Kiesling Verlags. Wie erwartet war niemand dort und alles noch still. Ich atmete tief durch und sog den Geruch von Holz, Papier und Druckerschwärze in mich ein. Ein letztes Mal. Mein Herz klopfte wie wild. Spärliches Licht fiel auf die Regale rechts und links vom Gang. Dort standen unzählige Bücher. *Meine Bücher*. Bücher, deren Entstehung ich begleitet hatte, für die ich verantwortlich gewesen war. Ich hatte sie ohne Abschied zurückgelassen, und das beschämte mich. Sanft strich ich über ihre Buchrücken und ging langsam an ihnen vorbei, die Treppe zum Durchgang in den ersten Stock hinauf. Als ich die Hand an die Türklinke legte, kam mir jemand von der anderen Seite zuvor.

„Wilma!“ Gitti blieb zwischen Tür und Angel stehen. „Was machst du denn hier? Wir dachten schon, du kommst nicht mehr. Wie geht es dir, meine Liebe?“

Ich schluckte. In komplizierten Situationen hilft es, sich auf unkomplizierte Dinge zu konzentrieren. Doch mit Gittis großen, erwartungsvollen Augen direkt vor meinem Gesicht fiel mir das irgendwie schwer. Ich wollte etwas sagen, aber der Kloß in meinem Hals versperrte jedem Wort den Weg.

Mitfühlend legte Gitti einen Arm um mich. „Sag jetzt nichts, es war gedankenlos von mir zu fragen.“ Sie schob mich ins lichtdurchflutete Treppenhaus. Oje. Hier konnte sie sicher all die Sorgenfalten der vergangenen Wochen sehen. Die letzte Zeit hatte Spuren in meinem Gesicht hinterlassen. Wo waren bitte diese verdammten Instagram-Filter, wenn man sie mal wirklich brauchte?!

„Es ist sicher alles andere als leicht“, vernahm ich Gittis Stimme. „Ich weiß das von meiner Schwester. Sie war auch einmal arbeitslos. Und jetzt rate mal, wo sie heute arbeitet? Beim Arbeitsamt.“

„Wie schön“, schniefte ich, und meine Augen füllten sich mit Tränen. Vergeblich suchte ich in meiner Tasche nach einem Taschentuch.

„Es ist gar keine Schande, arbeitslos zu sein“, bemerkte Gitti. „Hier.“ Sie reichte mir ein Tempo, und ich schnäuzte geräuschvoll hinein, sodass es im ganzen Treppenhaus hallte.

„Leider gibt es trotzdem Leute, die zu stolz sind, sich beim Arbeitsamt zu melden." Gitti blickte mich durchdringend an. „Du warst doch schon dort, Wilma. Oder?"

Plötzlich war das Treppenhaus ein Ort der Stille. Viel zu still für meinen Geschmack. Was sollte ich sagen? Die Wahrheit? Dass ich nicht in der Lage gewesen war, mich arbeitssuchend zu melden? Dass ich es schlicht und einfach vergessen hatte, bei all dem Trubel in meinem Leben? Dass ich das überhaupt nicht nötig hatte, weil ich die bestbezahlteste Influencerin Deutschlands war?!

„Ich habe leider erst einen Termin in zwei Wochen bekommen." Meine Wangen glühten. Gute Lüge, schlechtes Gewissen.

„Das darf doch wohl nicht wahr sein." Gitti stemmte entrüstet die Hände in die Hüften. „Weißt du was? Ich regle das für dich. Je schneller, desto besser. Sonst gibt das –"

– schlechtes Karma. Ich weiß.

„– nachher noch Probleme für dich. Und das muss ja nicht sein."

Nein, das musste wirklich nicht sein. Und so kam es, dass Gitti mir nicht nur half, meine signierte „Alchimistin" und meine restlichen Sachen heimlich aus dem Verlag zu schaffen (so verheult, wie ich war, wollte ich dem Kiesling nämlich nicht über den Weg laufen), sondern auch einen Termin für mich bei ihrer Schwester Susi vereinbarte.

Mit klopfendem Herzen betrat ich Dienstagfrüh das Arbeitsamt. Das Gebäude hatte eine ähnliche Wirkung auf mich wie das Büro des Fieslings. Ich schlich mit gesenktem Kopf durch die Flure und fühlte mich irgendwie ſehl am Platz zwischen all den anderen Menschen, die eine neue Arbeit suchten. Was ich gerade viel dringender als einen Job brauchte, waren ja ein Mann und zwei Kinder.

Zum Glück wurde ich nicht von einer wildfremden Person empfangen, sondern von Gittis Schwester.

„Gitti hat mir ja sooo viel von Ihnen erzählt." Susi blickte von meinem Lebenslauf hoch und lächelte mich an. Ich lächelte zurück und rutschte nervös auf meinem Stuhl hin und her. Mann, ich musste mal furchtbar dringend. Ich hatte vorher viel zu viel Kaffee getrunken, und das rächte sich nun. Und auch wenn dich persönliche Kontakte direkt zu einer Beraterin des Arbeitsamtes beamen – in der Schlange vor den Toiletten sind wir alle gleich.

„Gitti war eine der besten Kolleginnen, die man sich wünschen kann", bemerkte ich.

„Genau das hat sie auch über Sie gesagt", kicherte Susi. „Und ich werde versuchen, Ihnen bestmöglich zu helfen." Sie klickte mit der Maus auf dem Bildschirm herum.

„Ich habe mir bereits Ihren Lebenslauf angesehen und nach infrage kommenden Stellen gesucht."

Ich konnte mich überhaupt nicht konzentrieren. Ich wollte die Sache einfach nur hinter mich bringen, um auf Toilette gehen zu können. „Hmmm", nickte ich geistesabwesend und presste die Knie zusammen.

„Das Problem ist, dass es recht schwer ist, freie Stellen in Verlagen zu finden." Das Problem war, dass es sich bei den Toiletten ähnlich verhielt.

„Hmmm", machte ich noch mal.

Susi nahm meinen ausgedruckten Lebenslauf zur Hand und musterte ihn eingängig. Dann blickte sie auf. „Könnten Sie sich vorstellen, übergangsweise erst einmal einer anderen Tätigkeit nachzugehen?“

Aber sicher doch. Ich könnte eine Ausbildung zur Influencerin machen. Oder Klo-Frau werden. Letzteres schien mir in diesem Moment besonders attraktiv.

„Haben Sie denn noch andere Erfahrungen als die im Verlag?“, hörte ich Susi fragen. Für einen kurzen Moment vergaß ich meine volle Blase und dachte nach.

Ich hatte in meinem Leben immer versucht, alles richtig zu machen, es allen recht zu machen, vor allem meinen Eltern, und dabei offenbar das Ziel verfehlt.

„Nein, leider nicht.“

Nun war es Susi, die auf ihrem Stuhl hin und her rutschte. Vielleicht musste sie genauso dringend wie ich? Laut Statistik gehen Frauen ja oft zu zweit aufs Klo. Ich bemerkte, dass Susis Stirn sich in Falten legte. Doch nicht wegen mir, oder? War ich etwa ein Problemfall?

„Warten Sie“, stieß ich hervor. „Ich … ich habe während des Studiums als Kindermädchen gejobbt.“ Nicht lange und nicht sehr erfolgreich, aber wen interessierte das schon?

„Wunderbar.“ Susi schien aufzuatmen. „Damit können wir sicher was anfangen.“

Ich hörte sie murmeln, das mehrfache Klicken der Maus und dann einen Seufzer. „Na bitte, da haben wir es doch.“ Freudestrahlend sah Susi mich an. „Wir haben gute Kontakte zu den *Super-Sittern*. Das ist eine Agentur, die sich auf die Vermittlung von Babysittern spezialisiert hat.“

Langsam konnte ich es nicht mehr aushalten. Hätte ich doch bloß nicht so viel Kaffee getrunken!

„Wenn ich es richtig sehe, Wilma", fuhr sie fort, „dann habe ich hier etwas für Sie. Sie können mit Kindern umgehen?" Ich nickte. Susi griff zum Telefon. „Na, dann wollen wir mal sehen, wie super die Super-Sitter im Ernstfall sind."

Mir war mittlerweile alles recht. Ich wollte nur nicht länger als Problemfall dastehen. Und ich wollte unbedingt auf Toilette.

Nach einem kurzen Gespräch mit vielen „Ahas" und „Nasupers" legte Susi auf und hielt triumphierend einen Daumen in die Höhe.

„Familie Frankenstein sucht für Freitagabend eine Betreuung für ihre zwei Kinder. Drei und fünf Jahre alt. Wäre das was für Sie?"

Ich horchte auf. Freitagabend? Zwei Kinder?

Es gibt Momente im Leben, die sind wie Silvester. Eben war die Welt noch stockdunkel, und mit einem Mal funkelten überall leuchtend bunte Lichter, und mein Mund stand vor Staunen offen.

„Wunderbar", hauchte ich. Dabei hätte ich mir vor Glück fast in die Hosen gemacht.

Kapitel 19

#Anfängerfehler

In manchen Lebenslagen fühlt man sich wie ein Insekt im Spinnennetz: Man ist in etwas hineingeraten, und je mehr man strampelt und versucht, herauszukommen, desto schwieriger und unwahrscheinlicher wird es, es tatsächlich raus zu schaffen.

Manchmal hilft dann nur noch, gute Miene zum bösen Spiel zu machen, der Spinne freundlich zuzulächeln und darauf zu hoffen, dass sie einen nett findet und aus Sympathie doch nicht frisst.

Die Frauenzeitschriften und Beauty-Magazine lagen wild verstreut auf meinem Wohnzimmerteppich, und ich saß mittendrin und raufte mir die Haare. Zwischen all den Hochglanzbildern musste ich zwangsläufig matt aussehen. Ich hatte noch drei Tage, um mich in eine glaubwürdige Influencerin zu verwandeln. Mit all dem Wissen, was meiner Meinung nach dazugehörte. Das Problem war nur: Eigentlich hatte ich keinen Plan. Ich wusste absolut nicht, was wichtig war und wo ich anfangen sollte. Was hatte ich fürs Abi gebüffelt, wie viele Jahre an der Uni in der Bib verbracht, nur, um nun festzustellen, dass mir das essenzielle Wissen der modernen, digitalisierten Frau vollkommen fehlte.

Ich versuchte mit Blick auf Freitagabend zu retten, was noch zu retten war, und nach ein paar Stunden Klatsch- und Tratsch-Lektüre hatte ich den Eindruck, doch kein ganz hoffnungsloser Fall zu sein.

Eine rasche Auffassungsgabe kommt einem zugute, wenn man sich merken soll, wer mit wem, wie oft und vor allem, warum (oder warum nicht mehr). Außerdem hatte ich im Studium gelernt, meine Gedanken zu kanalisieren und zu fokussieren.

Das Telefon klingelte, und ich sprang auf.

„Wo bist du denn?!", kreischte Patti durch die Leitung. „Du hast doch nicht etwa dein Doggy-Date vergessen?"

Oh nein! Der Hund! Bei all meinen Gedanken zu Dalias Mann und Kindern und meinen Fortbildungsplänen hatte ich Pegasus schon wieder aus dem Gedächtnis gestrichen. Dabei war es ein sehr kluger Einfall von Patti gewesen, den Hund durch gemeinsame Spaziergänge schon mal an mich zu gewöhnen, bevor wir das Wochenende alleine miteinander verbrachten. Ganz alleine würden wir ja auch nicht sein, aber das ging außer den Hund und mich niemanden etwas an. Nicht mal meine besten Freunde. Patti würde es vielleicht noch verstehen, aber Sonne würde mein Vorhaben niemals gutheißen, da war ich mir sicher. Und weil ich wusste, was für eine Tratschtante Patti war, hielt ich es für klug, keinen von beiden in meine Pläne einzuweihen. Auch wenn für sie die Wahrheit nichts Unerträgliches war und sie mich mit all meinen Fehlern liebten. Doch für Freitagabend half mir das leider nicht weiter. Also übte ich mich darin, sparsam mit der Wahrheit umzugehen, und sah meine Notlügen als eine Art Aufwärmtraining an.

„Nein, natürlich habe ich es nicht vergessen", gab ich zurück. „Aber ich muss vorher noch dringend zur Buchhandlung. Ich habe mir nämlich ein Buch über den richtigen Umgang mit Hunden bestellt. Bin schon auf dem Weg, bis gleich."

Ich warf mir das Erstbeste über, was griffbereit lag, und stürmte nach draußen. Im Tageslicht stellte ich dann allerdings fest, dass mein Leopardenshirt nicht besonders gut mit meiner Blümchen-Strickjacke harmonierte. Aber egal. Ich musste ja nur kurz in die Buchhandlung und dann Gassi gehen, und den Hund würde es ganz sicher nicht interessieren, wie ich aussah. Ungekämmt, ungeschminkt und mit einem eher fragwürdigen Kleidungsstil.

Schnellen Schrittes eilte ich zum *Buch-Salon* und wollte gerade die Tür öffnen, als …

„Oh, hallo."

Seine blauen Augen musterten mich verschmitzt von oben bis unten. Ich hielt die Luft an und wäre am liebsten in Grund und Boden versunken. Anfänger-Fehler einer Möchtegern-Influencerin. Wenn man unfrisiert und ungeschminkt das Haus verlässt, darf man das doch niemals-niemals-nie ohne Sonnenbrille und Bandana.

Wilma, wie nachlässig kann man denn bitte sein?!

„Hallo." Ich zwang mich zu einem Lächeln.

Er trug einen leichten, blau-grauen Leinenanzug, darunter ein weißes Hemd mit Kentkragen (das hatte ich gerade erst in der *Cosmopolitan* gelesen) und dazu braune Sneaker. Eine

Sonnenbrille hielt seine dunkel gelockten Haare aus der Stirn. Er sah wirklich unverschämt gut aus, obwohl ich glaube, er hätte selbst in einem Kartoffelsack eine gute Figur gemacht. Doch derart modebewusst angezogen, sah er aus wie ein Hollywoodstar, geradewegs aus einem Film gestiegen. Und ich, ich sah aus wie – wie –

„Sie haben Ihre Jacke falsch herum an."

Ach du Schreck. Ich merkte, wie mein Gesicht ganz heiß wurde. Das durfte doch alles nicht wahr sein. Aber jetzt sah ich sie auch, die Nähte. Wie MEGA peinlich. Was dachte er denn jetzt von mir? Dass ich keinen Spiegel zu Hause hatte? Dass ich extrem kurzsichtig war? Dass ich mich ohne meine Mami nicht alleine anziehen konnte?! Diese Nähte zeigten doch mehr als deutlich, dass ich mein Leben dringend umkrempeln musste.

„Wissen Sie", sagte ich und versuchte, möglichst überzeugend zu klingen. „Das muss so sein. Das ist der neueste Trend – aus der *Vogue*."

Er schmunzelte etwas ungläubig. „Sie sind also Mode-Expertin?"

Ich überlegte kurz und setzte dann ein geheimnisvolles Gesicht auf. „Ja, so etwas in der Art."

Ha. Da sollte mal einer behaupten, das sei eine Lüge. Schließlich hatte ich gerade ein halbes Dutzend Modemagazine studiert und war nun in Sachen Trendsetting fit wie ein Turnschuh. Davon mal abgesehen, wird Mode in meinen Augen sowieso völlig überbewertet. Heute so, morgen so. Da blickt doch keiner mehr durch. Dabei kann eine selbstbewusste Frau eigentlich alles tragen und wirkt in jedem Outfit kompetent und anziehend.

Es kommt allein auf die innere Einstellung an. Ein feiner Anzug macht noch keinen feinen Menschen. Und wenn man seine Sachen falsch herum trägt, kann man trotzdem noch ganz richtig im Kopf sein. Selbst, wenn man im Gesicht wie eine Tomate aussieht.

„Entschuldigen Sie", sagte er da. Seine Stimme klang warm und weich wie ein Federbett. So richtig zum Einkuscheln. Hach. „Jetzt habe ich Sie fast ein zweites Mal umgerannt und mich Ihnen noch gar nicht vorgestellt." Ach, Namen waren doch Schall und Rauch, wenn man in solche Augen schauen konnte. Man sagt ja nicht umsonst, dass Augen das Tor zur Seele sind und Blau die Farbe der Treue. Gut, Daniel hatte auch blaue Augen. Aber die waren eher blassblau, und er, er hatte tiefblaue Augen. Tiefblau wie das Meer an einem herrlichen Sommertag.

Er reichte mir die Hand. „Phillip van Blomen."

Oooh. Ein Adliger. Wie passend. Gerade frischgebackene Adelsexpertin, und schon pflegte ich Kontakte.

„Wilma Wonneberg."

Seine seidenweiche Hand griff nach meiner und hielt sie einen Moment zu lang fest – worüber ich ausnahmsweise hinwegsah. Ich konnte ja auch gar nicht anders, denn ich war wieder einmal vollkommen hypnotisiert.

Ich sah uns beide zwischen Dünen am Strand, und er kniete vor mir und hielt meine Hand. Ich bemerkte die kleine Schmuckschatulle mit einem Ring aus Weißgold, in dem ein blauer Saphir funkelte. Um uns herum lagen Rosenblüten im Sand, und die Wellen des Meeres rauschten. *Van Blomen, van Blomen, van Blomen. Wilma van Blomen.* Das klang wirklich ganz schön. Floral-feudal. Ich würde nicht Nein sagen.

„Trinken Sie mit mir einen Kaffee bei einem guten Buch?“

„Ich würde nicht Nein sagen.“ PLING. Eine Nachricht auf meinem Handy, höchstwahrscheinlich eine von Patti, riss mich schonungslos aus der Hypnose. „Allerdings bin ich schon verabredet.“ *Mit einem Hund …*

„Oh.“ Er wirkte enttäuscht, aber dann lächelte er. „Aller guten Dinge sind drei. Wir sehen uns bestimmt bald wieder.“

„Ganz bestimmt.“ Ich nickte und schmolz dabei innerlich. *Er wollte mich wiedersehen.* Und beim nächsten Mal, das schwor ich mir, würde ich dafür sorgen, etwas passender angezogen zu sein. Innere Einstellung hin oder her – es schadete ja nichts, auf Nummer sicher zu gehen. Kleider machen Leute, das ist ja allgemein bekannt. Und im richtigen Outfit kann jede Frau kompetent und anziehend wirken, egal wie selbstbewusst sie sonst ist.

Er nahm seine Jacke von der Schulter, krempelte sie auf links und zog sie wieder an. Dann schmunzelte er mir noch einmal zu und lief lässig die Straße hinunter.

OH MEIN GOTT! Ich hatte soeben einen neuen Trend kreiert. Einen Trend, der vielleicht irgendwann einmal in der *Vogue* stehen würde. Und ich hatte jemanden (und nicht irgendjemanden, sondern IHN!) dazu gebracht, diesem Trend zu folgen. Das bedeutete, ich war auf dem besten Weg, eine richtige Influencerin zu werden … Ha!

Beschwingt von diesem kleinen Flirt, denn mehr war es ja wirklich nicht gewesen (oder?!), hüpfte ich in den *Buch-Salon* und suchte nach einem Buch über Hunde. Es gab natürlich keins. Das einzige halbwegs brauchbare Buch, in dem Hunde vorkamen, war Loriots „Möpse und Menschen“. Besser als gar nichts, dachte ich mir. Möpse gelten ja als liebenswerte und ausgeglichene Tiere. Und außerdem sehen sie ein wenig wie geschrumpfte französische Bulldoggen aus. Also überlegte ich nicht lange, kaufte das Buch und machte mich dann schnurstracks auf zu meinem Doggy-Date. (Ein Date ist ein Date. Besser als gar keins, dachte ich mir.)

Patti schaute etwas irritiert, als ich ihm meine Lektüre präsentierte.

„Schätzchen, Ratgeber für Hunde werden wirklich überbewertet. Halt nächstes Mal lieber Ausschau nach einem Ratgeber für Männer.“

Da musste ich ihm wirklich zustimmen. Mit Pegasus verstand ich mich auf Anhieb, mit Männern war das leider selten so. Und dabei brauchte ich gerade jetzt einen Mann, der alles für mich tat. Zumindest am Freitagabend.

Hmm. Ob ER wohl alles für mich tun würde? Außer Zeitschriften aufsammeln und fragwürdige Trends mitmachen? Ob ihm wohl ähnliche Gedanken wie mir durch den Kopf gingen? Und ob sein Herz wohl genauso schnell wie meins schlug, wenn sich unsere Hände berührten?

Ich seufzte.

„Was hast du denn, Hase? Alles in Ordnung mit dir?“ Patti musterte mich mit Sorgenfalten auf der Stirn. „Wie geht es denn der besten Freundin deines Bekannten?“

„Schon etwas besser“, entgegnete ich und klappte das Buch zu. „Sie ist auf einem guten Weg, die Sache abzuschließen. Das Einzige, was ihr gerade fehlt, ist männliche Unterstützung.“

„Ach Quatsch. Das hat sie sicher nicht nötig. Selbst ist die Frau. Sieh mich an.“ Patti drehte sich einmal im Kreis und fuhr mit den Händen an seiner Silhouette entlang. „Wenn ich mich im Leben immer auf Männer verlassen hätte, dann wäre aus mir vermutlich nie eine erfolgreiche Geschäftsfrau geworden. Und mach dir nicht so viele Sorgen wegen Freitag. Du wirst sehen – es wird alles gut.“

Pegasus war wirklich so pflegeleicht, wie Patti versprochen hatte. Nach meinem erfolgreichen Doggy-Date war ich trotzdem nicht mehr so leichtfüßig wie nach meinem Buchhandlungsflirt. Etwas ernüchtert trottete ich nach Hause.

Ich hatte eine Wohnung. Ich hatte zwei Kinder. Aber ich brauchte unbedingt noch einen Mann. Und zwar nicht irgendeinen, sondern einen für besondere Fälle. Leider kam keiner, den ich kannte, für mein Vorhaben infrage. Alle unbrauchbar, wie Hunderatgeber. Moment – einen gab es ja, der unter Garantie ALLES für mich machen würde. Und der mich unter Garantie blamieren würde: Frosch-Burkhard.

Man stelle sich das mal vor: Toni, Alva, Babette und ich und an meiner Seite ein Mann in Radlerhosen, der allen Olivenöl einschenkte. Uääääh. Ich bekam Gänsehaut.

Da würde ja alles auf der Stelle auffliegen. Ich brauchte einen gestandenen, instagramtauglichen Mann. Einen, der unkonventionell genug war, dieses Spiel mitzuspielen, aber gewöhnlich genug, die Sache ernst zu nehmen. Im Idealfall einen Schauspieler.

Vor der Haustür blieb ich stehen und kramte in meiner Handtasche. Irgendwie spiegelte ihr Innenleben mein eigenes wider. Ein einziges Durcheinander. Und obwohl man viel mit sich rumschleppt, findet man im entscheidenden Moment doch nicht das, was man braucht.

Verdammt. Wo war nur dieser verfluchte Schlüssel?

„Fräulein Wonneberg." Potte öffnete mir von innen. „Komm' Se rin, könn' Se rauskieken." Er machte eine theatralische Verbeugung. Ach, du meine Güte. Was für ein – Schauspieler. Ein Lächeln huschte über mein Gesicht. Manchmal fand man das, was man brauchte, gerade dann, wenn man nicht danach suchte.

„Herr Pottrawski", rief ich fröhlich und hüpfte ins Haus hinein. „Sie kommen wie gerufen."

Kapitel 20
#VerstehenSieSpaß

Warum war ich nicht gleich drauf gekommen? Natürlich, sein Alter sprach gegen ihn. Es würde so aussehen, als sei Potte mein Sugar-Daddy. Aber war es nicht genau das, was alle von einer Influencerin erwarteten? Und müsste Dalia nicht als typische Karrierefrau eigentlich kinderlos sein?

Hmmm … Vielleicht waren die Kinder auf den Fotos ja auch gar nicht ihre? Na klar – höchstwahrscheinlich waren sie nur geliehen. Engagiert, um die Klickrate ihres Accounts nach oben zu treiben. Ich wusste nur noch nicht wirklich, ob ich das verdammt clever oder ziemlich widerlich finden sollte.

Ich beschloss, diese ganzen Fragen in eine fernere Zukunft zu verschieben und mich den näher liegenden zu widmen.

„Wollen Sie mein Mann sein?"

Potte starrte mich ungläubig an. „Na, hören Sie mal, Fräulein Wonneberg! Haben Sie getrunken?"

Heute ausnahmsweise mal nicht. Und vielleicht sollte sich das jetzt bezahlt machen, denn ich musste mir blitzschnell etwas überlegen, um Potte davon zu überzeugen, mein Mann zu werden. Mein Mann für alle Fälle.

Ich schüttelte den Kopf. „Herr Pottrawski, ich bin komplett nüchtern. Und ich will Sie auch nicht heiraten. Sie sollen nur mein Mann sein."

Potte starrte mich verwundert an, so als warte er auf die spektakuläre Auflösung meiner Frage. Ganz wie bei einer TV-Show. Und da kam mir ein grandioser Gedanke.

„Natürlich nicht in Wirklichkeit", sagte ich geheimnisvoll klingend. „Sondern fürs Fernsehen."

Potte wurde hellhörig. Ich spekulierte darauf, dass ich ihn mit dem Sprung vor die Kamera ködern konnte, und es sah ganz danach aus, als würde mein Plan aufgehen.

Er sah mich interessiert an. „Das müssen Sie mir mal genauer erklären."

„Sehr gerne." Ich zwinkerte ihm zu. „Sie kennen doch die Sendung *Verstehen Sie Spaß?*"

„Aber sicher, junges Fräulein."

„Ich mache da mit."

Potte wären fast die Augen aus dem Kopf gefallen. „Das gibt es doch nicht." Er klopfte sich laut lachend auf die Schenkel. Nein, das gab es wirklich nicht. Aber es war ein genialer Einfall, um einen rüstigen Laienschauspieler für meine Sache zu begeistern.

Ich lächelte verführerisch. „Wenn Sie auch dabei sein möchten, dann müssen Sie einfach nur Ja sagen. Also: Wollen Sie mein Mann sein?"

Nachdem ich Potte kurz seinen bevorstehenden „Fernsehauftritt" skizziert hatte und sah, wie seine Begeisterung wuchs, wurde ich immer zuversichtlicher, was den Freitagabend betraf.

Potte riss jubelnd die Arme in die Höhe. „Ich komme ins Fernsehen!"

Und ich in die Hölle, wenn der Schwindel auffliegt. Und das würde er natürlich irgendwann. Aber bis dahin war noch Zeit, sich eine schlüssige Erklärung zu überlegen. Man muss im Leben lernen, Entscheidungen zu treffen und Prioritäten zu setzen. Und das Wichtigste war gerade nun mal der Freitagabend.

Pottes Stimme überschlug sich fast. „Ich werde allen zeigen, dass man niemanden unterschätzen sollte. Schon gar keinen Hausmeister."

Wie schön. Vielleicht musste ich seine Euphorie doch ein wenig dämpfen.

„Wichtig ist vor allem, nicht zu dick aufzutragen", erklärte ich. „Im Grunde spielen Sie einen Ehemann, der nicht allzu viel zu sagen hat. Aber das ist ja gerade die große Herausforderung."

Potte hörte mir so gespannt zu, wie er es sonst nur bei einem Freitagabend-Krimi tat. Irgendwie planten wir ja auch Ähnliches. „Sie spielen einen Ehemann, der seine Ehefrau – also mich – anhimmelt und ihr jeden Wunsch von den Augen abliest. Es geht also größtenteils um NONVERBALE KOMMUNIKATION. Denken Sie, Sie bekommen das hin?"

Herr Pottrawski nickte eifrig. „Sie können sich auf mich verlassen, Fräulein Wonneberg."

Ich strahlte ihn an. Ich hatte es wieder getan. Ich hatte jemanden geinfluenced. Zwar mit einer winzigen Notlüge, aber ich hatte inzwischen den Eindruck, dass dies nun mal Teil des Geschäfts war. Der Filter des realen Lebens. Ich meine, niemand gibt sich doch die Blöße und stellt seine Posts unbearbeitet auf Instagram. Da wird die Nase geschmälert, Brüste und Augen vergrößert, sämtliche Falten entfernt, die Beleuchtung angepasst, die Farben abgestimmt und Dinge aus dem Bild wegretuschiert. Was nicht passend ist, wird einfach passend gemacht. Und hat irgendjemand ein schlechtes Gewissen dabei? Im Gegenteil. Ohne Nasen-OP, Fettabsaugen und Botox-Spritze kann man mit geringem technischem Aufwand in wenigen Sekunden zehn Jahre jünger aussehen. Das nenne ich mal Fortschritt.

Wenn ich also eine halbwegs überzeugende Influencerin spielen wollte, dann gehörte das Beschönigen der Wahrheit einfach dazu.

Das Ganze war faszinierend und gruselig zugleich. Innerhalb weniger Tage war meine Verzweiflung der Gewissheit gewichen, dass ich die ganze Chose schon irgendwie meistern würde.

Fürs Protokoll: Ich hatte jetzt eine instagramtaugliche Wohnung mit einem Vorzeige-Hund, ich hatte einen Mann alter Schule mit dem gewissen Grad Originalität, und obendrein erwartete ich in Kürze zwei Kinder zu bekommen. Langsam fügte sich alles zu einem Bild oder besser gesagt: zu einem vielversprechenden Post.

Ich vereinbarte mit Potte ein Treffen am nächsten Nachmittag, um die Details zu besprechen und eine passende Garderobe rauszusuchen.

„Und nicht vergessen", sagte ich in verschwörerischem Ton. „Das alles unterliegt absoluter Geheimhaltung. Kein Wort zu niemandem." Potte signalisierte mit ebenso verschwörerischem Nicken, dass er verstanden hatte.

Das lief ja alles fast zu glatt, um wahr zu sein. Du liebe Zeit. Jetzt musste ich nur noch die Sache mit den Kindern in Sack und Tüten bringen. Und davor hatte ich, ehrlich gesagt, am meisten Respekt. Kinder können nämlich unberechenbar sein. Das Schlimmste ist, dass sie sich nicht verstellen und immer sagen, was sie denken. Schrecklich. Deshalb klingelte ich am Donnerstagmorgen mit einem ziemlich mulmigen Gefühl bei Familie Frankenstein. Hoffentlich war der Name nicht Programm …

Durch die Tür hörte ich schon Geschrei. Dann flog sie auf, und zwei kleine grinsende Gestalten starrten mich mit großen Augen an.

Das Mädchen sah mit ihren rotblonden Haaren, dem sommersprossigen Gesicht und ihren rosigen Wangen wie eine kleine Erdbeere aus. Sie war ungefähr einen Kopf größer als der Junge, der mich mit seiner blassen Haut und seinen dunklen Haaren an eine Milchschnitte erinnerte.

„Philomeeeeeeeeenaaaa! Melchiooooooooooor!“, rief eine Frauenstimme aus dem Hintergrund.

Philomena? Melchior? Ernsthaft?! Ich meine, waren die beiden mit ihrem Familiennamen nicht schon genug gestraft? Und bevor jetzt jemand etwas sagt – wenn einer das beurteilen kann, dann ja wohl eine Wilhelmina Wonneberg.

Mitfühlend sah ich Melchior und seine Schwester an. „Hallo, ihr zwei. Schön, euch kennenzulernen.“

Ich streckte ihnen meine Hand entgegen. Doch statt sie zu schütteln oder etwas zu sagen, drehten sie sich auf der Stelle um und rannten ins Haus. Na, das fing ja gut an.

Ich atmete einmal tief durch und wartete. Aus dem Innern des Hauses hörte ich Stimmen und Geschirrgeklapper. Doch niemand kam, um mich hineinzubitten. Ich zögerte kurz, aber dann beschloss ich einfach, reinzugehen. Eine Influencerin muss tun, was eine Influencerin tun muss. Her mit den Kindern, egal ob mit oder ohne Manieren.

„Hallo?“ Vorsichtig tapste ich durch den Flur. „Hallooo?“ Dann stand ich plötzlich mitten im sonnendurchfluteten Wohnzimmer. Ich hob meine Hände vors Gesicht, so sehr blendete mich das Licht. Als sich meine Augen an die Helligkeit gewöhnt hatten, sah ich ihn.

Papa Frankenstein lehnte im Kopfstand an der Wand, so als sei das eine der natürlichsten und entspanntesten Positionen, in der man gerne auch mal Zeitung liest oder Käffchen trinkt.

Er bemerkte mich und grinste, machte jedoch keine Anstalten, seine Yogastunde zu unterbrechen. Ich suchte gerade nach den passenden Worten für diese merkwürdige Situation, da kam seine Frau aus der Küche geschwebt.

Mir war auf der Stelle klar, in was für einen Haushalt ich geraten war. Meine Freundin Sonne wäre vermutlich sofort eingezogen.

Bente Frankenstein trug eine blau-weiße, mit bunten Flecken besprenkelte Schürze über einem T-Shirt und eine weite, gebatikte Leinenhose. Ihre blonden Dreadlocks hatte sie zu einem riesigen Turban drapiert. In der einen Hand hielt sie einen Pinsel, in der anderen eine Müslischale.

„Shalom“, hauchte sie mir entgegen. „Du bist sicher Wilhelmina. Was für ein wunderschöner Name. So rein, so energetisch.“

Ach, du kosmisches Chaos! Ich musste mich schwer zusammenreißen, um nicht laut loszuprusten. „Oh, vielen

Dank", entgegnete ich schnell und fühlte mich mit einem Mal unheimlich … rein und energetisch.

„Komm, setz dich doch." Bente deutete auf eine Couch, die neben einer riesigen Staffelei stand. Bunte Kleckse wie auf Bentes Schürze, vereint mit einem Potpourri getrockneter Blüten. In diesem Moment fiel mir auf, dass im Wohnzimmer überall Blumen in Vasen standen oder als Sträuße zum Trocknen aufgehängt waren. Ein bisschen zu viel des Guten, wenn man mich fragte. Aber ich wollte etwas Nettes erwidern, also sagte ich: „Das ist ein zauberhaftes Bild, das die Kinder da gemalt haben."

Bente und ihr Mann brachen in schallendes Gelächter aus, so laut, dass er seinen Kopfstand abbrechen musste.

„Das ist eines von Bentes Kunstwerken", erklärte ihr Mann. „Sie kombiniert das Vergängliche mit dem Ewigen Sein."

Ups. Das hätte ich doch *sofort* erkennen müssen.

Bente küsste ihren Mann auf die Wange. „Alexis, eigentlich hat Wilhelmina recht. Ich male meine Bilder ja mit meinem inneren Kind zusammen. Das fällt nur ganz wenigen auf. Menschen, die dafür empfänglich sind."

Puh. Das war ja gerade noch mal gut gegangen. Ich beschloss, mich mit freundlichen Kommentaren bis auf Weiteres zurückzuhalten.

Bente hielt ihre Schale hoch. „Magst du vielleicht auch ein Kokos-Amaranth-Müsli? Wir achten sehr auf ökologische und vitalstoffreiche Ernährung."

„Gerne." Ich probierte das Müsli, und es schmeckte entgegen meiner Erwartung richtig lecker. Während ich die Vitalstoffe in mich reinlöffelte, machte Alexis weiter Yoga, und Bente plauderte fröhlich und pinselschwingend vor sich hin.

„Ich bin ja soooo froh, dass das Universum uns eine spirituell aufgeschlossene Person geschickt hat."

Meinte sie damit etwa mich? Ich traute mich nicht zu sagen, dass ich vom Arbeitsamt kam.

„Alexis hat am Freitag eine Gong-Meditation im Kundalini Ashram, und ich werde die Schwingungen in ein Gemälde übertragen. Normalerweise sind Philo und Melchi immer dabei, doch am Freitag ist Vollmond, und da geht das natürlich nicht", erklärte sie.

„Verstehe", sagte ich. „Das geht natürlich nicht." Ich verstand kein Wort. Aber dass ich keinen Schimmer hatte, musste ich ja nicht durchschimmern lassen. Sonne hätte es mir sicher erklären können.

Bente sah mich mit verklärtem Blick an. „Oh, du hast so ein kosmisch-klares Karma. Du meditierst sicher regelmäßig, nicht wahr?"

„Oh, ja", stimmte ich ihr zu. „Ich finde, Meditation ist so wichtig. Mein zweiter Vorname ist sogar Karma." *Könnte er wirklich sein, schließlich ging ich da oft genug Cappuccino trinken.* Ich musste innerlich laut lachen, doch Bente hatte es irgendwie nicht als Scherz verstanden.

„Philo, Melchi!", rief sie aufgeregt. Alexis schlug drei Mal auf einen goldenen Gong. Und wer hätte es gedacht – die Kinder kamen doch tatsächlich brav angetrottet.

„Schaut mal!" Bente strich beiden liebevoll übers Haar. „Das ist Karma, unsere neue Freundin. Sie wird Freitagabend für euch beide da sein, und ich bin mir sicher, ihr werdet eine Menge Spaß haben."

Kapitel 21

#Vollmond

Wer hätte gedacht, dass sich mein kompliziertes Leben mit einem Schlag so herrlich unkompliziert anfühlen würde? Vielleicht war mein zweiter Vorname ja tatsächlich Karma? Ich horchte in mich hinein und spürte zwar keine Erleuchtung, doch ich sah Licht am Ende des Tunnels. Es war aber auch wirklich kurz vor knapp. Schon morgen war Freitag, der große Tag. #FreakyFriday. Morgen Nachmittag würde ich die Frankenstein-Kinder abholen und sie mit „nach Hause“ nehmen. In „meine“ Wohnung, um sie dann am Samstagmorgen wieder bei ihren Eltern abzuliefern. Der heutige Nachmittag war bereits für die abschließende Besprechung mit Potte reserviert. Doch bevor es auf die Zielgerade ging, wollte ich ganz dringend noch eine wichtige Sache klären: Was hatte es mit diesem Vollmond auf sich?

Ich musste unbedingt Sonne fragen, ob die Sterne am Freitagabend günstig für mich standen – oder eben nicht.

Als ich ins *Karma* kam, war gerade Schichtwechsel. Sonne legte nur schnell ihre Schürze ab, und dann verschwanden wir durch die Hintertür, über die Feuertreppe in ihre Wohnung.

Sie zündete ein Vanille-Räucherstäbchen an und machte für uns beide einen Spitzkohl-Salat mit Orangen und Tofu, der superlecker war, von dem ich aber immer Blähungen bekam. Sonne meinte, das sei die selbstreinigende Wirkung. Doch ich glaube, es war einfach der Spitzkohl, den ich nicht so gut vertrug.

Während Sonne Mantra summend die Orangen schnitt, versuchte ich, mich vorsichtig an das Thema „Vollmond" heranzutasten.

„Weißt du … irgendwie fühle ich mich heute so … so energetisch", sagte ich und musste mich dabei ernsthaft anstrengen, nicht zu lachen. „Meinst du, das könnte vielleicht damit zu tun haben, dass bald Vollmond ist?"

„Ja, kann gut sein." Sonne atmete den fruchtigen Duft der Orangen ein. „An den Tagen um Vollmond herum lade ich auch immer meine Edelsteine und Kristalle mit neuer Energie auf. Es ist ja allgemein bekannt, dass der Mond mit seinen Schwingungen unsere feinstofflichen Frequenzen beeinflusst."

Äh, ja. Natürlich. Die Frage war nur, wie der Mond auf die feinstofflichen Frequenzen von Melchior und Philomena wirkte.

„Und ist das jetzt etwas Gutes oder etwas Schlechtes?", forschte ich nach.

„Das lässt sich nicht so einfach sagen", antwortete Sonne und nahm sich den Spitzkohl vor. „Das hängt ganz davon ab, wie stark der Mond dein spirituelles Niveau verändert."

Na toll. Das half mir leider kein Stück weiter.

„Was aber für eine gewisse Balance sorgt", fuhr Sonne fort, „ist ein kleines feines Vollmondritual." Sie ging zum Küchenschrank und holte aus einer Schublade ein mit indischen Symbolen verziertes Goldkästchen heraus. Dann öffnete sie es und entnahm etwas, das wie ein überdimensionaler Joint aussah. Ach herrje.

Ich stöhnte. „Du weißt doch, dass ich Kiffen nicht vertrage. Davon wird mir immer nur schlecht."

Sonne lachte laut. „Das ist weißer Salbei, Wilma. Den nutzten schon die uralten Schamanen zum Reinigen und Segnen von fast allem. Wenn du ihn anzündest, wirkt er klärend und hilft dabei, sich von alten Mustern zu befreien und deine Energien zu kontrollieren."

Oh ja. Das klang gut. Mal abgesehen davon, dass ich mich durch die Ereignisse der letzten Zeit eher kraftlos fühlte, sollte ich den winzigen Rest meiner Energie unter Kontrolle bringen. Wer wusste schon, wozu ich ihn noch brauchen würde. Mal ehrlich: Eigentlich glaubte ich nicht an dieses ganze spirituelle Gedöns. Aber wenn auch nur ein Fünkchen Wahrheit in allem steckte, war es nicht verkehrt, einen Feuerlöscher zur Hand zu haben, der die kosmische Glut rechtzeitig ersticken konnte.

Sonne wickelte den Salbei in ein gebatiktes Taschentuch ein und drückte ihn mir in die Hand.

„Geh aufrecht wie die Bäume, Willi, und lebe dein Leben so stark wie die Berge. Sei sanft wie der Frühlingswind und bewahre die Wärme der Sonne im Herzen. Dann wird der große Geist immer mit dir sein." Sie gab mir einen Kuss auf die Stirn. „Eine alte Weisheit der Navajos."

Ich umarmte meine Freundin. „Oh, danke, Sonne. Du hast wirklich immer für alles eine Lösung."

„Nein, Willi." Sie sah mich mit glänzenden Augen an. „Du selbst bist die Lösung. Ich bin so unglaublich stolz auf dich, dass du dich öffnest. Dich deinen Ängsten stellst und deinem wahren Selbst Schritt für Schritt näherkommst und es nicht länger vor anderen versteckst."

Ups. Da war es wieder, das schlechte Gewissen. Angeknipst wie eine Nachttischlampe. Und sie leuchtete genau auf meine dunkelsten Stellen. Mein Magen zog sich zusammen, und mit einem Schlag fühlte sich überhaupt nichts mehr leicht und unkompliziert an. Ich schwamm in meinem Meer der Lügen, mit Steinen an Armen und Beinen, die mich in die Tiefe zogen. Und nirgendwo war ein Rettungsring in Sicht. Wie konnte ich meine beste Freundin nur so täuschen?

„Ach, Sonne", sagte ich und traute mich gar nicht, sie richtig anzusehen. „Ich bin noch weit davon entfernt, ich selbst zu sein."

Ich würde ihr die Wahrheit sagen. Jetzt.

„Sonne, ich – ich muss dir –" *Verdammt. Ich brachte es nicht über die Lippen.*

„Hab Geduld mit dir", unterbrach sie mich in verständnisvollem Tonfall. „Es ist nur wichtig, annehmen und loslassen zu können. Dann fügen sich die Dinge." Sie vermengte den Spitzkohl mit den Orangen. „Du kennst das Rezept: Vertrau darauf, dass die wichtigen Zutaten des Lebens in dir selbst liegen." Sonne nahm den gerösteten Tofu vom Herd und dekorierte damit den Salat. „Und alles, was du sonst noch brauchst, wird im richtigen Moment zu dir kommen."

Ja, da konnte was Wahres dran sein. Ich hatte eine Wohnung, zwei Kinder und einen Mann gebraucht, und ich hatte alles gerade noch rechtzeitig bekommen. Vielleicht würde es mit dem Mut, Sonne die Wahrheit zu gestehen, ähnlich gehen? Ich brauchte nur noch etwas Geduld mit mir selbst zu haben, dann würde ich es schaffen. Irgendwann. Und bis dahin machte ich es einfach wie beim Zahnarzt: Augen zu und durch. Oh Gott, ich war schon ewig nicht mehr zur Kontrolle und sollte unbedingt zur Zahnreinigung. Gleich, nachdem ich Sonne die Wahrheit gesagt hatte. Doch zuerst stand noch ein anderer furchtbar wichtiger Termin an, den ich dringend wahrnehmen musste.

Kapitel 22

#GoodHairDay

Eine Frisur kann ein Traum, aber auch ein Trauma sein. Nichts verändert die Identität eines Menschen so schnell und nachhaltig wie ein neuer Haarschnitt, womöglich noch in Kombination mit neuer Farbe.

Ich habe nie eingesehen, weshalb ich für Kleidung viel Geld ausgeben sollte. Bei meinen Haaren, diesen widerspenstigen Dingern, war das etwas ganz anderes. Und spätestens, seit ich mein erstes graues entdeckt und mit einem Schrei des Entsetzens herausgerupft hatte, empfand ich für meinen Friseur nichts als grenzenlose Liebe.

Mit den Haaren ist das nämlich wie mit Kontodaten: Man vertraut sie nicht jedem an. Ein guter Friseur kümmert sich zudem nicht nur um Äußerlichkeiten, sondern auch um deine Seele, und mit Walter „Perle" Perlinger hatte ich meinen Seelenverwandten gefunden. Er war genau der Richtige, um mich und meine Mähne vor meinem großen Auftritt auf Vorderfrau zu bringen.

Als ich den Salon Perlinger betrat, blieb ich mit halb geschlossenen Augen auf der Türschwelle stehen und atmete ein Mal tief durch. Ich finde ja, beim Friseur liegt die Veränderung förmlich in der Luft. Wenn du die Tür zu einem Friseurgeschäft öffnest, dann begrüßt dich eine Wolke von Färbemittel, Haarspray und Conditioner und zieht dich auf magische Weise in den Laden hinein. Und wenn du dann später den Salon wieder verlässt, nimmst du einen kleinen Teil dieser Wolke mit dir. Ich öffnete die Augen und sah Perle hinten rechts bei den Waschbecken stehen.

Als sich unsere Blickte trafen, schlug er die Hände überm Kopf zusammen und stieß einen spitzen Schrei aus.

„Gott, Wilma. Wir haben uns ja ewig nicht gesehen."

Er kam auf mich zu und hielt dabei seinen Kamm wie eine geladene Waffe in der Hand. „Du liebes bisschen." Er zupfte an meinen Locken herum. „Dich kann wirklich nichts entstellen. Ich sag nur: Ageless Beauty, Baby."

Ich stöhnte. „Ach, Perle. Wenn ich mich doch nur genau so fühlen würde."

Die Vorbereitungen für Freitag waren eine Nummer zu aufregend für mich. Deshalb hatte ich eine Kopfhautmassage und ein wenig Entspannung vor dem großen Showdown bitter nötig.

Perle grinste, und seine gebleachten Zähne blinkten mit seinem weißen, tief ausgeschnittenen Top und dem schillernden Bolero um die Wette. Dieser Mann war eine Erscheinung, eine Lichtgestalt. Wie Patti, nur nicht ganz so bunt. Ich war kurz versucht, mein Outfit für Freitagabend zu überdenken und ihm einen Tausch anzubieten.

„Schätzele." Perle nahm meine Hand und zog mich zu einem der Schalensitze. „Das wird aber auch wirklich Zeit. Willkommen zurück."

Ich lächelte mir selbst im Spiegel zu. Mein Leben mochte noch so unsicher und unwegsam sein – auf meinen Friseur war immer Verlass.

„Du brauchst eh nicht viel, Wilma.“ Perle fuhr schwungvoll mit seinem Kamm durch meine Haare. „Spitzen schneiden, Ansatz färben, und als Finish bekommst du natürlich den Glow-Boost verpasst, gell?“ Er zwinkerte mir verschwörerisch durch seine Brille zu, die ebenso wie er Baujahr der Sechziger war.

Ich machte es mir bequem und fing an, mich zu entspannen. Viel brauchte ich nicht. Alles würde gut werden. Ich lehnte mich zurück, drehte meinen Stuhl ein Stück nach rechts und lächelte dem älteren Herrn neben mir zu.

„Huch, Sie schon wieder!“, rutschte es ihm raus.

Eins musste man Pater Vinzenz wirklich lassen: Mit seinen Gedanken hielt er wirklich nicht lang hinterm Berg. Zu seiner Verteidigung muss ich allerdings sagen, ich glaube, ich habe ein ähnlich erschrockenes Gesicht gemacht. Wer konnte denn schon ahnen, seinem Beichtvater zwischen Lockenwicklern und Trockenhaube zu begegnen? Ich meine, man geht doch zum Friseur wegen seiner Haare. Nun gut – Gottes Wege sind wirklich unergründlich.

„Bitte verzeiht, mein Kind“, sagte Pater Vinzenz sichtlich verlegen. „Ich wollte nicht unhöflich sein.“

„Aber nein“, beschwichtigte ich schnell. „Das waren Sie nicht.“ *Doch, das war er. Oh, Gott. Schon wieder eine Lüge. Ich schaffte es aber auch keine drei Sekunden lang, ehrlich zu sein. Und dabei hatte ich es nur gut gemeint.*

„Ich glaube, ich bin ein hoffnungsloser Fall“, entfuhr es mir mit einem Seufzer.

„Ach was." Der Pater deutete auf meinen Kopf. „Es ist doch ein Segen, eine solche Haarpracht zu haben. Ich dagegen –" Er zog die Augenbrauen hoch und zuckte mit den Schultern. „Ich bin ein hoffnungsloser Fall."

Manchmal begegnet man einem Menschen und stellt fest, dass man unterschiedlicher nicht sein kann. Und dann gibt es diesen einen Moment, in dem man merkt, wie falsch man damit liegt.

Pater Vinzenz nahm seine Cappuccinotasse und trank einen Schluck. „Wissen Sie, mein Kind, in erster Linie geht es doch darum, sich in seiner Haut wohlzufühlen. Und das ist ganz unabhängig davon, ob man nun eine Dauerwelle bekommt oder eine Kopfhautmassage."

Ich nickte. „Obwohl ich persönlich eigentlich sagen würde, das hängt vom Ergebnis der Dauerwelle ab."

Wir lachten beide und ich besonders laut, da ich mir den Pater mit einem Lockenkopf vorstellte. So abwegig war das gar nicht, schließlich konnte man Perle alles zutrauen. Der hätte sogar des Teufels Drei Goldenen Haaren noch eine Dauerwelle verpasst.

„Es freut mich, dass es Ihnen offensichtlich wieder besser geht", sagte Pater Vinzenz, und schlagartig ging es mir wieder etwas schlechter.

„Oh, ja. Viel, viel besser", sagte ich und musste daran denken, wie ich Daniel fast den Umschlag um die Ohren gehauen hätte. Zum Glück saß ich gerade auf einem Frisier- und keinem Beichtstuhl.

Mein Blick fiel auf die Zeitschrift, die schräg vor mir neben dem Spiegel lag. Auf dem Titelbild strahlte mich die Moderatorin Annika Schlau mit ihrem neuen Long Bob an.

„Zum Glück ist es so einfach, sich zu verändern", sagte ich. „Man lässt sich einen Pony schneiden oder färbt die Haare blau und schwups. Ist man nicht wiederzuerkennen. Oder nehmen wir nur mal unsere Zellen. Die erneuern sich beispielsweise rund um die Uhr. Man geht abends ins Bett und wacht morgens quasi als vollkommen neuer Mensch auf."

„So habe ich das wirklich noch nie gesehen", sagte der Pater und rührte nachdenklich in seiner Tasse herum.

„Ich habe jedenfalls gemerkt, dass ich mich verändern kann, wenn ich will." Ich versuchte, meine Stimme fest klingen zu lassen. „Unter gewissen Voraussetzungen."

„Und die wären?"

Ich dachte nach. Was war es gewesen, das mich dazu gebracht hatte, Daniel ehrlich und schonungslos meine Gefühle zu zeigen?

„Ich glaube, es ist Wut", gab ich beschämt zu. „Vielleicht ist es nicht der beste Weg zur Wahrheit, aber ein sehr wirksamer."

Pater Vinzenz nickte. „Wut ist ein sehr starkes Gefühl. Ein Feuer, das in uns ausbricht."

Ganz genau.

„Doch wenn es unkontrolliert wütet, dann zerstört es alles, was uns lieb ist, und richtet auch bei uns selbst großen Schaden an. Sehen Sie", er deutete auf den Spiegel. „Wut ruft auch immer Wut beim Gegenüber hervor. Deshalb ist es so wichtig, seine innere Ruhe zu bewahren." Der Pater legte eine Hand auf sein Herz. „Wenn der allmächtige Friede in uns einzieht, zieht auch seine Kraft in uns ein. Dann können wir die Wahrheit sagen, ohne uns selbst zu verletzen."

Pater Vinzenz' Worte hatten etwas Hoffnungsvolles, aber irgendwie fühlte ich mich nun auch hilflos.

„Und wie schaffe ich das?", fragte ich verzweifelt. „Wie schaffe ich es, Frieden bei mir einziehen zu lassen, wenn ich schon Probleme habe, für eine Person die Miete zu zahlen?!"

In dem Moment kam Perle angefegt. „Sodala, schau'n wir mal, was die Strähnchen sagen." Er wickelte eine der Folienrollen auf und warf einen prüfenden Blick auf das Ergebnis.

„Ojemine." Er verdrehte theatralisch die Augen. „Eine Minute länger, dann wäre es schlumpfblau gewesen. Aber wir zwei bevorzugen doch eher Mokkacremetorte, nicht wahr?" Perle schob mich in Richtung Waschbecken. „Bereit für *Beauty Perfection?*"

Kapitel 23
#Katastrophenalarm

Nach dem Friseurbesuch fühlte ich mich wie neugeboren. Meine Locken schimmerten in einem satten Mokkaton und standen auch nicht mehr in alle Richtungen ab, sondern kräuselten sich sanft um meine Schultern. Am liebsten hätte ich den ganzen Tag vorm Spiegel verbracht und meine neue Frisur bewundert. Doch leider musste ich mich von meinem Spiegelbild lösen, denn ich hatte noch ein paar Besorgungen zu tätigen. Ich borgte mir Sonnes Lastenrad und fuhr damit als Erstes zum Blumenladen.

Meine Haare wehten im warmen Sommerwind, und ich fühlte mich leicht und frei und voller Energie. Ich sah gut aus, und alles andere sah auch gut aus. Hier und da konnte man natürlich noch eine Kleinigkeit verbessern.

Im *Flower Power* kaufte ich einen ganzen Schwung duftender Dahlien. Meine Freitagabend-Wohnung war zwar ganz gut ausgestattet, doch ich hatte vor, sie noch ein klein wenig zu individualisieren. Dafür hatte ich Dalias Account gründlich studiert und mir eine Liste mit Eyecatchern angelegt. Folgendes wollte ich gut sichtbar in der Wohnung platzieren: eine *Gucci*-Tasche, die ich mir unter einem Vorwand von Patti geborgt hatte, einen Flakon *Chanel Mademoiselle,* von meinem letzten Ersparten, Haarfärbemittel von *Stella,* für das Dalia regelmäßig Werbung machte (Stichwort: bezahlte Partnerschaft; auf so ein Beziehungsmodell hätte ich bei Daniel mal kommen müssen), ein Glätteisen von *Bibo* (das hatte sie in ihrem neuesten Post erwähnt), eine Flasche Gin für den Begrüßungs-Aperitif und vier Flaschen Rotwein für danach (denn wer achtet schon auf Details bei einem entsprechenden Blutalkoholspiegel) und eben die Dahlien.

Dann schaute ich noch bei Angelo, meinem Lieblingsitaliener, vorbei und bestellte eine Platte Antipasti vor.

Höchst zufrieden mit mir und der Welt parkte ich das Lastenrad in unserem Hinterhof und wollte gerade die Blumen nach oben tragen, da hörte ich Frau Meyer-Bierlings unverkennbare Stimme.

„Dit is' aber auch ein Unglücksrabe, der Herr Pottrawski. Wie kann einem denn so wat passieren? Dit versteh ick nich'."

Während sie redete, fuchtelte Frau Meyer-Bierling mit ihren Händen in der Luft herum, sodass ihre Gesprächspartnerin, Frau Kasupke, einen Schritt nach hinten ausweichen musste.

„Wie kann man denn bitte aufm Wischmopp ausrutschen?" Frau Meyer-Bierling machte ein fassungsloses Gesicht.

Frau Kasupke nickte bestürzt. „Unglaublich. Wir können nur hoffen, dass der Bruch nicht kompliziert ist und der Arm schnell wieder heilt."

Ich blieb wie angewurzelt stehen. „Wie bitte?! Was sagen Sie da? Herr Pottrawski hat sich den Arm gebrochen?"

„Heute früh", bestätigte Frau Kasupke. Frau Meyer-Bierling schüttelte betrübt den Kopf. „Kindchen, dit ham wa nun von der Emanzipation. Männer und putzen – dit kann ja nich' jut jehen."

Katastrophenalarm.

Mein ganzer, schöner Plan fiel wie ein Kartenhaus in sich zusammen. Karma is a bitch. Wenn ich in diesem Moment einen Joint in die Finger bekommen hätte, ich hätte ihn geraucht, ohne Rücksicht auf Verluste. Stattdessen schleppte ich meinen Einkauf die Treppen hoch, den Tränen nahe. Das durfte doch wohl alles nicht wahr sein!

Was sollte ich denn jetzt machen? Ich hatte nicht mehr viel Zeit, mir etwas zu überlegen. Wie wäre es zur Abwechslung mal mit der Wahrheit? „Mann mit Armbruch" oder so. Hmmm. So wie ich Babette und die anderen kannte, brannten die doch darauf, „meinen Mann" kennenzulernen. Sie würden sicher nicht lockerlassen und bestimmt auf ein weiteres Treffen bestehen. Oje.

Warum war das alles so schrecklich kompliziert? Warum konnte mein Leben nicht leicht und fluffig wie ein Himbeer-Sahne-Baiser sein?

Selber schuld, Wilma, selber schuld. Du hättest von Anfang an die Wahrheit sagen sollen. Was wäre bitte so schlimm dran gewesen?

Du hättest vielleicht vor allen als Versagerin dagestanden, und es wäre natürlich unangenehm gewesen. Aber jetzt stehst du als Lügnerin da. Und es wird dir für den Rest deines Lebens nachhängen. Du hättest dich deinen Ängsten stellen sollen, so wie Sonne es gefordert hatte. Du hättest mehr meditieren und Mantras summen sollen.

Mit gesenktem Kopf schlurfte ich die letzten Treppenstufen hoch. Aus den Augenwinkeln nahm ich einen Schatten wahr – vor meiner Wohnungstür stand jemand und wartete auf mich. Er hielt ausnahmsweise mal kein Olivenöl, sondern eine Packung Pralinen in der Hand.

„Kann ich dir irgendwie helfen, Wilma?“

Kapitel 24

#TickTack

Plötzlich war auch schon Freitag, der Tag aller Tage. Die halbe Welt freut sich darauf, denn der Freitag ist der kleine Bruder des Wochenendes. Doch ich hatte an diesem Tag alles andere als die Aussicht auf Entspannung. Und das, obwohl ich eine pragmatische Lösung für mein männliches Problem gefunden hatte: Burkhard. Ich wusste nur noch nicht so recht, was ich davon halten sollte.

Ganz frühmorgens fuhr ich zu Haukes und Jörgs Wohnung, um den Hund zu füttern und ihre Kleiderschränke nach etwas Passendem für Burkhards Auftritt am Abend zu durchsuchen. Ich verhielt mich so konspirativ, wie es nur ging, und war froh, keinem der Nachbarn zu begegnen. So gelang es mir in Geheimagentinnenmanier, eine Abendgarderobe aus der Wohnung zu schmuggeln, ohne dass irgendjemand etwas davon mitbekam.

Zurück zu Hause, bat ich Burkhard ausnahmsweise zur Anprobe zu mir herein. Im dunklen Smoking aus Haukes

Kleiderschrank sah Frosch-Burkhard dann gar nicht mehr aus wie Frosch-Burkhard. Aber das war er ja nun auch nicht mehr. Er war Burki, mein Mann für alle Fälle.

Und ich musste zugeben, Frosch-Burkhard – Entschuldigung, Burki – war wie ein nasskalter Waschlappen auf der Stirn: Am Anfang kommt er einem unangenehm und komisch vor, doch irgendwann bemerkt man die wohltuende Wirkung. Sein träges Verhalten, das mir sonst so schrecklich auf die Nerven ging, beruhigte mich an diesem Tag. Gemeinsam würden wir das Ding schon schaukeln.

Ich hatte Burki vorab gar nicht viel erklären müssen, außer, dass ich einen Mann brauchte. Gut, ein paar Details zum Ablauf des Abends und dem vorangegangenen Szenario hatte ich ihm offenbaren müssen. Aber Burkhard verstand schnell, vor allem, dass er die optimale Besetzung für die Rolle war. Vielleicht hoffte er auch insgeheim auf ein langfristiges Engagement.

Ich hoffte vor allem darauf, dass der Vollmond möglichst positiv auf das spirituelle Niveau aller Anwesenden wirken würde. Um auf Nummer sicher zu gehen, wollte ich kurz vor Eintreffen meiner Gäste Sonnes Räucher-Ritual durchführen. Doch bis dahin hatten wir noch etwas Zeit – Zeit, die wir nutzen mussten.

Nach der erfolgreichen „Kostümprobe" bat ich Burkhard, die Antipasti von Angelo abzuholen. Währenddessen packte ich sämtliche Dinge, die ich benötigte, zusammen und bereitete mich mental auf den Abend vor. Im Geiste ging ich noch mal alles durch: Zunächst galt es, der Wohnung den letzten Feinschliff zu verpassen. Dann, so sah es mein Plan vor, würde Burkhard mit Pegasus eine Runde Gassi gehen, während ich die Kinder abholte, mit ihnen zu Abend aß und sie fertig fürs Bett machte.

Danach würde ich noch genügend Zeit haben, um mich im Stil von Dalia zu frisieren und mich in Schale zu schmeißen.

Mein Abendkleid war eine Wucht. Genau wie die *Gucci*-Handtasche stammte es eigentlich von Patti. Vielmehr: aus dem Fundus des *Flittergold*.

Auf Instagram und Co. wurde maßlos übertrieben, doch die Wirklichkeit stand den Fotos und Reels in diesem Fall in nichts nach. Denn was wäre besser für einen solchen Abend geeignet als das tiefrote, mit Pailletten besetzte Kleid einer Drag Queen? Kleider wie diese wurden extra geschaffen, um Illusionen zu erzeugen. Sein Funkeln würde alle blenden und von meinen Schwächen ablenken. Nebenbei bemerkt, sah ich darin tatsächlich wie eine Königin aus.

Während ich innerlich meine Krone richtete, kam Burkhard mit den Antipasti zurück. Wir verluden sie direkt in seinen VW und fuhren sie mitsamt den anderen Sachen zur Wohnung am Winterfeldplatz.

Burkhard redete nicht viel, was vermutlich auch daran lag, dass ich ihm nicht den Hauch einer Chance dazu ließ. Wie eine Platte mit Sprung wiederholte ich, wie wichtig es sei, gut auf Philomena und Melchior achtzugeben und dafür zu sorgen, dass der Vollmond möglichst wenig Schaden anrichtete. Als wir an der Wohnung ankamen, holte ich tief Luft und verkündete abschließend: „Und während ich die Kinder abhole, passt du bitte auf Pegasus auf."

Ich öffnete die Tür, und die französische Bulldogge kam mit treuherzigem Blick angetrottet.

„Aaaaa!“ Burkhard hüpfte schreiend zurück ins Treppenhaus.

„Da-Da-Das kann ich nicht“, stieß er panisch hervor. „Ich habe eine Hunde-Phobie.“

Ach, du dicker Hund. Vielleicht hätte ich Burkhard darauf vorbereiten sollen, doch es war mir schlicht nicht in den Sinn gekommen, dass er irgendein Problem haben könnte. Ich meine, Pegasus wirkte derart handzahm, dass er genau genommen gar nicht als Hund durchging, sondern eher als schläfriges Doggen-Dingsbums. Und so was zählte ja nun wirklich nicht.

Doch Frosch-Burkhard weigerte sich beharrlich, die Wohnung zu betreten. Ihn dazu zu überreden, war ungefähr so wie der Versuch, eine unreife Avocado zu zerquetschen – es ging einfach nicht.

„Okay, okay“, sagte ich beschwichtigend und dachte fieberhaft nach. „Dann sperre ich ihn einfach für den Abend in den Wintergarten.“ Während ich das sagte, wusste ich kurz nicht, ob ich von Pegasus oder Burkhard sprach. Nach kurzem Abwägen schnappte ich sein strasssteinbesetztes Halsband und lockte Pegasus mit säuselnden Worten durch die Wohnung. Ich platzierte ihn mit seinem Hundekörbchen, einer kuschligen Decke und seinem Gummiknochen auf der verglasten Dachterrasse. Während ich die durchsichtige Schiebetür zum Wohnzimmer zuzog, deutete ich eine Verbeugung an. „Eure Durchlaucht mögen wohl geruhen.“

Dann musste ich Burkhard hoch und heilig versichern, dass Hunde nicht in der Lage sind, Terrassentüren selbstständig zu öffnen. Und als er sah, wie Pegasus friedlich isoliert vor sich hin dämmerte, wagte er es endlich, einen Fuß in die Wohnung zu setzen. Er half mir dabei, die Dahlien hübsch zu arrangieren und für alle anderen Requisiten einen geeigneten Platz zu finden.

Die Gucci-Tasche hängten wir vorne an die Garderobe, den Chanel-Flakon stellten wir auf die Kommode neben die Seidenblumen, und das Glätteisen teilte sich einen Haken im Bad mit dem Gästehandtuch. So konnte es auf gar keinen Fall übersehen werden. Um die ganze Sache noch glaubhafter zu machen, hatte ich mir Stativ und Ringlicht besorgt. Beides baute ich im Wohnzimmer in unmittelbarer Nähe zum Sofa auf.

Zufrieden betrachtete ich unser Werk. Das konnte sich sehen und sogar posten lassen. *#LoveIt*

Nun galt es allerdings, zügig zum nächsten Punkt überzugehen.

„Kann ich dich denn wenigstens mit den Antipasti alleine lassen?", fragte ich „meinen Mann". Burkhard nickte und reichte mir kommentarlos die Autoschlüssel. Irgendwie hatten wir diese Altes-Ehepaar-Nummer voll drauf. Ich wusste nicht, ob ich das erschreckend oder beruhigend finden sollte. Vermutlich war es beides zugleich. Doch bevor ich mir noch weiter über dieses Phänomen den Kopf zerbrechen konnte, stieg ich in Burkhards Auto und gab Vollgas.

Wir lagen zeitlich gut im Plan, und ich genoss es, mich auf der Überholspur zu fühlen, ganz so, wie es sich für eine Influencerin gehörte. Ich bretterte durch die Straßen, als gäbe es kein Morgen, und kam mir dabei wie die Hauptdarstellerin in einem ziemlich skurrilen Actionfilm vor. Als ich vor dem

Haus der Frankenstein-Familie eine Vollbremsung hinlegte, piepte gleichzeitig mein Handy.

Nachricht von Sonne.

„*Wenn du räucherst, kannst du auch für mehr Wirksamkeit dabei chanten.*"

Was, bitte?! Immer dann, wenn ich das Gefühl hatte, endlich in Sonnes spirituellen Kosmos vorgedrungen zu sein, und sie wirklich zu verstehen glaubte, sagte sie etwas, das mich daran zweifeln ließ, dass wir dieselbe Sprache sprachen.

„Alles klar, danke", schrieb ich nur schnell zurück. Was auch immer sie mir sagen wollte, ich hatte gerade Wichtigeres im Sinn. In meinem Leben standen nämlich ab sofort die Kinder an erster Stelle.

Philomena und Melchior waren furchtbar aufgekratzt, als sie mich sahen. Ihre Eltern dagegen wirkten wie schon bei unserem ersten Treffen vollkommen tiefenentspannt.

„Wir sind dir sehr dankbar, Karma, dass du heute Abend deine Energie mit Philo und Melchi teilst. Das bedeutet uns viel." Bente presste ihre Handflächen gegeneinander und verbeugte sich vor mir.

„Oh nein, nicht doch. Ich danke EUCH", entgegnete ich. Bente und Alexis hatten ja keine Ahnung, *wie viel* es *mir* bedeutete …

Alexis schlug drei Mal hintereinander auf den Gong, und Philo und Melchi liefen wie ferngesteuert zum Auto. Nachdem Kindersitze und Kinder sicher verstaut waren, gab Alexis uns allen einen Kuss auf die Stirn und verabschiedete uns mit einem „Namasté". Bente winkte uns vom Küchenfenster aus zu, dann startete ich den Motor, und wir fuhren los.

Ein bisschen kam es mir wie eine Fahrprüfung vor, denn Kinder im Auto war absolutes Neuland für mich, und ich hatte alle Hände voll zu tun, mich auf den Verkehr zu konzentrieren.

Wir waren noch keine fünf Minuten unterwegs, da fing Melchi an, mit den Füßen gegen den Vordersitz zu treten. „Duhuuuuu“, quakte er von der Rückbank. „Wie heißt du noch mal?“

Eigentlich eine Frage mit einer eindeutigen Antwort, doch ich überlegte kurz. Sollte ich bei „Karma“ bleiben? Nein, das ging nicht. Was würden denn dann die anderen denken?

„Weißt du …“, setzte ich an und bog in die Straße mit dem Babygeschäft ein, in dem schon meine Mutter Strampler für mich gekauft hatte. Und da schoss ein genialer Gedanke durch meinen Kopf. „Eigentlich heiße ich ja Wilma“, sagte ich und blickte lächelnd in den Rückspiegel. „Aber alle nennen mich einfach nur *Ma*.“

Was Kinderbetreuung anging, hatte ich mir mit Burkhard einen Profi an Land gezogen. Mangels fortpflanzungswilliger Partnerin war er selbst noch nicht Vater, wusste jedoch durch seinen Beruf als Computerspiele-Programmierer bestens mit Kindern umzugehen. Er hauchte zur Begrüßung kurz ein „Namasté“ (nach meiner Anweisung, damit sich Philo und Melchi wie zu Hause fühlten), führte die beiden durch die Wohnung (damit sie sich in ihrem neuen Zuhause auch auskannten) und drückte ihnen dann zwei Tablets in die Hände. Kinder sind ja so pflegeleicht und anpassungsfähig.

Diese beiden Engel lernten jedenfalls schnell, und es dauerte nicht lange, da saßen sie auf Haukes und Jörgs

Bett, versunken in der virtuellen Welt und für real existierende Personen kaum noch ansprechbar. Ich verstehe überhaupt nicht, warum man sich im digitalen Zeitalter noch um die Freizeitgestaltung Heranwachsender sorgt. In meinen Augen kann man Kinder nicht früh genug an die Tatsache heranführen, dass die Realität eine aus der Mode gekommene Sache ist und es sich virtuell viel bequemer und anonymer leben lässt. Dass man gleichzeitig weltweit geklickt und gelikt wird und einen trotzdem auf gut Deutsch kein Schwein kennt, ist eine große Errungenschaft der digitalen Moderne.

Ich hätte Philo und Melchi noch stundenlang dabei zusehen können, wie sie mit ihren kleinen Wurstfingern eifrig und mit hochroten Köpfen über die Displays wischten, doch ich musste in meinem Plan voranschreiten.

Ich entschied, das gemeinsame Abendessen auszulassen, denn wir hatten genug Antipasti da, und es war doch viel einfacher und zeitsparender, den beiden eine Platte davon zur Selbstbedienung ans Bett zu stellen.

„Wir sehen uns dann zum Zähneputzen wieder", raunte ich ihnen zu und jubelte innerlich. Das lief ja wie am Schnürchen.

Burkhard lag auf dem königlichen Sofa und döste vor sich hin – von was war der denn bitte so geschafft? –, Pegasus schlummerte im Wintergarten, und ich düste ins Bad, um mich in eine Social-Media-taugliche Gestalt zu verwandeln.

Kann mir bitte jemand sagen, wie ich auf die bescheuerte Idee gekommen war, künstliche Wimpern zu verwenden?! Diese Dinger waren ja so was von bockig.

„Der Ultra-Strong-Wimpernkleber wurde für die maximale Haltbarkeit der Lashes entwickelt. Daher empfehlen wir diesen Kleber nur erfahrenen Stylistinnen zur Verwendung.“

Himmel, das hätte einem doch mal jemand ausdrücklich sagen müssen. Wer liest denn schon das Kleingedruckte auf der Verpackung …

Der *Ultra-Strong* klebte wirklich ultra-strong, nur eben nicht da, wo er sollte. Es dauerte eine Ewigkeit, bis ich die Wimpern von meinen Augenbrauen getrennt und die kahlen Stellen der ausgerupften Brauen sowie unschöne Rötungen mit ausreichend Make-up korrigiert hatte. Dann quetschte ich mich vorsichtig ins Paillettenkleid, und als ich wieder auf die Uhr sah, war es schon kurz nach sieben. Du liebe Güte.

„Kinder!“, rief ich und rauschte mit gerafftem Saum ins Schlafzimmer. „Husch-husch! Zeit, ins Bett zu gehen.“

Das Schlafzimmer sah aus, als hätte in ihm ein Tornado gewütet. Besser gesagt: zwei Tornados. Der eine hieß Melchior und der andere Philomena. Und beide dachten nicht im Traum daran zu schlafen, sondern hüpften wie Flummis auf dem Boxspringbett herum.

„Kinder. Hört mal …“, versuchte ich, sie zu erreichen. Doch da flog mir ohne Vorwarnung ein Kissen mitten ins Gesicht. Diese Biester. Am liebsten hätte ich es umgehend zurückgepfeffert. Doch dann würde die Sache sicher ausufern, und dafür hatte ich weder die Nerven noch die Zeit.

Tick-tack-tick-tack. Der Zeiger der Uhr rückte genauso schnell auf die Acht vor, wie die Kinder hüpften. Gleich würden Babette, Alva und Toni vor der Tür stehen. Und dann?!

Außerdem musste ich ja vorher noch das Vollmond-Ritual durchführen. Hilfe!

Panik stieg in mir hoch. Halt, Wilma. In komplizierten Situationen hilft es, sich auf unkomplizierte Dinge zu konzentrieren. Ich schenkte mir ein Glas Gin Tonic ein und trank einen kräftigen Schluck. Schon besser.

„Burkhaaaaaard!" Ich rüttelte an ihm herum, bis er verschlafen die Augen öffnete. „Übernimm bitte die Kinder. Ich muss noch eben etwas … ähm, reinigen."

Burkhard wankte benommen ins Schlafzimmer, und ich raste wie von der Tarantel gestochen in die Küche, um den Salbei zu holen. Mist. Ich hatte das Feuerzeug vergessen. Auf die Schnelle war als Feuerquelle nur der Gasherd zu finden. Sei's drum. Feuer war Feuer, und es funktionierte tatsächlich. Eine riesige Wolke aus dampfendem Salbei vernebelte die Küche. Wenn das nicht gegen Vollmondstrahlen half, dann wusste ich auch nicht weiter.

Und was nun? Wie machte man das Ding nur wieder aus? Echt ungünstig, dass man auf die wichtigen Fragen des Lebens selten eine schnelle, unkomplizierte Antwort findet. Stattdessen wird man in einem spirituellen Vakuum alleine gelassen und muss zusehen, wie man klarkommt.

Ein Hustenanfall brachte mich dazu, pragmatisch zu handeln. Ich beförderte den qualmenden Salbei zu Pegasus auf die Dachterrasse und drückte ihn mit letzter Kraft in einem Blumentopf aus. Und genau in dem Moment gingen die Rauchmelder los, Pegasus begann zu bellen, und mein Handy klingelte.

Kapitel 25

#Freitagabend

„Wilma!“, hörte ich Babettes verzweifelte Stimme durchs Handy. „Wir stehen hier unten vor deiner Tür und sind etwas ratlos. Wir finden deinen Nachnamen nicht.“

Ach, du heiliger Hashtag. Das Klingelschild. Das hatte ich in all dem Trubel ja total vergessen. Aber nun war es zu spät, den Namen zu ändern.

„Äh … also … klingelt doch bitte bei Lüttenbüttel“, stotterte ich und wurde so rot wie mein Paillettenkleid. Zum Glück konnte das niemand sehen. „Einen Augenblick, ich lasse euch rein.“

Ich drückte auf den Türöffner, und dann hechtete ich zurück zur Küche, schnappte mir das Nudelholz und machte mit den Rauchmeldern kurzen Prozess. Im nächsten Moment standen Alva und Babette auch schon vor der Wohnungstür. Beide wirkten, als hätten sie sich verlaufen und wären eigentlich auf dem Weg zur Oper oder zu einer Vernissage. Babette trug ein smaragdfarben schimmerndes, schulterfreies Abendkleid mit passender Clutch, und Alva hatte ein silbernes, perlenbesticktes Hängekleidchen im Stil der Zwanzigerjahre an. Die zwei hatten sich ziemlich schick gemacht, und ich wollte mich schon aus reiner Gewohnheit für meinen Auftritt entschuldigen – aber das musste ich ja gar nicht. Nicht an diesem Abend.

„Lüttenbüttel?" Babette schüttelte ungläubig ihren Drei-Wetter-Taft-Kopf. „Ich dachte, du heißt noch Wonneberg?"

Mir wurde heiß und kalt. Wie sollte ich denn das nur erklären?

„Weißt du", sagte ich betreten. „Das ist eine wirklich unschöne Geschichte. Ich spreche da ungern drüber. Mein Ex-Mann –" *Dieser Mistkerl. Wenn ich einen gehabt hätte, dann hätte er spätestens jetzt etwas erleben können.*

„Schätzchen, mit Ex-Männern kenne ich mich aus." Babette nickte wissend. „Über die lohnt es sich nicht länger zu reden."

Sie hatte so recht. Es war wirklich Zeitverschwendung, verflossene Männer zum Thema von Frauengesprächen zu machen. Besonders, wenn sie nicht existierten. Und wenn es sie doch gab und sie so unverschämt waren und sich ab und zu noch in unsere Gedanken schlichen, dann hatten sie in unseren Gesprächen erst recht nichts zu suchen.

„Zum Glück habe ich jetzt Burki", hörte ich mich sagen. „Er bringt gerade die Kinder ins Bett. Er ist so ein Glücksgriff." Ich seufzte. Das war ausnahmsweise mal nicht gelogen. Ohne Burkhard hätte ich an diesem Abend nämlich ziemlich blass ausgesehen.

„Liebes, das Kleid steht dir wirklich fantastisch." Babette nickte mir anerkennend zu. „Dieses Rot. Dann die Pailletten. Und diese Wimpern – einfach atemberaubend."

Alva schnappte nach Luft und hustete. „Sagt mal, riecht ihr das auch?" Sie wedelte mit ihren Händen in der Luft herum. „Riecht irgendwie verbrannt, oder?"

Oh Gott. Der Salbei.

Man konnte nicht leugnen, dass es ein wenig zu viel des Guten gewesen war. Die Wohnung roch jedenfalls wie die Schwitzhütte eines Schamanen. Nicht, dass ich jemals in einer gewesen wäre, aber vermutlich war es nah dran.

„Ach", winkte ich schnell ab. „Das muss von den Nachbarn kommen. Die grillen jedes Wochenende, und dann zieht das immer bis zu uns rüber."

Um die zwei auf andere Gedanken zu bringen, drückte ich ihnen *rapidamente* ein Glas Prosecco in die Hand.

„Apropos Grillen", sagte Babette und prostete mir zu. „Ich sterbe vor Hunger. Ich habe den ganzen Tag nichts gegessen, um in dieses Kleid zu passen. Aber ich will natürlich auch nicht, dass es an mir herumschlackert."

„Oh, wir warten doch sicher noch auf Toni." Alva warf Babette einen tadelnden Blick zu. „Währenddessen können wir uns ja ein bisschen umsehen. *Ich* sterbe nämlich vor *Neugier.*"

„Klar, gerne", sagte ich, doch es klang nicht so überzeugend, wie ich es gewollt hatte. „Das ist doch eine nette Idee."

Oh, bitte nicht. Bitte nicht. Ich schickte ein Stoßgebet zum Himmel, dass Burkhard die Kinder im Griff hatte und der Salbei den Vollmond. Und um Babettes und Alvas Wahrnehmung positiv zu beeinflussen, schenkte ich gleich noch Prosecco nach.

Alva sah sich im Wohnzimmer um. „Das sieht ja haargenau so aus wie auf deinen Fotos", staunte sie.

„Auf was bist du denn besonders stolz, Schätzchen?“, wollte Babette wissen.

Ich überlegte. Darüber, dass ich es so weit gebracht hatte und niemand den Schwindel zu bemerken schien.

„Darüber, dass ich es so weit gebracht habe und niemand –“ Ups. *Wilma! Reiß dich zusammen!*

„… niemand so viele gute Bücher im Haus hat wie ich.“

Sehr gut. Literatur, Kultur, intellektuelle Themen. Darauf war ich vorbereitet. Ich hatte ein paar meiner eigenen Bücher zwischen die von Hauke und Jörg ins Regal gestellt und zog nun schwungvoll eins von ihnen heraus.

„Das hier hat mich besonders beeinflusst.“ Ich reichte es Alva rüber. Sie nahm es entgegen und sah mich leicht überrascht an.

„*Fame* von Britney Spears?!“

Ach du Schreck. In meiner Aufregung hatte ich mich in der Reihe vergriffen. Aber mal ehrlich: Was für Bücher hatten Hauke und Jörg denn da bitte im Regal stehen? Die hätte ich vielleicht vorher mal genauer unter die Lupe nehmen sollen.

„Also, ich … ähm …“ *Komm schon, Wilma. Sag die Wahrheit und nimm einfach ein anderes Buch.*

„Britney war ja im Grunde die erste Influencerin, lange bevor es diesen Begriff überhaupt gab“, sagte ich schnell. „Sie hat Wege geebnet, auf denen viele, viele junge Menschen später langgetrampelt sind. Aber sie – sie hat als Erste die Brücke zur medialen Selbstvermarktung geschaffen. Vom klassischen Musik-Business zur professionellen medialen Selbstvermarktung. Und deshalb war sie immer ein Vorbild für mich.“ Und für Hauke und Jörg offenbar auch. Aus wer weiß was für Gründen.

„Ah, verstehe", nickte Alva beeindruckt.

„Dürfen wir uns dann demnächst mal auf einen Schulmädchen-Post von dir freuen?", gluckste Babette, schon sichtlich angeheitert. „Das wär doch mal was, oder?"

„Warum eigentlich nicht?", entgegnete ich betont lässig. Ich hatte in letzter Zeit genug alberne Sachen angestellt, da kam es auf die eine oder andere Britney-Parodie nun wirklich nicht mehr an.

Die Sache war allerdings die: Ich konnte es ja gar nicht posten, selbst wenn ich es gewollt hätte. Der Account gehörte nun mal nicht mir, sondern Dalia, das musste ich mir immer wieder bewusst machen. Langsam, aber sicher fing ich nämlich an, mir selbst all die Lügen zu glauben.

Mein Handy klingelte, und es war Toni. „Warte einen Moment", sagte ich zu ihr. „Bin gleich da." Dann ging ich zur Wohnungstür und überließ Alva, Babette und Britney sich selbst.

Ein folgenschwerer Fehler. Denn als ich zusammen mit Toni ins Wohnzimmer kam, war Britney wieder im Regal verschwunden, doch dafür saßen Melchior, Philomena und Pegasus auf der Couch. Alle drei grinsten mich an. Pegasus hing dabei die Zunge aus dem Maul, und ich sah mit Entsetzen, wie sein Sabber auf den bestickten Samt tropfte.

„Burki schläft endlich", quiekte Philomena freudig, und Melchi kicherte vor sich hin. Pegasus legte seinen Kopf in Melchis Schoß, schloss die Augen und sabberte nun auf dessen Schlafanzug. Na großartig.

„Was für entzückende Kinder", schwärmte Alva.

„Und eine Seele von Hund." Babette tätschelte Pegasus am Rücken.

„Ja, ich habe wirklich verdammt großes Glück", murmelte ich und überlegte, wie ich diese Szene so schnell beenden konnte, wie sie begonnen hatte.

„So, ihr kleinen Racker", sagte ich in engelsgleichem Tonfall und zwinkerte Kindern und Hund zu. „Ab ins Bett mit euch!"

Die Kinder lächelten, und der Hund sabberte. Sonst geschah nichts.

„Los, kommt bitte", versuchte ich es erneut. „Es ist doch längst Schlafenszeit."

„Auf keinen Fall!", kreischte Melchior und hüpfte auf der Couch herum. Philomena verschränkte die Arme. „Noch nicht. Es ist gerade so lustig." Pegasus sagte nichts, aber er bewegte sich keinen Zentimeter vom Platz.

Ganz ruhig bleiben, Wilma. Dank Salbei hatte ich den Vollmond im Griff, da würde das mit den Kindern doch ein Kinderspiel sein.

Ich wollte gerade zu einer Ansprache über den Zusammenhang zwischen Schlaf und spirituell-frühkindlicher Entwicklung ansetzen, da klingelte es an der Wohnungstür.

Wer war das denn nun wieder?

„Erwartest du noch weiteren Besuch, Wilma?", wollte Alva wissen. Ich zog die Augenbrauen hoch und entschuldigte mich für einen Moment. Vielleicht war es das Jugendamt? Oder das Arbeitsamt? Oder etwa beide?!

Kapitel 26

#ImmerNochFreitag

Als ich durch den Türspion schielte, konnte ich nur einen älteren, konservativ gekleideten Herrn mit Halbglatze und Schnäuzer erkennen. Er klopfte mit einem Krückstock gegen die Tür. Vorsichtig öffnete ich sie und lugte durch den Spalt, den die Sicherheitskette freigab. „Ja, bitte?"

Der Herr musterte mich von oben bis unten und räusperte sich gewichtig. „Gestatten Sie: Pollermann, Dr. Pollermann." Er strich sich über seinen gezwirbelten Bart. „Ich hörte Alarmtöne und eine gewisse verbale Aktivität. Und da wollte ich mal nach dem Rechten sehen. Die Herrschaften Lüttenbüttel sind ja meines Wissens außer Haus."

Aha. Ich hatte es also mit dem Ordnungsamt zu tun. Dem Ordnungsamt des Hauses. Solchen Leuten muss man mit absoluter Vorsicht und einem möglichst selbstsicheren Auftreten begegnen, das signalisiert: Ordnung ist mein zweiter Vorname (und nicht etwa Karma oder etwas ähnlich Unseriöses).

„Wonneberg. Wilma Wonneberg, sehr erfreut", sagte ich freundlich, aber nicht zu freundlich. In diesem Tonfall hatte ich ja Übung. „Die Herren Lüttenbüttel haben mich während ihrer Absenz mit der Pflege von Heim und Hund betraut."

„Soso", machte Dr. Pollermann. Er rieb sich misstrauisch das Kinn, doch er konnte ja schlecht etwas dagegen einwenden. Schließlich tat ich nur, was ich tun musste.

„Dann, äh …, wünsche ich weiterhin gutes Gelingen."

„Danke, Dr. Pullermann", erwiderte ich milde lächelnd. „Ihnen auch noch einen schönen –"

„MAAAAAAA! Der Melchi hat auf die Couch gekotzt." Philomena zupfte von hinten wie wild an meinem Paillettenkleid. Dr. Pollermann sah mich entgeistert an und versuchte, einen Blick in die Wohnung zu erhaschen. Ich dagegen versuchte, ihm den Blick zu verstellen, und lachte. „Diese Jugend von heute. Immer zu einem Scherz aufgelegt. Schönen Abend noch." Dann drückte ich die Tür zu und schob Philomena zurück ins Wohnzimmer.

Ich sag es mal ganz ungeschönt: Die Kombination aus Salbei und Erbrochenem ist einfach nur zum Kotzen. Geistesgegenwärtig riss Babette die Tür zum Wintergarten auf. Alva tröstete den weinenden Melchior, und Toni stand kopfschüttelnd da und versuchte, einen rechtlichen Überblick der Lage zu bekommen. Mit zugehaltener Nase begutachtete sie die Couch. „Wenn die Flecken nicht mehr rausgehen, helfe ich dir beim Anspruch gegen die Versicherung."

Wie schön.

Doch bis man sehen konnte, ob die Flecken rausgingen, musste ja zunächst das Erbrochene beseitigt werden.

„Ist das nicht ein spektakulärer Post für morgen?", jauchzte Babette. *Ja, sicher. Das war natürlich auch mein allererster Gedanke gewesen.*

„Alle Mann ins Bad!", rief ich und schob Melchi voran. Alva setzte ihn unter gutem Zureden in die Badewanne, und während sie ihn abduschte, standen alle anderen mit zugehaltener Nase um ihn herum. Ich nutzte die Gelegenheit und schnappte mir schnell ein paar Handtücher und den Mülleimer aus dem Bad. „Rührt euch nicht von der Stelle – bin gleich wieder da."

Ich rannte zurück ins Wohnzimmer und googelte eilig, wie ich Herrin der Lage werden konnte. Auf putzfee.de wurde empfohlen, zuerst mit Sägespänen oder Katzenstreu das grobe Übel zu entfernen. Aber wo sollte ich denn das jetzt bitte herzaubern? Ratlos blickte ich um mich. Durch die offene Küchentür erspähte ich eine Tüte Hundetrockenfutter. Und da auf putzfee.de auch stand, dass Schnelligkeit das A und O sei, um Flecken zu vermeiden, und Trockenfutter mir die einzige sinnvolle Alternative erschien (immerhin enthielt es das Wort *trocken*), kippte ich die Tüte auf dem Sofa aus.

Pegasus, der brav neben der Couch gelegen hatte, hob den Kopf und riss die Augen auf. Er schleckte sich übers Maul. *Oh nein, Wilma. Wieder mal nicht nachgedacht.*

„Halt, Pegasus! Pfui! Bah! Aus!"

Mit Müh und Not konnte ich ihn davon abhalten, über das Hundefutter herzufallen. Ich sperrte den hungrigen Hund in die Küche und fing dann an, das Sofa zu reinigen. Den Eimer mit dem Erbrochenen stellte ich in die hinterste Ecke des Wintergartens. Dann schloss ich die Glasschiebetür und öffnete alle Wohnzimmerfenster. Igitt, wie widerlich! Trotz der frischen Luft stank die Couch einfach bestialisch.

Ich dachte kurz nach, aber nur kurz. Denn Schnelligkeit war ja das A und O. Man sagt zwar, Alkohol ist keine Lösung. Aber in diesem Fall …

Ich genehmigte mir einen Gin Tonic, kippte den Rest übers Sofa, und was soll ich sagen? Dieses Getränk hielt ausnahmsweise, was die Werbung versprach: ein klassischer Longdrink, der vielseitig einsetzbar war.

Aus der Küche kamen mit einem Mal undefinierbare Geräusche. Nanu? Was konnte das nur sein? Langsam öffnete ich die Tür und lugte vorsichtig hinein. Oje. Mir bot sich ein Bild des Grauens, denn Pegasus hatte sich, ohne mit der Wimper zu zucken, über unsere köstlichen Antipasti hergemacht. Bruschetta, Caprese und Peperonata waren nun leider Geschichte. Mit vollem Bauch und überaus zufriedenem Gesichtsausdruck trottete Pegasus an mir vorbei in Richtung Sofa. Plötzlich begann er zu würgen und übergab sich mitten auf dem Perserteppich.

Wunderbar. Genau so hatte ich mir diesen Abend vorgestellt. #wtf!

Durch den ganzen Krach wachte dann auch noch Burkhard auf. Schlaftrunken stand er in der Tür, rieb sich die Augen und setzte sich etwas umständlich seine Brille wieder auf. Das hätte er vielleicht besser lassen sollen. Denn als er den Hund und das ganze Übel sah, stieß er einen spitzen Schrei aus und sank ohnmächtig zu Boden. Während ich ihm Luft zufächelte, kamen die anderen aus dem Bad zurück ins Wohnzimmer gelaufen, um zu sehen, was da vor sich ging.

„Darf ich vorstellen", sagte ich und lächelte verlegen in die Runde. „Das ist Burki, mein Mann."

Es war alles schiefgelaufen, was hätte schiefgehen können. Ich schob es auf das unsachgemäß durchgeführte Räucher-Ritual. Ich bin halt keine Expertin in solchen Sachen. Ich hätte vorher einen Schamanenkurs besuchen müssen. Und trotzdem – trotz allem war der Abend gut ausgegangen.

Gemeinsam hatten wir den ohnmächtigen Burkhard zurück aufs Bett gehievt. Dann war Toni auf die rettende Idee gekommen, den Kindern eine ganz besondere Gutenachtgeschichte vorzulesen. Bei Paragraf 49 der Straßenverkehrsordnung schliefen sie den Schlaf der Gerechten. Und Pegasus machte ebenfalls keine Anstalten mehr, etwas von sich zu geben (weder Essen noch Töne). So saßen wir dann alle vier noch etwas zusammen, teilten uns die wenigen Antipasti, die der Hund verschont hatte, und besiegelten den Abend mit einem Schnaps.

Zuerst herrschte betretenes Schweigen, doch dann unterbrach Alva die unangenehme Stille.

„Weißt du, Wilma", sagte sie und legte ihre Hand auf meine. „Auch wenn sich das für dich vielleicht gerade nach einem ziemlich katastrophalen Abend anfühlt, bin ich dir wirklich sehr dankbar."

Ich horchte erstaunt auf.

„Wenn man deine Posts verfolgt, denkt man immer, du führst ein perfektes Leben", fuhr sie fort. „Und dabei vergisst man, dass es das gar nicht gibt. Niemand ist perfekt, nicht einmal du."

„Du hast so recht", pflichtete Babette ihr bei. „Jede von uns hat ab und an eine vollgekotzte Couch – manchmal auch im übertragenen Sinn. Im wahren Leben gibt es nun mal keinen rosaroten Filter." Sie nahm mich in den Arm und drückte mich fest. „Danke, dass du uns daran erinnert hast. Du bist ein ganz normaler Mensch, wie jeder andere auch."

Oje. Wenn sie nur wüssten …

Toni zwinkerte mir verschwörerisch zu. „Und falls deine Kinder später mal Jura studieren wollen, haben wir heute sicher den Grundstein dafür gelegt."

Danach verabschiedeten sich die drei mit Rücksicht auf meine Familie. Babette warf mir noch eine Kusshand zu und hauchte: „Man sollte immer gehen, wenn es am schönsten ist."

Ich widersprach ihr nicht, dafür war ich zu erschöpft. Stattdessen räumte ich noch das Geschirr in die Küche und nickte, als ich mich nur kurz ausruhen wollte, neben Pegasus im Sessel ein.

„Alles in Butter bei euch, Hase?" Patti rief mich kurz vor seinem Rückflug vom Düsseldorfer Flughafen aus an. Ich war gerade dabei, die letzten Spuren des Desasters zu beseitigen. Die Wohnung sah fast so aus, als wäre nie etwas gewesen. Nichts erinnerte mehr an das gestrige Chaos. Auch der Gestank hatte sich verzogen, nachdem ich die Couch mit Essig und Polsterreiniger behandelt hatte.

„Und?", fragte Patti erwartungsvoll. „Hat Pegasus sich gut benommen?"

Öhm … *äh* … *also* … „Er hat sein Bestes gegeben." *Und noch etwas mehr als das.* „Allerdings hatte er eine leichte Magenverstimmung."

„Ach Gott, der Arme. Und wie geht es ihm jetzt?“

Ich schielte zu Pegasus rüber, der friedlich in seinem Körbchen lag und an seinem Gummiknochen leckte.

„Ich würde sagen, besser als mir.“

„Oh, Milva-Schatz. Was war denn so schlimm?“

Ach, einfach alles. „Es geht schon, Patti.“

Es war kurz still in der Leitung. Patti schien zu überlegen, wie er mehr aus mir herauskitzeln konnte.

„Wie geht es denn der besten Freundin deines Bekannten?“, fragte er schließlich. „Hat sie sich wieder gefangen?“

„Sie hat es überstanden“, seufzte ich. „Und nun ist sie so platt wie dein Dekolleté ohne Silikonkissen.“

Ich hörte Patti glucksen, und da musste ich auch lachen.

„Ach, genau so lieb ich dich, Darling. Freut mich, dass sich alles zum Guten wendet.“

Ja, nun war es überstanden, und alles war wieder gut. Na ja, fast alles. Das, was mir wichtig gewesen war, hatte ich zwar verloren, aber meinen Humor offenbar noch nicht. Und das war doch ein Grund zum Feiern.

„Patti, du fehlst mir so. Komm schnell zurück!“

„Ich fliege, Hase, ich fliege! Du fehlst mir auch, Milva. Ich hätte deinen Rat hier gut gebrauchen können. Du weißt doch, wie schlecht ich bin, wenn es um Entscheidungen geht.“ Patti stöhnte theatralisch. „Im nächsten Leben werde ich eine Discokugel – die muss nur funkeln und sich im Kreis drehen. That's it.“

Wenn doch alles nur so einfach wäre. Damit eine Discokugel funkeln kann, muss es um sie herum schließlich dunkel sein. Das eine bedingt das andere. Das Leben war Tragödie und manchmal auch Komödie. Zum Glück war der Akt, in dem ich gerade eine Hauptrolle gespielt hatte, vorbei. Der Vorhang war gefallen, und nach einer letzten Verbeugung (bei der ich noch schnell den Perserteppich saugte) konnte ich die Bühne verlassen und ins wahre Leben zurückkehren. Die Frage war nur, was mich dort erwartete und ob ich da überhaupt wieder hinwollte.

Kapitel 27
#Flowerpower

Im wahren Leben gab es leider noch so einiges zu klären. Den Freitagabend hatte ich überstanden, und das sorgte zwar für eine gewisse Erleichterung, aber nicht für ein reines Gewissen. Es war anstrengend gewesen, vor allem deshalb, weil ich Familie und Freunde getäuscht hatte. Und wenn ich ganz ehrlich war, widerstrebte es mir sehr, ihnen gegenüber unehrlich zu sein. Es war mir ein dringendes Bedürfnis, meine Lügen auf irgendeine Art und Weise wiedergutzumachen. Nur wie?

Wenn einem die Worte fehlen, hat man immer noch die Möglichkeit, es durch die Blume zu sagen.

Jede Blume hat ihre ganz eigene Bedeutung und Botschaft. Der Fiesling hat mir mal zu meinem Geburtstag einen Strauß weißer Lilien geschenkt. Sonst war er ja immer recht geizig, doch an Geburtstagen hat sich der Lump nie lumpen lassen. Die Vase mit den Lilien stand dann auf meinem Schreibtisch direkt neben meinem Bildschirm, und ich weiß noch, wie sehr ich mich über diese ungewöhnlich nette Geste gefreut hatte. Doch was auch immer er mir damit hatte sagen wollen – keine drei Stunden später war mir speiübel gewesen, und ich hatte höllische Kopfschmerzen bekommen. Dieser Duft, nein – dieser Gestank! Das war ja nicht auszuhalten. Tausend Mal fieser als das Aftershave meines Chefs. An Arbeit war unter diesen Umständen natürlich nicht mehr zu denken.

Ich murmelte etwas von „wie hübsch und bezaubernd", und dass ich länger was von dem Strauß hätte, wenn ich ihn mit nach Hause nähme. Und dann habe ich ihn in der erstbesten Mülltonne entsorgt, denn Weiterverschenken wäre in meinen Augen Körperverletzung gewesen.

Kurze Zeit später habe ich dann irgendwo gelesen, dass weiße Lilien für Wiedergeburt stehen. Und in der Tat fühlte ich mich, nachdem ich den Strauß weggeschmissen hatte und wieder frei atmen konnte, wie neugeboren.

Das *Flower Power* lag in meiner Straße, schräg gegenüber vom Café *Karma*. Der kleine Blumenladen gehörte Shanti, einer Freundin von Sonne, und war ebenso wie seine Besitzerin bunt, wild und alternativ im Stil der Siebziger. Shanti lief immer in Schlaghosen und Rüschenbluse rum und trug jeden Tag ein paar frische Blumen im Haar. Ihr Laden sah aus wie eine riesige Blumenwiese. Sogar Markise und Tapeten waren floral gemustert.

Ich sollte mir eigentlich öfter mal selbst Blumen schenken, vor allem, da ich ja nun niemanden mehr hatte, der das für mich übernehmen konnte (nicht dass Daniel das je getan hätte). Aber zunächst wollte ich etwas für meine Eltern und meine Freunde aussuchen.

Heute war nämlich der Tag der floralen Versöhnung. Ich bestellte bei Shanti einen Strauß Gerbera für meine Mutter und als Zeichen meiner Freundschaft (und meines schlechten Gewissens) eine Kombination aus Rosen und Mimosen für Sonne und ein Gesteck aus Männertreu für Patti. Als ich gerade eine Vase mit wunderschönen Ranunkeln in Rosé bewunderte, betrat jemand den Laden.

„Einen Augenblick, bitte. Ich bin gleich bei Ihnen", sagte Shanti über meinen Kopf hinweg. „Das Gesteck für den Altar ist schon vorbereitet und liegt hinten."

Ich drehte mich um, und diesmal zuckte ich nur leicht zusammen. „Sie schon wieder." Ich hielt mir die Hand vor den Mund, doch Pater Vinzenz lächelte verständnisvoll. „Ich glaube, jetzt sind wir quitt." Er deutete auf die Gerbera, die Shanti gerade kunstvoll für mich zusammenband.

„Jeden Blumenkranz der Auen lass der Seele dazu dienen, neu gekräftigt aufzuschauen."

Ach, du liebe Güte. So was Schnulziges.

„Rilke", fügte der Pater erklärend hinzu.

„Wunderschön", hauchte ich.

Mit solchen altmodischen Gedichten hatte ich noch nie etwas anfangen können. Ich überlegte, wie alt Pater Vinzenz wohl sein mochte. Vielleicht Ende fünfzig? Eigentlich ist das ja kein Alter. Aber sein Literaturgeschmack war dafür ziemlich angestaubt.

„Lyrik und Blumen haben so viel gemeinsam", bemerkte der Pater. „Zwei wundervolle Geschenke des Herrn." Ich nickte und musste an die Lilien vom Fiesling denken.

„Mit Geschenkband?“, fragte Shanti und hielt mir den Strauß zur Ansicht hin.

Ich nickte wieder. „Gerne.“

Shanti zerrte an der Banderole und hielt dann ein fingerlanges Stück in die Luft. „Oje. Ich geh mal eben Nachschub holen. Bin gleich wieder da.“

Pater Vinzenz und ich blieben schweigend zurück. Er hatte seine Augen halb geschlossen und stand einfach nur still neben mir. Verstohlen musterte ich ihn. Was machte er da? Beten? Atmete er überhaupt noch? Ich konnte diese Stille nur schwer ertragen, deshalb sagte ich das Erstbeste, das mir in den Sinn kam.

„Sie schulden mir noch eine Antwort.“ Warum auch lange drum rumreden und Dinge durch die Blume sagen?

„Oh.“ Der Pater blickte erstaunt auf. „Wie war noch mal die Frage?“

„Na ja ...“ Ich zögerte kurz und überlegte, wie ich es formulieren konnte, sodass er verstand, worauf ich hinauswollte. „Neulich im Salon sagten Sie ein paar kluge Sachen über die Wut. Sie wissen schon – dieses Feuer, das ab und an in jedem von uns ausbricht.“

Pater Vinzenz hob fragend die Augenbrauen.

„Mehr oder weniger in jedem von uns“, sagte ich schnell und strich mir verlegen eine Haarsträhne aus dem Gesicht. „Jedenfalls habe ich trotz der misslichen Lage auf dem derzeitigen Wohnungsmarkt darüber nachgedacht, den Frieden Gottes bei mir einziehen zu lassen.“

Das Gesicht des Paters hellte sich auf. Ich räusperte mich. „Aber zuerst muss die Wut ausziehen, sonst wird das zu eng. Und ich frage mich, wie das geht.“

Ich meine, man kann die Wut ja nicht einfach auf die Straße setzen oder einen Umzugswagen bestellen und sie verladen. Oder etwa doch?!

Statt einer Antwort beugte sich Pater Vinzenz zu einer der Vasen, die neben dem Tresen standen, und zog eine grüne Rose heraus.

„Wenn uns negative Emotionen befangen machen, können wir uns das eingestehen und sie annehmen." Er drehte die Rose in seiner Hand hin und her. „So wie wir eine Blume betrachten, können wir uns auch Wut und Ärger ansehen." Er fuhr mit seinen Fingern vorsichtig über den dornigen Stängel. „Irgendetwas oder irgendjemand hat uns verletzt. Vielleicht ist die Wunde tief, vielleicht ist es nur ein kleiner Kratzer. Jedenfalls liegt es offen und schmerzt." Pater Vinzenz strich über die Blätter des Stängels. „Wenn wir ganz genau hinsehen, erkennen wir die Stellen, an denen wir empfindlich sind. Nicht für jeden sind es dieselben." Nun berührte er ganz sacht die Blüten der Rose. „Wir können innehalten, die Wut betrachten und uns fragen, worauf sie uns hinweisen will. Zu verstehen, was uns verletzt hat und warum, hilft uns dabei, das Feuer der Emotionen in Schach zu halten und uns nicht zu verbrennen. Und nicht nur das. Es ist –"

„So, da bin ich wieder." Shanti erschien auf der Bildfläche und trug ein wunderschönes Bouquet aus Margeriten, Mohn, Korn- und Sonnenblumen im Arm. „Und ich habe auch gleich das Arrangement für Ihre Predigt mitgebracht." Sie überreichte dem Pater die Feldblumen.

„Der Mensch blüht wie eine Blume auf dem Felde", sagte er mit einem Blick in meine Richtung.

„Auch Rilke?", fragte ich und bewunderte das leuchtende Rot des Mohns.

„Nein." Pater Vinzenz schmunzelte. „Etwas älter. Psalm 103."

Ups. Ich war leider weder trink- noch bibelfest.

„Diese hier ist für Sie, mein Kind." Er drückte mir die Rose in die Hand, und aus den Augenwinkeln sah ich Shantis erstaunten Gesichtsausdruck.

„Als Symbol der Hoffnung", bemerkte er mit einem Augenzwinkern. „Kein Mensch ist ein hoffnungsloser Fall." Der Pater bedankte sich bei Shanti, zahlte und verließ den Laden. Ich blieb zurück und verbarg mein rot angelaufenes Gesicht hinter einem Geschenk Gottes.

Kapitel 28

#ZuWenigKekse

Ich lag auf meinem alten Kinderbett mit der geblümten Tagesdecke, in meinem alten Kinderzimmer, umgeben von der Vergissmeinnicht-Tapete, und blickte aus dem Fenster auf den Kastanienbaum. Ganz oben in ihm saß eine Amsel. Es war sonnig und doch ziemlich windig, sodass die Äste der Kastanie rauschend hin und her schwankten. Der Amsel schien das gar nichts auszumachen. Fest und sicher saß sie auf einem Ast und ließ sich von nichts beirren. Mein Leben war genauso stürmisch, und ich wünschte, ich wäre ein klein wenig mehr wie dieser Vogel.

Nachdem sich die Aufregung der vergangenen Tage gelegt hatte, dachte ich noch einmal über all das, was geschehen war, nach. Die letzten Wochen, die ganzen Ereignisse. All das Chaos hätte ich mir ersparen können, wenn ich von Anfang an die Wahrheit gesagt hätte.

Es hätte mich Überwindung gekostet, ganz klar. Doch das, was auf die Lügen folgte, war mindestens doppelt so anstrengend gewesen, und es hätte auch alles richtig danebengehen können.

Erschöpft vergrub ich den Kopf im Kissen. Ich brauchte dringend Ruhe und Erholung. Und ich schwor mir bei jedem Blümchen auf der Tapete, in Zukunft nur noch die Wahrheit zu sagen – und nichts als die Wahrheit. Und wenn das nicht möglich war, dann gab es ja immer noch die Option, die Klappe zu halten.

„Du siehst irgendwie blass aus." Meine Mutter sah mich besorgt an, und ich wusste sofort, welcher Satz als Nächstes folgen würde. „Geht es dir nicht gut?" Sie strich mit beiden Händen die Küchentischdecke glatt – eine Verlegenheitsgeste, die typisch für sie war.

„Nein, alles in Ordnung", entgegnete ich, während ich meine Schläfen massierte. „Ich bin einfach nur etwas müde." Das war natürlich maßlos untertrieben. Ich war nicht einfach müde, ich fühlte mich, als hätte ich an einem Triathlon teilgenommen – mit Schwimmflügeln, Stützrädern und in Adiletten. Das, was ich gerade erlebt hatte, war jedenfalls vergleichbar peinlich und kräftezehrend gewesen. Von der Auszeit bei meinen Eltern erhoffte ich mir, mein seelisches Gleichgewicht wiederherzustellen und neue Kraft zu tanken.

„Arbeitest du zu viel?"

Gott, meine Mutter hatte wirklich nicht die leiseste Ahnung von meinem Leben. Und ich konnte ihr das nicht mal zum Vorwurf machen.

„Nein, Mama, das ist es nicht." Ich trank einen großen Schluck Kakao. Ich hatte mal irgendwo gelesen, dass man sich glücklich essen kann. Mit Schokolade zum Beispiel. Oder

Bananen. Ich schielte auf den Obstteller meiner Eltern. Diese braunen, matschigen Dinger sahen ziemlich unglücklich und unappetitlich aus. Aber vielleicht sollte ich mal wieder Chinesisch bestellen und als Nachtisch gebackene Banane nehmen?

„Was ist es dann?“ Meine Mutter blieb hartnäckig. „Du siehst so nachdenklich aus.“

„Ach, nichts“, wehrte ich ab. „Nichts Ernstes.“

Meine Mutter setzte ihren ganz bestimmten „Erzähl-mir-keine-Märchen-Blick“ auf. „Wilhelmina, ich merke doch, dass mit dir etwas nicht stimmt.“

Ja, das wusste ich auch. Eine Person, mit der alles stimmte, machte auch nicht solche Sachen wie ich. Aber ab sofort war Schluss damit. Ab sofort blickte eine vollkommen ausgewechselte Wilhelmina Wonneberg einer glänzenden Zukunft entgegen. Einer glänzenden Zukunft als … ja, als was eigentlich?

„Wie läuft es denn im Verlag?“, fragte meine Mutter weiter und stellte eine Dose mit Keksen auf den Tisch.

Ich wollte es ja, aber in diesem Moment konnte ich ihr unmöglich von der Kündigung erzählen. Sie und mein Vater hätten sich sofort Sorgen gemacht. Zu Recht. Aber das wollte ich nicht. Wenn sie von all dem, wozu ihre Tochter nicht in der Lage war (und viel schlimmer noch: wozu sie in der Lage war), erfahren hätten, dann hätten beide sicher einen Nervenzusammenbruch bekommen. Und das konnte ich nicht verantworten.

„Glänzend.“

„Hast du vielleicht zu viel Verantwortung?“, mutmaßte meine Mutter, öffnete die Keksdose und schob sie zu mir rüber.

Was war das hier? Ein Verhör, oder was?

„Ja, das ist es", nickte ich. „Ich habe zu viel Verantwortung. Und zu wenig Kekse."

Ich nahm mir einen mit Schoko aus der Dose und biss genussvoll hinein. Kekse machen glücklich, und wer glücklich ist, lebt gesünder. Also war dieser Keks eine Investition in meine Gesundheit. Ein Lächeln huschte über mein Gesicht.

„Wie geht es denn Daniel?"

Mit einem Schlag erlosch es wieder. Meine Mutter hatte echt das Talent, den Finger immer in die tiefsten Wunden zu legen. Vielleicht lag es daran, dass sie früher Krankenschwester gewesen war und sich nach meiner Geburt allein um mich gekümmert hatte. Ich war schon immer ihr Ein und Alles gewesen, und sie kannte mich in- und auswendig. Deshalb konnte ich ihr selten etwas vormachen.

Und was sollte ich ihr überhaupt sagen? Dass Daniel auf Abenteuerurlaub war? Dass ich ihn nicht mehr wollte, aber schon irgendwie wollte, dass er mich wieder wollte? Dass das alles schon wieder werden würde, so leicht und unkompliziert, wie es einmal war?

Nein. Nein – das würde die ganze Sache noch komplizierter machen, als sie es ohnehin schon war. Also blieb mir nur der elegante, unauffällige Themenwechsel.

„Ganz gut so weit. Sag mal, haben die Gerlachs ihre Hecke geschnitten? Man kann denen ja jetzt fast bis auf den Mittagstisch sehen. Und wo steckt eigentlich Papa?"

„Der sitzt auf der Terrasse und schreibt einen Leserbrief." Meine Mutter legte ihre Hand auf meinen Arm. „Sag bitte nichts."

„Mach ich nicht. Versprochen." Sich über die Macken seiner Eltern aufzuregen, ist wie eine Fünfhundert-Gramm-Tafel

Schoko-und-Keks am Stück zu essen: Kann man machen, bringt einem aber nur Probleme ein.

Ich schob die Terrassentür auf und lehnte mich hinaus. Mein Vater saß in der hintersten Ecke am Windschutz, schreibend über sein Notizbuch gebeugt, neben sich die *Nordischen Nachrichten*. Er war früher bei der Post angestellt gewesen und bedauerte es sehr, dass die Menschen keine Briefe mehr schrieben. Um der digitalen Entwicklung etwas entgegenzusetzen, schrieb er regelmäßig Leserbriefe an die Zeitung. Handschriftlich. Das war seine Form des Protests gegen die in seinen Augen verkommene moderne Gesellschaft.

„Hallo, Papa." Ich setzte mich neben ihn und betrachtete das Notizbuch mit der krakeligen Handschrift. Hoffentlich war seine ganze Arbeit nicht umsonst. Es wäre schon ärgerlich, etwas nicht mehr lesen zu können, und zwar nicht aus Mangel an Sehkraft, sondern aus Mangel an Sorgfalt.

„Kommst du gut voran?"

„So eine Schweinerei!", murmelte er und sah zu mir hoch. „Diese Journalisten recherchieren heutzutage überhaupt nicht mehr gründlich. Alles wird nur noch so hingeschmiert. Und Fachwissen haben die meisten auch nicht." Mein Vater rückte seine Brille zurecht. „Ich gehe mal davon aus, dass ihr in eurem Verlag wesentlich genauer arbeitet."

Etwas wehmütig dachte ich an Marianne und unsere tägliche Maniküre im Büro. Was unsere Nägel anging, waren wir beide extrem sorgfältig.

„Davon kannst du ausgehen, Papa."

Er schmunzelte und klopfte mir auf die Schulter. „Und wie läuft es so, Kind?"

„Ach, es läuft“, sagte ich, etwas müde von der ganzen Flunkerei. Einerseits wollte ich, dass sich meine Eltern nicht sorgten. Andererseits würden sie irgendwann ja sowieso alles erfahren. Spätestens dann, wenn ich eine andere Arbeitsstelle hatte. War es da vielleicht nicht besser, sie ganz subtil auf einen bevorstehenden Jobwechsel vorzubereiten?

„Eigentlich gefällt mir meine Arbeit gut“, sagte ich. „Doch wer weiß, wie lange Verlage im digitalen Zeitalter noch bestehen können. Deshalb denke ich drüber nach, ob es nicht zeitgemäßer wäre, sich nach etwas anderem umzusehen.“

„Hmmm“, machte mein Vater und kratzte sich mit dem Kuli am Kopf. „Und an was hast du da gedacht?“

„Ich … ich weiß noch nicht“, sagte ich und zwirbelte unsicher an meinen Haaren herum. „Wahrscheinlich irgendwas … irgendwas mit …“ In Gegenwart meines Vaters wollten die Worte *Social Media* irgendwie nicht über meine Lippen. „… mit Menschen. Etwas im sozialen Bereich.“

„Oh.“ Mein Vater machte ein überraschtes Gesicht. „Du willst in die Pflege?“

Grundgütiger, nein. Die armen Leute.

„Vielleicht“, entgegnete ich. „Aber das ist alles noch sehr vage.“

„Also ich halte das für eine gute Idee“, meinte mein Vater da zu meiner Überraschung. „Die Menschen werden immer älter, und mit Blick auf deine Mutter und mich …, also …“ Er räusperte sich. „Es schadet ja nicht, jemanden vom Fach in der Familie zu haben.“

Oh, Wilma. Musstest du dich denn wieder in eine solche Lage bringen?

„Wie gesagt“, schob ich schnell hinterher. „Ich habe noch nichts Konkretes im Sinn.“

„Mach du nur." Mein Vater tätschelte meinen Kopf. „Das sind anständige Berufe mit Zukunft, mein Kind. Ganz im Gegensatz zu diesem Quatsch hier." Er tippte auf einen Artikel in der aufgeschlagenen Zeitung.

Ich las die Schlagzeile: *Traumberuf Influencerin: Erste German Influencer Awards*. Sieh mal einer an, da gab es sogar Preisverleihungen.

„Das ist doch kein Beruf", empörte sich mein Vater. „Das ist digitaler Humbug."

„... mit dem man eine Menge Geld verdienen kann", warf ich ein.

„Und was ist der Preis dafür?" Mein Vater hob fragend die Hände. „Die mit ihrem Instakram. Die machen sich doch in aller Öffentlichkeit lächerlich."

„Instagram, Papa", verbesserte ich ihn.

„Vollkommen egal – es bleibt jedenfalls der gleiche Nonsens. Und ich sage dir eins: Ich gebe dem Ganzen noch ein oder zwei Jahre. Dann wird den Leuten langweilig, sie haben genug davon und suchen sich den nächsten Zeitvertreib. Aber mit einem Beruf hat das alles nichts zu tun."

Puh. Mein Vater hatte sich ganz schön in Rage geredet. Und dabei war ich doch zu meinen Eltern gefahren, um zur Ruhe zu kommen. Ein Ding der Unmöglichkeit, ich hätte es wissen müssen.

In einer Welt, in der sich alle darum bemühten, möglichst laut ihre Meinung abzugeben, einer Welt, in der Aufregung zum guten Ton gehörte, war es unheimlich schwer, einen Rückzugsort ausfindig zu machen, an dem man ungestört sein konnte. Das ganze Leben auf dem stillen Örtchen zu verbringen, war ja auch keine Lösung. Da hörte ich plötzlich in mir Sonnes Stimme, die sagte: Du wirst nur Ruhe finden, Wilma, wenn du sie in dir selbst suchst. Und mit einem Mal wusste ich, wohin ich gehen musste.

Kapitel 29

#GanzGroßesKino

Ich saß im Schneidersitz in Sonnes Wohnzimmer, auf dem handgewebten, orientalisch gemusterten Teppich – und ging in mich. Ob ich dort ankommen und auch Ruhe finden würde, war eine andere Frage.

„Schließ die Augen und konzentriere dich ganz auf deinen Atem." Sonnes Stimme klang wie von einer professionellen Meditations-CD. Ich tat, was sie sagte, und lauschte den schnorchelnden Geräuschen meines Atems. *Einatmen. Ausatmen. Einatmen. Ausatmen. Ein–* Oh, mein Gott. Musste sich das so anhören? Ich hatte doch nicht etwa Polypen?! Oder atmete ich schon immer so komisch? Atmete ich vielleicht mein Leben lang falsch, ohne etwas davon zu wissen? Ich meine, es hat mir ja auch nie jemand gezeigt, wie es richtig geht.

„Nicht den Atem anhalten, Wilma", hörte ich Sonne sanft sagen. „Lass ihn einfach frei fließen."

Den Atem fließen lassen? Ich musste unwillkürlich an meine letzte Sinusitis und gelb-grünen Schnodder denken. Igitt.

„Ach, Sonne", seufzte ich. „Ich bin einfach nicht dafür gemacht."

„DAS", sagte Sonne so, als hätte sie mich gerade auf frischer Tat ertappt, „ist einer deiner negativen Glaubenssätze. Du kannst ihn ganz einfach durch einen positiven austauschen. Probier es mal damit: *Alles gelingt mir, ganz leicht und natürlich.*"

Schön wär's. Ich öffnete die Augen. „Sonne, ich würde es ja gerne glauben, aber es fällt mir schwer."

Sonne blinzelte mich an. „Du schaffst das, Willi. Es ist alles eine Frage der Übung und Ausdauer. Gib nicht vorschnell auf. Das Universum liebt und beschützt dich. Wirklich."

„Wirklich?!" Ich hatte da so meine Zweifel.

Erst vor Kurzem lief da so eine Doku über unser Weltall im Fernsehen. Es ging darin hauptsächlich um schwarze Löcher, die Monster des Universums. Sie sind unberechenbar und schlucken alles, was ihren Weg kreuzt. Unser Weltraum ist voll von diesen gefräßigen Dingern, und ehrlich gesagt, gab mir das nicht das Gefühl von Liebe und Schutz.

„Das Universum macht mir Angst, und ich will nicht gefressen werden."

„Ach, Willi." Sonne schüttelte den Kopf. „So kann es echt nicht weitergehen. Du musst einen Weg für dich finden, dich deinen Ängsten zu stellen." Sie klang plötzlich sehr ernst. „Und wenn es nicht die Meditation ist – finde deinen Weg."

Ich nickte. „Ich versuche es. Versprochen."

„Vielleicht hilft es dir ja, wenn du auf Rohkost umsteigst", schlug Sonne vor. „Ich habe damit sehr gute Erfahrungen gemacht. Es entschlackt Körper und Geist, und man blickt viel klarer auf die Dinge."

Gute Freunde geben einem die Ratschläge, nach denen man nicht fragt.

„Einen Versuch ist es wert", entgegnete ich. „Schaden kann es ja nicht." Obwohl mich die Sache mit dem Salbei-Joint etwas verunsichert hatte, nahm ich mir vor, Sonnes Rat weiterhin ernst zu nehmen.

„Vielleicht brauchst du auch einfach ein paar andere Bilder im Kopf", sagte sie da. „Hast du nicht Lust, heute mit mir ins Kino zu gehen?"

Eigentlich hatte ich vorgehabt, den Rest des Tages im Bett zu verbringen und ein paar Folgen von Karie Mondos „Aufräumen macht glücklich" auf *Fletnix* zu gucken. Möglicherweise lag das Geheimnis eines geordneten Lebens ja in einem geordneten Kleiderschrank.

„Weißt du, Sonne", stöhnte ich. „Nimm es mir nicht übel, aber ich möchte heute niemanden sehen und von niemand anderem gesehen werden."

„Aber Willi. Im Kino ist es doch dunkel. Und ich habe zwei Karten für *Dreiohrkätzchen* geschenkt bekommen. Die kann ich unmöglich verfallen lassen, das gibt katastrophales Karma. Außerdem soll der Film echt gut sein."

„Du willst mich in eine Doku über genmanipulierte Katzen schleifen?!""

„WILMA!"

„Ach, Sonne. Ich weiß nicht …"

„Komm schon, Willi. Du musst auf gute Gedanken kommen."

„Eigentlich wollte ich heute früh schlafen gehen."

„Aber das kannst du doch. Die Vorstellung ist um sechs. Und direkt danach gehst du ins Bett."

Ich entschied, dass es für meine spirituelle Entwicklung förderlich sein würde, Sonnes Betteln nachzugeben. Ich hatte immer noch das Gefühl, etwas gutmachen zu müssen. Sie war meine beste Freundin. Und beste Freundinnen erzählen sich normalerweise alles, oder? Wer würde denn schon ein blamables Verhalten, mit dem man seine Freundschaft riskiert, verschweigen?!

„In Ordnung", gab ich mich geschlagen. „Wir treffen uns dann vorm Kino."

Da Sonne noch einen Termin bei der Bank hatte, fuhr ich alleine vor, um schon mal die Karten an der Kinokasse abzuholen. Die *Flimmerkiste* war ein quadratisches Gebäude, das aussah wie ein übergroßer Fernseher aus den Sechzigern. Und tatsächlich stammte das Kino auch aus dieser Zeit. Es war eines der wenigen kleinen Lichtspielhäuser, die es geschafft hatten, bis heute zu überleben – wegen seines Charmes, der bunten Palette feiner Filme und nicht zuletzt wegen der Finanzspritzen eines geheimen Gönners. Bevor ich Daniel kennengelernt hatte, war ich immer gern ins Kino gegangen. Aber er machte sich nichts aus Filmen, sagte immer kurz vorher wegen eines wichtigen Termins ab, und alleine ins Kino wollte ich dann nicht. So was ist doch sinnlos, oder? Ich meine, warum sollte man bitte alleine ins Kino gehen? Das sieht dann immer danach aus, als ob einen jemand versetzt hätte … So als ob man keine vernünftigen Freunde hat, auf die man sich verlassen kann. Oder noch schlimmer: So, als ob man gar keine Freunde hat.

Da ich viel zu früh vor Ort war, schlenderte ich ein Mal um die *Flimmerkiste* herum und bewunderte die historischen

Filmplakate an der Fassade. Vor „Frühstück bei Tiffany“ blieb ich besonders lange stehen und grübelte. Ich liebte den Roman genau wie den Film und fragte mich, ob mir zu meinem Glück ein schwarzes Abendkleid, eine Zigarettenspitze und eine namenlose Katze fehlte. Gedankenversunken stand ich schließlich vor dem Kinoeingang und wartete. Die Zeit verging.

Ganz ruhig, Wilma. Nicht ungeduldig werden. Sonne ist bestimmt gleich da.

Ich tippelte auf der Stelle herum und blickte abwechselnd zur Uhr auf der gegenüberliegenden Straßenseite und zu den Menschen, die sich vorm Eingang tummelten.

Hmmm. Vielleicht sollte ich sie mal anrufen?

Mit zitternden Fingern tippte ich auf ihre Nummer, doch es meldete sich nur die Sprachbox. Ich starrte auf die Karten in meiner Hand und die Uhrzeit auf meinem Handy. 18 Uhr 5.

Sonne steckte bestimmt nur im Stau und würde gleich aufkreuzen. *Und wenn die Karten verfallen, gibt das katastrophales Karma,* hallte ihre Stimme in meinem Kopf. Ich war eine verantwortungsvolle Person, bereit zur spirituellen Entwicklung. Jawohl. Also hinterlegte ich Sonnes Karte an der Kasse und schlich auf Zehenspitzen in den Kinosaal.

Drinnen war es stockdunkel, und ich brauchte eine ganze Weile, um meinen Platz zu finden und mich an den Menschen vorbei dahin vorzukämpfen. Mit einem Seufzer ließ ich mich dann in den Sessel fallen. Auf der Leinwand lief bereits Werbung. „Langnase Eiscreme. Gibt’s auch hier im Kino“, säuselte die verführerische Stimme aus dem Off. Oje. Das hatte ich ja vollkommen vergessen. Sonne würde sicher auch hungrig sein, und ein Film ohne Eis, Popcorn und Cola ist doch nichts Halbes und nichts Ganzes, oder?

„Entschuldigen Sie vielmals", murmelte ich und quetschte mich wieder durch meine Reihe. Dann bestellte ich zwei große Becher Cola, eine Portion Nachos mit Käse und eine Tüte süßes Popcorn in XXL.

Es war gar nicht so leicht, das alles wieder heil zum Platz zu balancieren, und ich büßte dabei mindestens ein Drittel des Popcorns ein.

Zum Glück hatte der Film noch nicht begonnen. Doch Sonne war immer noch nicht da, und leider hatte ich mit meinem Handy auch keinen Empfang, um sie zu erreichen. Plötzlich öffnete sich der Vorhang noch ein Stück weiter, und der Film ging los.

Nun saß ich also alleine im Kino. Ich meine, nicht ganz alleine. Im Grunde kann man gar nicht alleine ins Kino gehen. Irgendjemand anders ist immer da – und wenn es der Filmvorführer ist. Deshalb ist es ja auch überhaupt kein Problem, ohne Begleitung dort aufzukreuzen. Es sieht einen ja eh keiner, und niemand macht sich Gedanken über dich oder eine fehlende Begleitung. Alle starren gespannt nach vorne und verfolgen, was auf der Leinwand vor sich geht. Natürlich nur, wenn einem keiner die Sicht versperrt. Oder irgendein Pärchen bereits eine Sekunde nach Filmstart wild zu knutschen beginnt – so wie die zwei Turteltauben drei Reihen vor mir.

Mal ehrlich, können die sich nicht benehmen?! Das ist ja widerlich. Wie soll man sich da auf den Film konzentrieren?

Ich merkte, wie es in mir zu brodeln begann. Mein Kopf wurde ganz heiß, und am liebsten wäre ich aufgesprungen und hätte den beiden ein paar Takte erzählt. Aber dann erinnerte ich mich an Pater Vinzenz.

Betrachte die Wut wie eine Blume, Wilma.

Ich starrte auf die dunklen Umrisse des knutschenden Pärchens und schluckte. Ich versuchte, mir die beiden als eng ineinander verschlungene Blumen vorzustellen. Der Mann war eine fleischfressende Pflanze und die Frau irgendetwas Stacheliges. Ein Kaktus vielleicht. Er versuchte, sie zu verschlingen, was natürlich etwas umständlich war. Es sah ziemlich ulkig aus, und ich kicherte vor mich hin. Der Mann links von mir räusperte sich empört. Pah, der hatte aber auch überhaupt keinen Humor. Ich musste breit grinsen, und tief in mir machte sich ein Gefühl wohliger Zufriedenheit breit. Innerhalb weniger Augenblicke war meine Wut verschwunden und das Pärchen so weit in die Sessel gerutscht, dass man weder Blatt noch Blüte von ihnen sah. Ich fing an, mich zu entspannen und den Film zu genießen. Und das Popcorn und die Nachos und die Cola.

Der Film war toll und Matthias Hofschweiger zum Brüllen komisch. Als der Abspann lief, hatte ich vor Lachen Tränen in den Augen. Seit Langem hatte ich mich nicht mehr so amüsiert und das, obwohl Sonne nicht aufgetaucht war. Die ersten Leute verließen den Saal, doch ich wollte diesen unbeschwerten Moment unbedingt noch auskosten.

Während ich den letzten Schluck Cola schlürfte, schweifte mein Blick durch den Saal. Er blieb an dem Pärchen hängen, das sich inzwischen voneinander gelöst hatte und im Begriff war zu gehen.

Oh, mein Gott. Das durfte nicht wahr sein. Vor Schreck rutschte ich eine Etage tiefer.

„Der war aber echt kitschig“, hörte ich die Frau in einer unangenehm hohen Tonlage piepsen. „Welcher Mann würde denn so was für eine Frau tun?“

„Weißt du, Baby“, sagte eine mir nur allzu vertraute Stimme, „für dich würde ich alles machen.“

Mir stockte der Atem, und ich bekam kaum noch Luft, als sich die beiden eng umschlungen Richtung Ausgang bewegten. Das Blut schoss mir in den Kopf, aber der Rest meines Körpers fühlte sich an wie Eis. Ich wusste überhaupt nicht, was ich machen sollte. Und hätte ich es gewusst, wäre ich wahrscheinlich nicht imstande gewesen, es zu tun, denn ich konnte mich kaum bewegen. Es war, als klebten mein Körper und meine Gedanken an diesem einen Moment wie an einem Kaugummi fest.

Das Licht ging an, und ich zuckte zusammen.

Ach herrje. Hoffentlich sehen sie mich nicht. Was soll ich nur tun? Hilfe!

Ich riss die Arme hoch, um mein Gesicht zu verdecken, und erwischte dabei die Popcorntüte. Das restliche Popcorn flog wie eine Silvesterfontäne durch die Luft und verteilte sich dann schön gleichmäßig auf dem Boden. Das war meine Rettung. Ich tauchte ab, um alles wieder aufzusammeln und natürlich auch, um mich selbst wieder zu sammeln. Als ich endlich fertig war und vorsichtig den Kopf hob, waren Daniel und Kimberly verschwunden. Meine gute Laune leider auch.

Ich blieb noch eine Weile in Schockstarre sitzen, bis ein Staubsauger mehrfach gegen meine Beine fuhr. Wie in Trance stand ich auf und taumelte nach draußen. Ich stopfte die leeren Becher und Tüten in den Mülleimer des Foyers. Da sah ich ihn durch die Glastür. Er stand direkt vor dem Ausgang und wartete.

Oh nein! Raus konnte ich nicht, zurück konnte ich nicht, und im Gang stehen bleiben wollte ich nicht. Die Tür zu den Damentoiletten schwang auf, und bevor Kimberly mich sehen konnte, huschte ich schnell hinter eine Säule. Sie stakste auf meterhohen Plateausohlen in Richtung Ausgang, warf ihr platinblondes Haar nach hinten und blieb kurz im Gang stehen, um ihren pinkfarbenen Minirock nach unten zu zupfen. Ihre Haut erinnerte mich an Toast, das man zu lange im Toaster gelassen hat, und im Gesicht trug sie so viel Make-up, dass man damit die Kinofassade hätte streichen können. Alles an dieser Frau war Klischee, und doch war sie wahr und keine Einbildung. Und während ich sie mir ansah, fiel mir auf, dass ich gar nicht wütend auf sie war. Traurig auch nicht. Mein Kopf war plötzlich ganz klar, und ich sah alles mit einem gewissen Abstand.

Ich hatte immer versucht, Daniels Ansprüche zu erfüllen und mit seinen Schickimicki-Freunden mitzuhalten. Aber das konnte ich nicht, denn ich war nicht so wie sie. Genauso gut hätte man versuchen können, im Kühlschrank Pizza zu backen. Mit einem Mal sah ich, dass Kimberly auf ihre Weise dasselbe versuchte, und ich hatte Mitleid mit ihr, ob ich wollte oder nicht. Ich sah zu, wie sie unbeholfen nach draußen stöckelte und ihr dabei das Portemonnaie aus der Tasche glitt. Wie ein riesengroßes rosa Kaugummi lag es am Boden, trotzdem bemerkte sie es nicht. Und noch ehe ich ein Mal tief Luft holen konnte, war sie nach draußen gestakst und mit Daniel um die Ecke verschwunden.

Ich machte ein paar Schritte auf das Portemonnaie zu, dann folgte ich einem inneren Impuls und hob es auf. Es war aus einer limitierten Edition von Louis Fritton – und es weckte Erinnerungen. Ich strich über das noppige Leder. Genau so eins hatte mir Daniel mal zu unserem ersten Jahrestag geschenkt. Ich habe es nie benutzt, da dieses Portemonnaie und ich einfach nichts gemeinsam hatten, außer vielleicht, dass uns beiden das Geld fehlte.

Ich nahm meine Kinokarte und notierte darauf Daniels Handynummer. Dann ging ich zur Kinokasse und schob Portemonnaie und Karte durch den Schalter. „Gerade gefunden", sagte ich und lächelte die Dame hinter der Plexiglasscheibe an. „Und meinen Verstand zum Glück auch. Aber den behalte ich lieber."

Kapitel 30

#WilmaGoesWild

Das Gute an der ganzen Sache war, dass Sonne jetzt ein schlechtes Gewissen plagte und meins dadurch ein wenig nachließ. Sie konnte zwar nichts dafür, dass der Termin bei der Bank ewig gedauert hatte, aber jemanden zu versetzen und dazu noch eine Eintrittskarte verfallen zu lassen, gab unterirdisches Karma, und das wollte sie unbedingt ausgleichen. Deshalb spendierte sie mir einen Einkauf bei Mustis Gemüsekiste am Bahnhof. Dort konnte ich mich mit rohen Köstlichkeiten von Ananas bis Zucchini eindecken. Beim Anblick der vielen verschiedenen Farben von Obst und Gemüse fühlte ich mich grundlos glücklich. Seltsame Welt. Wozu eigentlich Unsummen für *Chanel*-Handtaschen und *Prada*-Pumps ausgeben, wenn ein Obstteller für zwölf Euro denselben Effekt hat?!

Mit guter Laune und Vitaminen im Gepäck schlenderte ich nach Hause. Als ich am *Buch-Salon* vorbeikam, fiel mein Blick auf eines der Bücher im Schaufenster. Auf seinem Cover war ein weißer Kasten mit einem roten Kreuz abgebildet, und darüber stand in fetten, grünen Buchstaben der Titel: „Erste Hilfe für die Seele – die 100 besten Tipps für Notfälle.“ Ich war so ein Notfall. Und offenbar hatte dieses Buch auf mich gewartet.

Um diese Zeit war im *Buch-Salon* nicht viel los, und so konnte ich mich in der Ratgeber-Ecke in Ruhe umsehen.

Mit Büchern ist es wie mit Goldfischen: Man sollte sich nie nur ein einzelnes Exemplar zulegen. Der Notfallkasten für die Seele klemmte schon unter meinem Arm, da entschied ich mich zusätzlich noch für „Jede Angst auflösen“, „Ängste einfach wegschütteln“ und „Grundlagen der Chakra-Meditation“. Ich wollte einfach nichts unversucht lassen, *meinen Weg* zu finden, wie Sonne es empfohlen hatte.

Höchst zufrieden mit meiner Wahl, drehte ich mich um und wollte zur Kasse gehen. Da sah ich ihn. Er kam gerade zur Tür herein. Ich schnappte nach Luft. Unser drittes Treffen – aber doch nicht so! Mit einem Haufen spiritueller Ratgeber in der Hand. Für wen würde er mich halten? Eine esoterische Angstgestörte, deren Seele Erste Hilfe brauchte?

Ich war wie gelähmt und konnte keinen klaren Gedanken mehr fassen. Ich wollte diese Bücher, ja, ich brauchte diese Bücher, um Orientierung in mein Leben zu bringen. Aber ich wollte auch einfach nur weg. Was nun?

Ich sah mich nach einer Möglichkeit um, den Stapel unauffällig loszuwerden, da stand Annelie, die Buchhändlerin, plötzlich vor mir und deutete auf meinen Arm. „Na, Wilma! Für was hast du dich denn heute entschieden?“ Sie strahlte mich an. „Etwa ein Buch über Social Media Marketing?“

Na super. Noch peinlicher ging es wohl kaum.

„Ich, ähm …", stammelte ich und blickte mich ängstlich um. *Bitte, bitte, bitte lass ihn in die andere Ecke der Buchhandlung laufen. Meinetwegen zu den Erotik-Romanen, nur nicht in meine Richtung.* Schlagartig kannte ich *meinen Weg:* Nichts wie raus hier.

„Ich nehme dir die hier schon mal ab, falls du dich noch weiter umsehen möchtest." Annelie griff nach meinem Stapel. Anstatt ihn loszulassen, hielt ich ihn jedoch fest und zog daran wie an der Hundeleine eines widerspenstigen Köters.

„Keine Angst, Wilma", sagte Annelie lachend. „Es sind deine."

„Ja, also … ich, ähm, ich werde dann mal –" OH. MEIN. GOTT. Er stand nur noch drei Regale entfernt. Und er sah blendend aus, wie immer. Mich hätte ja schon interessiert, ob sein Geschmack bei Büchern ebenso gut wie der bei Kleidung war und welche Literatur er so bevorzugte. Ob er Bücher eher nach Cover kaufte oder ob er nach Klappentext ging. Ob er die ersten Seiten zuerst las oder die letzten. Ob er mit tiefgründigen Handlungen etwas anfangen konnte oder aber lockeren, leichten Storys den Vorzug gab. Und dann die Frage nach dem Genre … Ich finde ja, das sagt so viel aus über einen Menschen. Sag mir das Genre, und ich sag dir, wer du bist. Deshalb hätte es mich wirklich interessiert, für welches Buch er sich entscheiden würde. Aber ich wollte auch um jeden Preis verhindern, dass er meine Auswahl sah.

Zum Glück hatte er mich noch nicht bemerkt. Doch dann hob er den Kopf und wandte ihn in meine Richtung.

Achtung, Wilma! Abtauchen!

In letzter Sekunde schnappte ich mir einen dieser überdimensionalen Jahreskalender und hielt ihn so hoch, dass er mich großzügig abschirmte. „Den hier nehme ich auch noch."

Annelie nickte freundlich, doch ich war mir sicher, sie hielt mich für komplett bescheuert. Oder für eine esoterische Angstgestörte, deren Seele Erste Hilfe brauchte und die offenbar nur an das eine dachte ... Denn der Kalender hieß „Hot Boys gone wild“ und zeigte auf dem Cover einen leicht bekleideten, muskulösen Mann mit Matrosenhütchen. Entschuldigung, aber was hat so was bitte auch im Sortiment einer gutbürgerlichen Buchhandlung zu suchen?!

Ich verkniff mir eine Diskussion darüber, hangelte mich unsichtbar zur Kasse, zahlte in Windeseile und flüchtete aus dem Laden.

Mannomann, war das knapp gewesen. Ich war fix und fertig, als ich mit Büchern und Gemüse zu Hause ankam. Ruhe zu finden, war gar nicht so einfach – weder bei meinen Eltern noch bei Sonne, noch im *Buch-Salon*. Sogar bei mir zu Hause war das Erste, was ich bemerkte, der blinkende AB. Ich drückte auf den roten Knopf und ließ mich aufs Sofa fallen. Die erste Nachricht war von Hauke und Jörg, die sich überschwänglich für meine Dogsitting-Dienste bedankten. Die zweite war von der Frankenstein-Familie. „Karma, die Kinder waren hellauf begeistert von dir – wir danken dir von Herzen und würden das gerne wiederholen.“

Äh, danke, nein. Kein Bedarf.

Dann hörte ich plötzlich Babettes Stimme, die sich fast überschlug:

„Herzlichen Glückwunsch, Super-Girl. Du hast den Preis echt verdient. Und rate mal, wer noch auf der Gästeliste bei den GIAs steht? Einfach unfassbar, Süße. Lass uns zusammen

hinfahren. Ich besorg uns eine Limo, und wir feiern so richtig. Ciao-ciao, Bella Dalia!"

Was war das denn, bitte?! Waren das etwa die Nachwirkungen vom Salbei-Joint? Ich jedenfalls verstand nur Bahnhof. Was wollte Babette mit mir feiern? Und vor allem: Warum wollte sie mit Limo darauf anstoßen?!

Keine Ahnung, was in sie gefahren war. Irgendwie hatte ich gerade nicht die Kraft und den Elan, dem Ganzen auf den Grund zu gehen. Wahrscheinlich musste ich erst auf Rohkost umstellen, um die Dinge klarer zu sehen.

Kapitel 31
#ShakeItBaby

Ein paar Möhren später, und ich hatte immer noch keinen blassen Schimmer, was Babette mir hatte sagen wollen. Von was für einem Preis sprach sie nur? Und was zum Teufel waren die GIAs? Oh, wie ich solche Abkürzungen hasste.

Die Sache mit der Limo war mir ein weiteres Rätsel. Ehrlich gesagt, sehnte ich mich eher nach einem Cocktail. Einer richtig schönen Piña Colada. Fiel so was eigentlich auch unter Rohkost? War immerhin nicht gekocht und enthielt eigentlich nur Ananas und Kokosnuss. Das bisschen Rum war doch homöopathisch und zählte sicher nicht. So kam ich letztendlich zu dem Schluss, dass ich mich ohne schlechtes Gewissen an die Bar des *Flittergold* setzen konnte.

Ich saß keine fünf Minuten mit meinem Drink am Tresen, da kam Patti mit wedelnden Armen auf mich zugestürmt.

„Milva, du glaubst es nicht. Candy Storm hat gerade ihre Schicht abgesagt, weil sie sich den Knöchel verstaucht hat." Er rollte mit den Augen. „Du willst nicht wissen, bei was … Kannst du nicht vielleicht eben einspringen?"

Ich war deutlich besser im Cocktailtrinken als im Cocktailmixen. Aber meinem besten Freund helfe ich immer, egal, was ich von mir denke. Also schnappte ich mir eine der schwarzen Schürzen und eine weiße Rüschenbluse aus dem Fundus. Die Ärmel waren zwar etwas zu lang, doch ich krempelte sie einfach hoch, steckte mir noch schnell eine der Regenbogenfliegen an und fand mich kurzerhand hinter dem Tresen wieder.

Während ich die Gäste versorgte, beobachtete ich das Treiben auf der Bühne. Im *Flittergold* traten bekannte und weniger bekannte Künstlerinnen auf. Sie alle zeigten ein buntes Programm, das einen zum Lachen brachte. Aber es machte mich auch irgendwie nachdenklich.

Patti und all die anderen Drag Queens wirkten so selbstsicher, so angstfrei – und dabei wusste ich genau, wie viel Lampenfieber die meisten vor ihren Auftritten hatten. Dolly Dunkelbunt musste sich sogar regelmäßig hinter der Bühne übergeben. Doch wenn sie dann geschminkt und gestylt im Scheinwerferlicht stand, lieferte sie die perfekte Show ab, und niemand sah ihr ihre Selbstzweifel an.

Alle reden immer von der ungeschminkten Wahrheit. Aber eigentlich will sie niemand wirklich sehen, oder? Brauchen wir nicht alle eine gehörige Portion Make-up fürs Leben, um es ertragen zu können? Ist die geschminkte Wahrheit nicht viel menschenfreundlicher und unterhaltsamer? Und wo war der Unterschied zwischen einem professionellen Make-up und einem Filter auf Instagram?

All diese Fragen schossen mir durch den Kopf, während ich Gläser spülte und die Drinks mixte. Ha! Da hatte ich mein neues Buch noch gar nicht gelesen und war schon dabei, meine Ängste wegzuschütteln.

„Du bist aber heute ganz schön schwungvoll, Engel." Patti warf seine Federboa über die Schulter. Dann schenkte er sich ein Glas Champagner ein und erhob es. „Prösterchen."

„Sag mal, Patti …" Ich beugte mich zu ihm vor und senkte die Stimme. „Hast du eigentlich vor gar nichts Angst?"

„Nicht mit genug Schampus intus, Darling." Patti trank das Glas mit einem Schluck leer und zwinkerte mir zu. „Die Angst ist jemand, den ich immer am Telefon abwimmel und nie zu mir nach Hause einlade. Am besten gibst du erst gar nicht deine Nummer raus."

Ich verzog gequält das Gesicht. „Schon passiert."

„Dann sperr den Anschluss."

„Wenn es doch nur so einfach wär."

„Ach, Milva." Patti wuschelte mir durch die Locken. „Mach dir doch nicht immer so viele Gedanken. Benutz deinen hübschen Kopf lieber anderweitig."

„Du meinst, ich soll Haar-Model werden?!"

„Du hattest schon schlechtere Ideen."

Allerdings.

Vielleicht sollte ich mein Leben wirklich oberflächlicher leben. Tiefgründigkeit brachte einen nur an den Abgrund.

„Ach, Patti", seufzte ich. „Was wäre ich nur ohne deine Weisheiten." Ich küsste ihn auf die Wange.

„Bitte sehr, Sahneschnitte. Und danke noch mal, dass du heute aushilfst."

Als ich nach Ende der Spätschicht nach Hause lief, war ich zwar ziemlich müde, aber auch irgendwie wachgerüttelt. Oder besser gesagt: wach geschüttelt.

Ich fühlte mich stärker. Angstfreier. Unerschrockener. HUCH!

„Burkhard, was machst du denn hier?"

Zu so später Uhrzeit hatte er mich noch nie nach Olivenöl gefragt. Er stand etwas unbeholfen vor meiner Wohnungstür und hielt mir eine rosafarbene Schlafbrille entgegen. Sie war mit zwei Knochen bestickt, und an ihrem Rand funkelten Strasssteinchen.

„Das ist wohl deine."

Falsch. Sie gehörte Pegasus, und hoffentlich vermisste er sie nicht. Ich konnte sie gerade jedenfalls sehr gut gebrauchen.

„Danke, Burkhard", sagte ich, etwas freundlicher, als ich wollte. „Und nicht nur dafür."

„Gerne." Er trat verlegen auf der Stelle herum. „Vielleicht können wir uns ja auch so mal –"

„Ja, vielleicht", schnitt ich ihm das Wort ab. *Ganz bestimmt nicht.* „Gute Nacht." Ich stopfte die Schlafbrille in meine Handtasche und schloss die Tür hinter mir.

Um eins klarzustellen: Ich bin ein dankbarer Mensch. Und vor allem bin ich dankbar, wenn man mich richtig versteht. Ich hatte Burkhard für einen Abend und eine Nacht engagiert. Und so zweideutig das auch klang, so eindeutig musste ich ihm gegenüber sein. Unsere Verbindung würde immer rein nachbarschaftlich bleiben. Das war so sicher wie das Amen in der Kirche. Oder das Om am Ende der Yogastunde. Und das musste auch ihm klar sein.

Ich gähnte wie eine Löwin und schaffte es gerade noch, bis zum Bett zu wanken. Dann ließ ich mich erschöpft drauf fallen und schlief in Sekundenschnelle ein.

Kapitel 32

#FalscherFilter

Jeder Mensch hat ein Talent, davon bin ich felsenfest überzeugt. Ich zum Beispiel habe das Talent, mich in Situationen zu bringen, aus denen man so wie aus einem kratzigen Wollpullover auf der Stelle wieder rauswill.

In meinem Traum klingelte das Telefon. Eigentlich wollte ich es klingeln lassen. Aber dann wurde ich wach und sah, dass es Babette war.

„Ich bin ja soooo aufgeregt", flötete sie mir entgegen. „Lass mich raten, was du anhast? Ein kleines Schwarzes? Oder doch eher was Cooles, Lässiges?" Sie kicherte nervös. „Wir fahren jetzt los. In einer halben Stunde bin ich vor deiner Tür."

„Babette – ich – was?!" Doch sie hatte schon aufgelegt.

Was ich anhatte? Ich setzte mich im Bett auf und sah an mir runter. Ich trug noch mein Tresen-Outfit von gestern, das durch die letzte Nacht ziemlich zerknittert aussah. Passend zu meinem Gesicht.

In einer halben Stunde vor meiner Tür?! Was zum Kuckuck wollte sie von mir? Ich brauchte jetzt erst mal dringend

Koffein, um halbwegs klar zu funktionieren. Schon während der Kaffee duftend durchlief, begann er zu wirken. Woher wusste Babette, wo ich wohnte? Das konnte sie doch gar nicht wissen. Ich schenkte mir eine halbe Tasse ein, goss Milch dazu und ließ zwei Stücke Zucker hineinplumpsen – und da fiel der Groschen. Aber natürlich. Sie hielt die Wohnung von Jörg und Hauke für meine, und folgerichtig würde sie dort aufkreuzen – und auf Jörg und Hauke treffen. Du liebe Güte.

Plötzlich hatte ich keine Zeit mehr, um gemütlich Kaffee zu schlürfen.

Hastig wählte ich Babettes Nummer, doch es ging nur die Mailbox ran. Vielleicht besser so, denn was hätte ich ihr bitte sagen sollen? Mein Kopf war wie ein schwarzes Loch, das alle logischen Gedanken schluckte. Und so hielt ich es für klüger, die Sache persönlich und am besten an der frischen Luft zu klären. Ich würde zum Winterfeldplatz fahren und Babette auf der Straße abfangen.

Zum Umziehen blieb mir auch keine Zeit, doch das war gar nicht weiter schlimm. Es würde Teil meiner Ausrede werden, ganz egal, was Babette von mir wollte. Ich musste arbeiten. Soll ja mal vorkommen, bei Influencerinnen. Ich würde ganz einfach sagen, ich hätte eine bezahlte Partnerschaft mit dem *Flittergold* und wäre dort für Werbezwecke gebucht. Ha. Mein Geist war wach und funktionierte, auch ohne Koffein. Hallelujah.

Ich klingelte Burkhard aus dem Bett, lieh mir seinen VW-Schlüssel, unter dem Vorwand, die Schlafmaske von Pegasus zurückbringen zu müssen (und zwar pronto, damit er sie vor dem Mittagsschlaf hatte), und raste dann, sämtliche Tempolimits ignorierend, zum Winterfeldplatz.

Ich quetschte mich in die erstbeste Parklücke und sprintete in neuer persönlicher Bestzeit vierhundert Meter Winterfeldstraße geradeaus. Völlig außer Atem bremste ich vor der Haustür ab – keine Minute später, und eine weiße Stretchlimousine tauchte auf. Eine der verdunkelten Scheiben fuhr wie in Zeitlupe nach unten. Babette schob ihre Sonnenbrille ein Stück von der Nase und beäugte mich kritisch.

„Schätzchen, was ist los mit dir? Du siehst müde aus. Bist du mit dem falschen Filter aufgestanden, oder was?" Dann musterte sie meine zerknitterten Sachen. „Und das soll dein Outfit sein? Allen Ernstes?!"

„Entschuldige bitte", murmelte ich. „Ich … ich musste –"

Babette holte tief Luft. „Oookay", sagte sie laut ausatmend. „Steig erst mal ein, wir sind spät dran."

Ich hatte noch nie zuvor in einer Limo gesessen. Alles sah teuer und exklusiv aus. Babette reichte mir fröhlich plaudernd ein Glas Champagner. Ich hörte ihr gar nicht richtig zu, denn ich konzentrierte mich nur darauf, nichts davon zu verschütten. Schließlich hielt ich es für das Vernünftigste, das Glas in einem Zug zu leeren. Rein aus Sicherheitsgründen.

Während Babette von irgendwelchen Designerklamotten faselte, musterte ich verstohlen die Innenausstattung. Es gab eine Minibar mit Chips und Erdnüssen und einen eingebauten Fernseher, auf dem Musik-Clips liefen. Neben mir stand eine Schale Erdbeeren, aus der ich mich sogleich bediente. Wow. Ich kam mir vor wie ein Star. Ein Star auf seinem Weg zum –

„Babette? Wohin fahren wir eigentlich?"

„Liebes, hat dir deine Agentur nicht gesagt, wo die Verleihung stattfindet?" In ihrer Stimme lag Erstaunen. „Wir fahren ins Eiswerk. Eine erstklassige Location, wenn du mich fragst."

Ich hatte keine Ahnung, wovon sie redete. Alles, was ich wusste, war, dass mein Plan mit dem Abwimmeln nicht funktioniert hatte. Stattdessen saßen wir gemeinsam in einer Limo auf dem Weg nach irgendwo. Wenigstens hatten wir Schampus und Erdbeeren dabei. Ich lehnte mich zurück, und mein Blick fiel auf den Fernsehbildschirm. Es lief irgend so eine Werbung für irgend so eine TV-Show. Und dann kam die Stimme aus dem Off, die sagte:

„Wir begrüßen heute die Crème de la Crème der deutschen Influencer bei den GIAs. Namen wie Roberto Martinetti, Oldie Goldie oder Dalia Dolittle werden uns heute live inspirieren. Stay tuned und seid dabei. Heute, 18 Uhr auf roxx.tv!"

Sekunde mal – Dalia Dolittle?!

„Tut mir leid, Schätzchen", quietschte Babette plötzlich. „Jetzt versteh ich es: Du kreuzt inkognito auf. Du Fuchs, du. Niemand erkennt dich und erst auf der Bühne – BÄM – steht dann Dalia da."

BÄM!

Ich war starr vor Schreck. Schlagartig war mir klar, wohin es ging. Babette legte einen Zeigefinger an meinen Mund: „Sag nichts, Liebes. Verrate nicht, wie du das alles hinbekommen wirst. Ich will mich überraschen lassen."

Ach, du heiliger Hashtag! Wir fuhren geradewegs auf die deutschen Influencer Awards zu, und das Ganze drohte ein Crash mit Totalschaden zu werden. Ich musste das verhindern, aber wie? Wie um Himmels willen kam ich aus diesem Schlamassel wieder raus?!

Kapitel 33

#Litaf

Als wir in die kleine Kurve nach Eiswerder abbogen, gefror das Blut in meinen Adern. Noch hatte ich die Chance, im Zwei-Augen-Gespräch alles richtigzustellen. Vielleicht würde Babette es verstehen. Vielleicht würde sie lachen. Vielleicht wäre ja alles halb so schlimm.

„Babette, ich –"

„Ich weiß, Schätzchen. Solche Events sind dir unangenehm. Diese ganze Show, das Getue … Du bist zu bescheiden, das ist mir sofort klar gewesen, als wir uns wiedergesehen haben. Du bist einfach ein grundlegend ehrlicher Charakter, dem es schwerfällt, sich zu verstellen. Und das muss man ja in gewissem Maße, bei dem ganzen Zirkus." Sie sah mir tief in die Augen. „Aber ich sage dir was, Wilma: Gerade so gradlinige Menschen wie du haben es verdient, ausgezeichnet zu werden. Ich drücke dir so was von die Daumen, dass du gewinnst."

Okay, das war's. Keine Chance für Ehrlichkeit und Charakterstärke. Ich konnte es ihr unmöglich sagen. Unmöglich. Alles, was ich konnte, war Erdbeeren essen, Champagner trinken und darauf hoffen, dass dies ein ziemlich schräger Traum war, aus dem ich gleich aufwachen würde. Natürlich erst, nachdem ich die Schampus-Flasche gekillt hatte.

Wir fuhren zu einem Hintereingang des Eiswerks, über dem in fetten, pinkfarbenen Buchstaben „VIP" blinkte. Babette nahm meine Hand und zerrte mich aus der Limousine. „Komm schon, du schaffst das", raunte sie mir zu. „Sei einfach du selbst."

Ich lächelte müde. Ich selbst sein? Nichts war schwerer als das. Wer war ich denn schon? Ein Nichts. Ein Niemand. Eine Hochstaplerin.

„Ihr Name, bitte?"

Ich zuckte zusammen. Babette klatschte nur in die Hände und lachte künstlich. „Maurice, mein Lieber. Immer ein Späßchen auf den Lippen." Sie hauchte dem Mann am Eingang drei Wangenküsse zu und deutete auf mich. „Meine spektakuläre Begleitung. Sie wird heute Abend alles abräumen, was nicht bei drei auf den Bäumen ist."

Maurice nahm meine Hand, deutete einen Kuss an und schwups – waren wir im Backstage-Bereich. Ohne Fragen, ohne Probleme und meinerseits ohne Plan, wohin das alles führen sollte.

Die Empfangshalle war so groß wie ein Fußballfeld und bereits gut gefüllt. Überall wuselten wichtig aussehende Gestalten herum, die lebhaft miteinander plauderten oder Fotos mit ihren Handys machten. Man musste echt aufpassen, nicht von einem Selfie-Stick erschlagen zu werden.

Babette hakte sich bei mir unter und raunte mir zu: „Ich muss dir unbedingt jemanden vorstellen. Aber erst gehen wir unsere Goodie-Bags abholen. Da ist nämlich dieser Lippenstift von *Paloma Kalife* drin, den muss ich unbedingt haben."

Zielstrebig zog sie mich mit sich. Vorbei an einem herrlichen Buffet mit Lachs-Schnittchen, einem Stand von *Click Cosmetics,* an dem man sich schminken lassen konnte, und hin zu einem Tisch, auf dem sich silberglänzende Tüten mit dem Aufdruck *German Influencer Awards #litaf* stapelten. Sie angelte uns zwei davon und schob mich dann zur Seite.

„Hast du gesehen, dass Paula Karl da gerade neben dir stand?", flüsterte sie.

Bitte, wer?!

„Ach, wirklich?", sagte ich betont lässig. „Warum?"

„Sie moderiert doch heute Abend die Show", wisperte Babette. „Hoffentlich bekommt sie nicht wieder so einen fiesen Schluckauf wie bei der letzten Fashion Week. Ein Drama, sage ich dir."

„Wie schrecklich", nickte ich und betrachtete all die Sachen in meiner Goodie-Bag. Da gab es zum Beispiel einen Notizblock, der wie ein Handy aussah. Wie cool. Ob sich Influencerinnen, die ja mit allem möglichen Werbe-Hokuspokus zugebombt wurden, noch über so etwas freuen konnten? Oder ging nicht die Freude an den kleinen Dingen verloren, wenn man immer nur nach dem großen Glamour strebte? Mehr Follower, höhere Reichweite, größere Werbepartner, mehr Werbeeinnahmen?

„So, und jetzt schauen wir uns nach Phillip van Blomen um", grätschte Babette in meine Gedanken. „Ein guter Freund von mir, der bei roxx.tv Produktionsleiter ist. Ihr werdet euch sicher blendend verstehen. Und vielleicht kann er dir sogar bei deiner Karriere weiterhelfen."

Waaaaaaas?! Phillip van Blomen? MEIN Phillip van Blomen aus der Buchhandlung?! Meine Gesichtszüge entglitten mir. In diesem Fall hatte ich nicht den Hauch einer Chance, meine wahren Gefühle zu verbergen.

„Oh, Liebes, tut mir leid", sagte Babette, als sie meine Bestürzung sah. „Ich wollte dir nicht zu nahe treten. Natürlich hast du das überhaupt nicht nötig. Bitte entschuldige, das war unpassend von mir. Ich meine ja nur, dass er vielleicht den einen oder anderen Tipp hat, wie du dich *noch* besser positionieren kannst."

„Schon okay", stammelte ich. Eigentlich war es ja ziemlich eindeutig: Die beste Position war weit weg von Phillip und so nah wie möglich an den Notausgängen. Wenn unser drittes Treffen unter diesen Umständen stattfinden würde, dann wäre es mit Sicherheit auch unser letztes …

Die Aufregung schlug mir sofort auf den Magen. Das war schon zu Unizeiten so. Es grenzte an ein Wunder, dass ich ganz passable Noten hatte, obwohl ich bei jeder Klausur die Hälfte der Zeit auf dem Klo verbringen musste.

„Wo sind denn hier die Toiletten?", erkundigte ich mich leicht panisch bei Babette.

„Weißt du was?" Sie hakte sich bei mir unter. „Ich begleite dich jetzt zu deiner Garderobe. Da hast du ein Bad ganz für dich allein und bist ungestört."

„Ich muss leider ziemlich dringend", presste ich hervor und erspähte in einiger Entfernung ein Schild mit dem Hinweis „WC". Dann drückte ich Babette mein Champagnerglas und die Goodie-Bag in die Hand. „Bin gleich wieder da."

Ich stürzte davon, panisch vor Angst, auf dem Weg Phillip zu begegnen. Als ich der rettenden WC-Tür näher kam, begriff ich erst, dass ich nicht die einzige Person mit dringenden Bedürfnissen war. Vor der Damentoilette hatte sich eine Schlange gebildet, die ich so nur von *Curry 39* am Freitagabend her kannte. Oder von einem Konzert der *Blackstreet Boys*. Um direkt durchmarschieren zu können, hätte ich wohl eine Nacht davor zelten müssen.

Bei den Herrentoiletten dagegen herrschte gähnende Leere. Ich dachte eine Sekunde lang über die Ursache dieses Ungleichgewichts nach. Doch dann nutzte ich einfach die Gunst der Stunde und huschte blitzschnell ins Herren-WC hinein. In jeder Frau steckt schließlich auch ein maskuliner Teil, und meiner hatte in der Not Besitz von mir ergriffen.

Ich schloss mich ein und ließ den Dingen ihren Lauf. Danach atmete ich erleichtert auf. Trotzdem war es schon etwas unangenehm, auf der falschen Toilette zu sitzen (wobei der maskuline Teil in mir dafür sorgt, dass ich mich auf öffentlichen Toiletten nie richtig hinsetze).

Vielleicht war es nicht verkehrt, sich für solche Veranstaltungen ein paar Inkontinenzwindeln zuzulegen. Oder noch besser: Man müsste das Ganze mit Shapewear kombinieren. Ha. Wenn das mal keine Marktlücke war … Vielleicht würde ich damit steinreich werden. Es heißt ja nicht umsonst, dass einem die besten Ideen auf dem stillen Örtchen kommen. Fasziniert von dieser Idee und der Vorstellung, zukünftige Geschäftsführerin eines Windel-Shapewear-Konzerns zu sein, öffnete ich mit Schwung die Tür. Da stand er vor mir.

Es war das zweite Mal, dass wir einander fast umgerannt hätten. Und unser drittes Treffen.

„Entschuldigung“, murmelte ich beschämt und merkte, wie ich knallrot anlief.

„Oh.“ Er sah mich verwundert und mit einer Spur von Belustigung an. „Was machen SIE denn hier?!“

Tja, das fragte ich mich, ehrlich gesagt, auch – ohne eine schlaue Antwort darauf zu haben. Was sollte ich denn jetzt nur sagen? Ich war völlig verwirrt und mein Kopf leer wie mein Konto, denn wie immer, wenn er vor mir stand, wirbelte er meine Gefühle wild durcheinander. Mein Herz machte Geräusche wie die einer Bass Drum, und ich war mir sicher, man konnte es hören. ER konnte es hören.

„Also, ich … ähm –“, setzte ich zu einer Erklärung an. Verdammt. Das durfte einfach nicht wahr sein. Unser drittes Treffen. Aller guten Dinge waren doch drei. Aber nicht hier, nicht jetzt, nicht so. Nicht mit all diesen Lügen im Gepäck. Ich musste unbedingt verhindern, dass unser drittes Treffen unter diesen unglücklichen Umständen stattfand. Ich musste mir etwas einfallen lassen. Irgendetwas.

„Sagen Sie, kennen wir uns?“, fragte ich mit gespieltem Erstaunen. Er legte den Kopf schief und runzelte irritiert die Stirn. „Aber Wilma, wir –“

„Ach, so ist das“, fiel ich ihm lachend ins Wort. Ich tat, als würde ich mich über den Witz des Jahrhunderts amüsieren. „Sie denken also, ich wäre Wilma, meine Zwillingsschwester. Wissen Sie, das passiert mir ständig. Wir werden so häufig verwechselt, und mich sprechen Menschen an, die ich nicht kenne und die glauben, meine Schwester stünde vor ihnen. Und umgekehrt natürlich. Das führt oft zu …“ *Peinlichen Momenten wie diesen.* „… Gelächter auf beiden Seiten.“

Sein Blick schwankte zwischen Skepsis und Aha-Moment. Ich sah das große Fragezeichen auf seiner Stirn. Aber ich sah auch seine leuchtend blauen Augen, in denen man sich in Sekundenschnelle verlieren konnte. Dafür fand man etwas in ihnen, nach dem wohl jeder von uns auf der Suche war.

„Ja, wenn das so ist ...", sagte er nachdenklich.

Ja, so musste es sein. Und ich, ich musste mich schrecklich zusammenreißen.

„... dann grüßen Sie mir Ihre Schwester recht herzlich."

„Mache ich gern", sagte ich mit verständnisvollem Unterton. „Ich muss jetzt leider los. Zu einem ... einem Auftritt. War nett, Sie ... kennengelernt zu haben. Wiedersehen." Ich drehte mich auf dem Absatz um und suchte schleunigst das Weite.

Schleunigst das Weite in noch weiterem Sinne zu suchen, war auch die einzige Chance, diesen Tag irgendwie zu retten. Nach mir die Sintflut, bloß weg hier.

Irgendwo musste es doch einen Notausgang geben. Ich wollte keine Minute länger in dieser Hölle der Fettnäpfchen verbringen. Schon gar nicht als Rohköstlerin.

Mein Magen knurrte laut, während ich orientierungslos durch die Gänge stolperte. Alles sah so gleich aus, genau wie all diese Instagram-Accounts. Austauschbar und ohne Ecken und Kanten. Autsch. Ich hatte nicht aufgepasst und war mit voller Wucht gegen einen Tisch gestoßen. Ich rieb mir den Ellbogen und sah dabei, dass irgendjemand einen Teller Brownies und ein paar Limonadeflaschen dort abgestellt hatte. Ich blieb wie angewurzelt stehen und starrte den herrenlosen Schokokuchen an. Na, wenn das mal nicht Glück im Unglück war.

Ohne mit der Wimper zu zucken, mopste ich mir einen Brownie, schloss die Augen und biss genussvoll hinein. Hmmmm – köstlich. Gerade als ich meinen Fluchtweg fortsetzen wollte, wurde die Tür neben dem Tisch aufgerissen.

Eine junge Frau mit langen dunklen Haaren lugte aus dem Raum. Sie hatte die größte Zahnlücke zwischen den oberen Schneidezähnen, die ich je gesehen hatte. Da hätte locker ein ganzer Brownie zwischen gepasst …

„Endlich was zu essen!", rief sie und lächelte mich erleichtert an. „Großartig. Vielen Dank." Offenbar hielt sie mich für eine Angestellte, was bei meinem Outfit auch kein Wunder war.

Ich nickte freundlich zurück und schluckte dabei unauffällig den Rest des Brownies runter. Plötzlich bemerkte ich aus den Augenwinkeln zwei Silhouetten am Ende des Flurs. Eine Frau unterhielt sich angeregt mit einem Mann und – OH GOTT. Das durfte doch nicht wahr sein. Es waren Babette und Phillip. Und sie würden mich jeden Augenblick entdecken. *Mach was, Wilma! Los, schnell!*

„Augenblick." Ich schnappte mir den Teller und die Flaschen. „Ich trage es selbstverständlich noch rein." Mit diesen Worten schob ich die junge Frau sanft in den Raum zurück, aus dem sie gekommen war, und schloss hinter uns die Tür.

Kapitel 34

#IchBinIch

Die größten Erkenntnisse kommen einem wohl immer dann, wenn man am wenigsten mit ihnen rechnet. Manchmal kann es eine ganze Weile dauern, bis es „Klick“ macht. Die Zeit dazwischen ist gefüllt mit anderen Momenten – bei mir waren es solche, in denen ich mich fragte, wie ich in sie hineingeraten war, oder, wie ich wieder aus ihnen rauskam.

Ich stand in der Mitte der Garderobe und sah mich um. Als Erstes fiel mir auf, dass sie tatsächlich ein eigenes Bad hatte. Durch die halb geöffnete Tür konnte ich einen beleuchteten Schminktisch erkennen, auf dem sich unzählige Tuben und Tiegel türmten. Der Filter der analogen Generation. Ein paar Masken, ähnlich denen vom brasilianischen Karneval, hingen wie Trophäen am Badezimmerspiegel. In der Mitte der Garderobe stand ein gemütliches grünes Sofa, bei dem ich sofort an Loriot denken und schmunzeln musste. Vor dem Sofa stand ein tiefer runder Tisch, auf dem ich das Tablett und die Flaschen abstellte.

„So, bitte sehr." Irgendwie musste ich noch mehr Zeit gewinnen, um vor Babette und Phillip sicher zu sein. „Wirklich schön hier", sagte ich und sah mich anerkennend um. Mein Blick wanderte durch den Raum und blieb an einem Kleiderständer mit bunten Kostümen hängen. Ganz vorne an der Stange steckte wie bei einer Modenschau ein Polaroid der jungen Frau. Und darunter stand auch ihr Name: Dalia Dolittle.

Ach du heiliger Hashtag.

„Danke schön. Sie können dann gehen. Oder ist noch irgendwas?" Dalia sah mich mit einem Fragezeichen im Gesicht an.

Wilmaaaa! Nachdenken. Zeit gewinnen. Besonnen handeln.

„Ja, also …", hörte ich mich sagen. „In der Tat gibt es da noch was." *Ich musste die Wahrheit sagen. Die ganze Wahrheit.* „Ich muss dich bitten, noch mal das Kostüm zu wechseln. Es … es gab … ein paar strukturelle Anpassungen. Als Basis der Implementierung mit Blick auf die Kernkompetenzen. Und natürlich zum Freisetzen von Veränderungspotenzialen. Es ist also zwingend notwendig." Ich trug diese Sätze so ernst vor, als ginge es um Leben und Tod.

„Okay", sagte Dalia nur lächelnd. „Ich fand das blaue Kostüm sowieso besser."

Na wunderbar. Ich atmete erleichtert auf. Dann konnten wir uns die bilateralen Gespräche auf Führungsebene ja sparen.

Ich fischte das blaue Kostüm von der Stange, reichte es Dalia, und sie ging damit ohne Anstalten von Widerstand ins Bad und schloss die Tür.

Der Schlüssel steckte von außen. Ich starrte ihn an. Und dann hatte ich so was wie ein Schlüsselerlebnis: Mit einem

Mal wusste ich, was zu tun war. Schwuppdiwupp – drehte ich den Schlüssel einmal um. Und während sich Dalia drinnen nichts ahnend umzog, wechselte ich ebenfalls mein Outfit. Im Nullkommanichts war ich in einen metallisch glänzenden, eng geschnittenen Hosenanzug geschlüpft. Auf dem Rücken des Blazers stand in Pink „follow me". Nur die passende Maske fehlte noch. Verdammt, die hingen ja im Bad. Doch da fiel mir die Schlafmaske von Pegasus wieder ein, die noch in meiner Handtasche steckte. Und irgendwo in dem Gewusel auf dem Tisch entdeckte ich eine Nagelschere. Ich zögerte nicht lange und verschaffte mir mit ein paar gekonnten Einschnitten in die Maske Durchblick. Perfekt.

Als ich mich umdrehte und in einen der Garderobenspiegel sah, erkannte ich mich fast selbst nicht. In dieser Verkleidung konnte ich seelenruhig an Babette und Phillip vorbeischlendern. Und dann nichts wie weg.

Als umsichtige und verantwortungsbewusste Person würde ich natürlich vor Verlassen des Geländes Maurice am VIP-Eingang Bescheid geben, mal bei Dalia nach dem Rechten zu sehen. Ich würde ihm sagen, sie hätte frappierende Probleme bei der disruptiven Fragmentierung. Und wer bei so etwas nicht umgehend zu Hilfe eilte, war in meinen Augen kein Mensch.

Ich stopfte meine Sachen in eine der leeren Tüten von *Click Cosmetics* und verließ dann leise und so unauffällig wie möglich die Garderobe – nicht jedoch, ohne das „Bitte nicht stören"-Schild" von außen an die Tür zu hängen.

Babette und Phillip würdigten mich keines Blickes, als ich in meiner Tarnung an ihnen vorbeihuschte. Es kostete mich extrem viel Mühe, ein Lachen zu unterdrücken. So komplett inkognito durchs Leben zu laufen, das hatte was. Ich fühlte mich wie eine Kombination aus PJ Masks und Panzerknacker: Ich konnte plötzlich tun und lassen, was ich wollte, ohne dafür unmittelbar zur Rechenschaft gezogen zu werden, und kam mir dabei unheimlich heldenhaft vor. Eben noch auf der Flucht, jetzt im Superwoman-Modus. Da sah man mal wieder, wie kleine Dinge Großes bewirkten.

Hmm. Nun, wo mich niemand erkannte, konnte ich ja noch schnell einen Abstecher zum Buffet machen, oder?

„Halt, junge Frau!" Wie aus dem Nichts war aus einem der Seitengänge ein Mann aufgetaucht und stellte sich mir in den Weg. Mit seiner schwarz gerahmten, kantigen Brille, dem Headset, einem Klemmbrett in der einen und einem Funkgerät in der anderen Hand, wirkte er ausgesprochen wichtig. Ich war jedenfalls sofort eingeschüchtert.

Er musterte mich eindringlich. „Ihr Name?"

Gerade hieß ich noch Superwoman. Und jetzt?

„Dalia Dolittle", piepste ich. Nun sah ich auch das fette, weiße Namensschild an seinem dunklen Poloshirt.

Rimbert Roos, Aufnahmeleitung.

Rimbert zückte sein Funkgerät. „Ich hab sie!", gab er triumphierend durch. Mir lief es heiß und kalt den Rücken runter.

„Fräulein Dolittle, jetzt aber schnell! Sie werden schon sehnlichst erwartet. Das Seating hat nämlich gerade begonnen."

Ohne eine weitere Erklärung zog er mich mit sich. Wir eilten durch ein Labyrinth aus dunklen Gängen und passierten schwere Eisentüren. Es wollte nicht enden, und ich kam mir vor wie Alice im Wunderland, die durch den Kaninchenbau stürzte. Irgendwann tat sich eine letzte schwere Tür auf, und wir standen unmittelbar hinter der Bühne. Eine junge Frau, ungefähr in meinem Alter, nahm mich in Empfang. Sie trug ebenfalls ein Headset, das ihr schwarzes krauses Haar wie ein Stirnband bändigte.

„Hi, ich bin Leila. Da bist du ja endlich." Sie murmelte etwas Unverständliches in ihr Funkgerät. „Dann kann es ja losgehen."

Wie bitte?! Was wollten die von mir? Was sollte losgehen? Die wollten doch nicht etwa, dass ich … OH, NEIN! NEIN, NEIN, NEIN!

Bunte Lichter leuchteten hinter der Bühne auf, und bei mir schrillten sämtliche Alarmglocken.

„Ich muss da etwas richtigstellen", sagte ich zu Leila. „Ich bin gar nicht –" Der Rest meines Satzes ging in tosendem Applaus unter. Leila starrte gebannt auf einen kleinen Monitor. Die Moderatorin, Paula Karl, hatte soeben die Bühne betreten und begrüßte nun das Publikum.

„Herzlich willkommen zu den diesjährigen German Influencer Awards", hörte ich Paula sagen. Sie trug ein hautenges, rotes Minikleid mit Puffärmeln und gigantisch hohe High Heels. Dass sie darin überhaupt laufen konnte.

„Wir begrüßen heute die Crème de la Crème der deutschen Influencer-Szene und starten gleich zu Beginn mit denjenigen, die von Anfang an dabei waren." Paula räusperte sich. „Sie sind für viele von uns Inspiration und Motivation. Einen tosenden Applaus bitte für die Nominierten in der Kategorie ›Golden Age‹!"

Auf dem Monitor sah man, wie die Kamera zur riesigen Leinwand auf der Bühne schwenkte. Dort wurden die Fotos von drei Influencern eingeblendet: Goldie Oldie, Mo Zarella und – Dalia Dolittle.

Plötzlich hörte ich alles nur noch wie durch Watte. „Und Gewinnerin der Kategorie ›Golden Age‹ ist …" Paula Karl öffnete umständlich einen Umschlag und zerrte mit zittrigen Fingern eine Karte heraus. „DALIA DOLITTLE."

„Herzlichen Glückwunsch!" Leila klopfte mir feierlich auf die Schulter. Und dann schob sie mich aus der Dunkelheit hinaus ins grelle Scheinwerferlicht.

Das Publikum tobte. Alle klatschten und kicherten, als sie sahen, wie ich etwas tollpatschig und Hilfe suchend in Richtung Mikrofon stolperte.

„Wow! Littes Outfit." Paula kam auf mich zugestakst und streckte mir die Arme entgegen. „Gratulation, meine Liebe." Dann überreichte sie mir irgend so ein goldenes Ding, das schwer und unförmig war. Ich konnte es kaum halten. „Puh", schnaufte ich, und das Mikro machte komische Geräusche. Wieder lachten alle. Sie dachten wohl, das alles sei Teil der Show. Nur Paula lachte nicht, sondern verzog gequält das Gesicht. Sie hatte offenbar Schluckauf bekommen und machte schnell einen Schritt in den Hintergrund. Alle Augen waren nun auf mich gerichtet. Und alle Kameras.

„Äh … tja …", stammelte ich und klammerte mich an meine Trophäe. Was sollte ich sagen? „Was soll ich sagen?" Pause. „Das … das ist wirklich … überraschend." Wieder Pause. Meine Hände waren auf einmal ganz schwitzig. Sie zitterten genauso stark wie meine Knie. Und mein Mund war mit einem Schlag total trocken.

„Also, ich –“, krächzte ich. Verflixt, was war denn nur mit meiner Stimme los? Warum war sie auf einmal so dünn? So ein Mist. Und das ausgerechnet in diesem wichtigen Moment. Dem Moment, in dem ich mich bei meiner Familie, meinen Freunden, meinem Management und meinen Followern bedanken sollte.

Moment mal – das hier war doch gar nicht mein Leben. Ich musste mich also auch gar nicht bedanken, mir verzweifelt etwas aus den Fingern saugen, mich erneut vor allen zum Deppen machen. Und mit einem Mal war mir klar, was ich zu tun hatte – und diesmal würde ich es auch schaffen.

„Ich kann das nicht länger“, sagte ich laut und deutlich und schüttelte den Kopf. Ein Raunen ging durch die Menge, doch ich redete einfach weiter. „Ich kann mich nicht länger für jemanden ausgeben, der ich nicht bin.“ Ich holte tief Luft. „Ich bin nicht Dalia Dolittle.“

Oh, mein Gott. Jetzt war es raus.

„Ich bin ich“, fuhr ich fort. „Und ich bin gut so, wie ich bin. Trotz meiner Fehler, trotz aller Lügen. Obwohl mich mein Freund für eine andere verlassen hat. Obwohl ich meinen Job verloren habe. Obwohl mein Konto noch schmaler als mein Brustumfang ist.“

Hatte ich das gerade wirklich laut gesagt?! Egal.

„Ich hatte Angst davor, eine Versagerin zu sein. Und dabei habe ich nur in einem einzigen Punkt versagt: die Wahrheit zu sagen. Zu zeigen, wer ich wirklich bin. Wir versuchen, uns vor anderen bestmöglich darzustellen, und das ist auch vollkommen okay. Nur manchmal schießen wir dabei übers Ziel hinaus. Dann, wenn wir nicht mehr zu unseren Schwächen stehen, sie nicht zugeben können.“

Ich schluckte und musste mich kurz sammeln. Dann trat ich noch einmal dicht ans Mikrofon heran. „Ich habe heute Abend etwas Entscheidendes gelernt: Eine Maske zu tragen, macht einen nicht frei von Konsequenzen. Nur der Mut, zu sich selbst zu stehen, schenkt einem die Freiheit, alles machen zu können, was man will. Und ab heute will ich angstfrei und ehrlich sein." Mit diesen Worten riss ich mir die Schlafmaske vom Gesicht, sodass mich jeder sehen konnte. „Es kommt nicht darauf an, was für tolle Bilder ihr postet. Es kommt auch nicht darauf an, wie viele Likes ihr dafür bekommt oder wie viele euch dafür folgen. Es kommt nur darauf an, dass ihr einem folgt: eurem Herzen. Denn es führt euch auf den richtigen Weg. Zu euch selbst."

Mein Blick ging beschämt zu Boden. Jetzt war es raus. Im Saal herrschte Totenstille. Und dann sprangen die Ersten von ihren Sitzen auf und jubelten. Der Saal verwandelte sich in ein Meer der Begeisterung. Ich blickte ungläubig in die Menge. Alle waren aufgestanden und applaudierten. Alle. Hatten die mir etwa gerade nicht zugehört?

Paula Karl kam mir strahlend entgegen.

„Was für weise Worte, Dalia", säuselte sie ins Mikrofon. „Du bist nicht umsonst unsere Preisträgerin. HICKS. Und wir freuen uns schon alle sehr auf deinen ersten – HICKS – Post, in dem du dich allen deinen Followern zeigst. Ganz ohne Maske. HICKS."

Ich konnte es nicht fassen. Da sagte man *ein Mal* die Wahrheit, und dann *das*.

Laute Musik ertönte als Zeichen für den Abgang, und Paula begleitete mich hinter die Kulissen.

„Tolle Rede." Leila nickte mir bewundernd zu, deutete auf meinen Rücken und lachte. „Ich werde dir auf jeden Fall folgen."

„Danke", sagte ich tonlos. Mein Herz war plötzlich so schwer wie die goldene Statue, die ich immer noch in den Händen hielt. Obwohl mich alle beglückwünschten und mir zujubelten, und obwohl ich das einzig Richtige getan hatte, fühlte ich mich nicht wie eine Gewinnerin. Ich fühlte mich wie ein verschrumpelter Luftballon: Die Luft war raus, und das, was übrig geblieben war, war zu nichts zu gebrauchen.

Erschöpft stellte ich den Preis neben mich auf den Boden. „Leila, würdest du mir bitte einen Gefallen tun?"

„Na klar doch. Alles, was du willst."

„Würdest du den hier bitte in meine Garderobe bringen lassen? Und bei der Gelegenheit könnte mal jemand im Bad nachsehen und mir ein Handtuch besorgen. In diesem Anzug schwitzt man nämlich schrecklich."

Leila gab mir zu verstehen, dass sie sich drum kümmern würde, und ich umarmte sie vor Erleichterung. Und dann machte ich das, was ich schon längst hätte machen sollen: Ich suchte den Notausgang.

Kapitel 35

#DigitalDetox

Die Wahrheit ist manchmal das beste Mittel, um sie zu verbergen. In diesem Fall kam sie natürlich trotzdem ans Licht. Sofortiges Abtauchen war die einzige Möglichkeit, nicht in den Strudel der Kritik zu geraten.

„Was machst du auch für Sachen, Darling?!" Patti schüttelte nur den Kopf. Er hatte sich zwar einiges denken können, doch das ganze Ausmaß dessen, was sich die beste Freundin meines Bekannten geleistet hatte, war dann doch überraschend für ihn gewesen.

„Mir wäre so ein Schauspiel ja viel zu anstrengend. Darauf muss man auch erst mal kommen, das schreit ja nach einer Verfilmung. Aber denk bloß nicht dran, dich selbst spielen zu wollen, Chérie."

Ich versprach Patti hoch und heilig, meine Finger von Film und Fernsehen zu lassen und mich zukünftig lieber an die Wahrheit zu halten. Und im Gegenzug versprach er mir dann, nicht nachtragend zu sein.

Als ich endlich den Mut fand und Sonne meine Eskapaden beichtete, war ihre Reaktion weniger milde. Sie hielt mir eine ordentliche Standpauke, betonte aber gleichzeitig, wie wichtig Vergebung für die seelische Balance im Leben sei. Und obwohl auch sie mir versicherte, nicht nachtragend zu sein, verordnete sie mir sofortiges Social-Media-Detox – und zwar in Form eines Engelkommunikations-Retreats in einem abgelegenen Kloster in Süddeutschland.

Eigentlich hatte ich gedacht, es gäbe heutzutage eine App für so was. Doch offenbar kommunizierten Engel ausschließlich analog. Das Erste, was wir dort nämlich machten, war, einen Brief an unseren persönlichen Engel zu schreiben. Dies, so sagte uns Violetta, unser Ende fünfzig, wohlgenährtes Medium in gebatiktem Wallekleid, sei notwendig, um einen Lichtkanal zu den Engeln aufzubauen. Alles klar.

Zunächst zündeten wir der Reihe nach eine Kerze an, und dann sollten wir in dem Brief unseren Engel um Hilfe bitten.

„Dein Engel ist immer in deiner Nähe und auch immer für dich da", erklärte Violetta. „Doch du musst ihm ein Signal geben, dass du dich seiner geistigen Welt öffnest." Mit verklärtem Blick lächelte sie in die Runde. „Und dann warte auf ein Zeichen. Engel senden uns ständig welche. Wir müssen nur Geduld haben und sie erkennen."

Ich schrieb einen ziemlich langen Brief, auf den ich aber nicht näher eingehen möchte, denn ich finde, man muss nicht alles mit der Öffentlichkeit teilen. Das ist ein bisschen gemein, ich weiß. Dafür kann ich aber verraten, dass ich an jenem Tag eine Engelskarte zog, auf der zwei Engel mit Pfeil und Bogen abgebildet waren. Und darunter stand: *Neue Liebe.*

Rückblickend muss ich sagen: Es war vielleicht doch nicht alles Hokuspokus. Vielleicht war ja doch was dran an der Sache, und ich hatte mich all die Jahre zuvor nur durch die falschen Sender gezappt. Aus Unwissenheit. Weil ich es nie in Betracht gezogen hatte, einfach auf den Lichtkanal umzuschalten. Steht ja auch in keiner Fernsehzeitschrift, woher soll man das bitte wissen?

Nachdem ich also meinen „Hilferuf" verfasst und imaginär durch den Lichtkanal versandt hatte, wartete ich auf ein Zeichen. Ich bekam tatsächlich eine Nachricht, allerdings war sie wieder mal von Babette. Eigentlich hätte ich sie nach Sonnes Regeln gar nicht lesen dürfen. Aber ein Handy dabeizuhaben und es nicht nutzen zu können, war die Hölle und passte somit gar nicht zu diesem ganzen Engelskram. Also gestattete ich mir ab und an einen flüchtigen Blick. Dass ich dadurch die Sprachnachricht von Babette rechtzeitig abhörte, war in meinen Augen kosmische Bestimmung.

„Wilma, Süße. Du hast uns ja ganz schön auf den Arm genommen. Chapeau, kann ich da nur sagen, und Schwamm drüber. Hat ja keinem geschadet, im Gegenteil – deine kleine Rede ist sofort viral gegangen. Alle lieben dich, Schätzchen. #WilmaWerBitte und #IchBinIch sind gerade die meistgesuchtesten Hashtags. Also, hör mal: Phillip hat sich da was überlegt. Roxx.tv plant nämlich gerade so ein neues Format über Influencer, und sie suchen noch nach einer eher unkonventionellen Moderatorin. Na, wie wär's? Fünf Sendungen à 15.000 Mücken. Mit deinen 125.000 Followern bist du ja nun auch keine Unbekannte mehr. Also melde dich, asap. Cheerio, B."

125.000 Follower?! Wer? Ich?! #Kreischalarm!

Mit zitternden Händen öffnete ich Instagram, und tatsächlich. Ich musste zweimal hinsehen, um es glauben zu können. Aber dann sah ich, dass Roberto Martinetti, also DER Roberto Martinetti, meine *Deep Speech* – wie er es nannte – gefilmt und danach geteilt hatte. Offensichtlich zählte für die meisten Menschen die einmalige Wahrheit mehr als meine vielen Lügen zuvor. Und das Wichtigste: Phillip war einer dieser Menschen. Oder würde er mir sonst etwa so einen Vorschlag machen? Ich denke, wohl kaum.

Mir fiel eine Last vom Herzen, denn ich hatte zwar die ganze Zeit versucht, die Gedanken an ihn und seine Reaktion zu verdrängen, es aber natürlich nicht geschafft. Bis zu seinem Angebot wusste ich nicht, wie viel er überhaupt mitbekommen hatte und was er über das ganze Spektakel dachte. Aber ich malte es mir aus, und ich malte schwarz. Meine einzige Hoffnung war, dass er vielleicht gar keinen Insta-Account besaß. Und wenn er einen hatte, wusste er vielleicht, dass man nicht alles glauben darf, was man dort sieht. Obwohl manches dann doch wahr ist.

125.000 Follower ohne ein Profilbild. Ohne etwas zu posten. Ohne Social-Media-Kompetenz. 125.000 Follower! Und was hatte Babette gesagt? Fünf mal 15.000 Euro?!

Plötzlich schwirrten lauter Zahlen in meinem Kopf herum. Und wenn ich Phillips Angebot annahm, dann konnten sie schon bald auf meinem Konto sein. War das etwa das himmlische Zeichen, nach dem ich die ganze Zeit Ausschau hielt? Sicherheitshalber wartete ich eine halbe Minute ab, doch da nichts weiter geschah, schrieb ich zurück:

Das klingt fantastisch! Was muss ich machen?

Babettes Antwort ließ nicht lange auf sich warten:

„Glänzend, Schätzchen. Ich connecte dich dann mal mit Phillip. Am besten, ihr zwei trefft euch über*morgen und besprecht alles Weitere."*

Übermorgen schon? Mist. Da war doch ein Angel Dance auf der Waldlichtung geplant, um die eigenen Schatten zu transformieren und dadurch unsere Schwingungsfrequenz zu erhöhen – was immer das auch bedeutete. (Irgendwie erinnerte mich Violettas Ausdrucksweise an das Business-Blabla vom Kiesling …)

Hmmm … Fünf mal 15.000, das machte … na egal, jedenfalls genug, um in diesem Fall eine schnelle Entscheidung zu fällen. Nur wie sollte ich Sonne beibringen, dass ich für ein Treffen mit Phillip unsere Engels-Auszeit unterbrechen musste? Ich hatte berechtigte Zweifel, dass sie das verstehen würde.

„Sonne, hör mal", setzte ich an, als wir in der Pause auf einer Bank inmitten des blühenden Klostergartens saßen.

„Ja", hauchte sie und schloss die Augen. „Ich höre es. Die Stille. Nur durchbrochen vom Rauschen des Windes in den Rosenbüschen."

Möglicherweise sollte ich nach diesen Engels-Kommunikations-Kursen noch ein Seminar in grundlegender Kommunikation besuchen …

„Ja, wunderschön", sagte ich. „Sonne, pass auf – ich habe da diese Nachricht erhalten."

„Eine Nachricht?!", rief Sonne voller Entzücken und öffnete die Augen. „Doch nicht etwa vom Erzengel Rafael? Oh, wie wundervoll."

„Nicht direkt", entgegnete ich und rutschte nervös auf der Bank herum. „Eine Nachricht auf meinem Handy." Sonnes Blick war eine Mischung aus Erstaunen und Missfallen. Oje, ich wusste ganz genau, was sie dachte. Sie war ja meine beste Freundin. Wir kannten uns in- und auswendig. Wir vertrauten einander. Ich konnte sie doch nicht schon wieder belügen. Nicht nach allem, was vorgefallen war. Sie hatte das Recht, die Wahrheit zu erfahren. Auch wenn diese nicht so schön klang wie das Rauschen des Windes in den Rosenbüschen.

Los, Wilma! Sag es! Sei du selbst und sag, was Sache ist. Sie wird es verstehen. Sie wird verstehen, dass dir eine Unterhaltung mit Phillip wichtiger ist als ein Zwiegespräch mit dubiosen Lichtgestalten. Höchstwahrscheinlich. Auf jeden Fall. Vermutlich. Nicht.

Hmmm … Was konnte ich ihr nur sagen, um eine überstürzte Abreise zu rechtfertigen? Vielleicht so was wie *Meine Großtante Rosamunde ist gestorben?*

Ich musste schlucken, und Tränen stiegen in meine Augen. Was war bloß mit mir los?! Das ging nun wirklich zu weit. Ich würde jetzt all meinen Mut zusammennehmen, Sonne in die Augen sehen und –

„Sonja – ich habe gerade einen Anruf für dich bekommen." Violetta stand plötzlich vor uns und sah ziemlich mitgenommen aus. Ihr weiß-blaues Batik-Kleid hing an ihr wie eine Flagge auf Halbmast. Sie ging stumm auf Sonne zu und zog sie an ihre Brust. Sonne hatte überhaupt keine Chance zur Gegenwehr.

„Mein Sonnenkind", sagte Violetta mit tränenerstickter Stimme. „Es schmerzt mich so sehr. Ich muss dir leider mitteilen, dass deine Tante Trixi ihr irdisches Leben hinter sich gelassen hat."

„Oh nein. Das tut mir unsagbar leid. Komm mal her." Ich nahm Sonne in den Arm.

„Du weißt ja, wir hatten nicht mehr viel Kontakt", schniefte Sonne. „Ich hatte sie trotzdem sehr, sehr gern. Die Beerdigung ist morgen, ich muss heute abreisen."

Engel senden ja ständig Zeichen – und das hier war das Signal zum Kofferpacken. Tante Trixi reiste gen Himmel, und Sonne und ich fuhren zurück nach Hause. Ich musste natürlich mit, das verstand sich wohl von selbst. Ich konnte meine beste Freundin in ihrer Trauer doch nicht alleine lassen. Außerdem fühlte ich mich zwischen all den Engeln wie ein Wesen mit Hörnern, Schwanz und Pferdefuß. Ich hatte Sonne zwar keine Lügen aufgetischt, aber mal ehrlich: Die Wahrheit sagen sieht anders aus.

Trotz aller Schuldgefühle und Tränen um Tante Trixi sah ich so was wie einen Hoffnungsschimmer am Horizont. Ein kleines Trost spendendes Leuchten, tief in mir drin. Etwas, das ich nicht erklären konnte. Es war nicht die Aussicht auf eine Menge Geld, die mir Mut machte. Da war noch etwas anderes – ich würde Phillip wiedersehen. Und er, er wollte mich wiedersehen, trotz der ganzen Geschichte. Allein der Gedanke daran löste ein wohliges Kribbeln in mir aus. Oder war das nur eine Folge der Umstellung auf Rohkost? Was auch immer der Grund war – ich würde es herausfinden.

Kapitel 36

#Glänzend

Zu Hause angekommen, packte ich sofort meinen Koffer aus. Das war zwar vollkommen untypisch für mich, doch ich dachte, wenn ich meine Sachen ordne, dann ordnen sich vielleicht auch meine Gedanken. Ein klarer Kopf war ja nicht unbedingt die schlechteste Voraussetzung für ein Gespräch, in dem es um sehr viel Geld ging. Außerdem hatte ich in meinem neuen Buch von Karie Mondo gelesen, dass Aufräumen einem Glück und Zufriedenheit bringt und das Leben für immer verändern kann.

Ich faltete alles noch mal sorgfältig, sortierte die Kleidungsstücke in den Schrank ein, ordnete alles nach Farben, stopfte die dreckige Wäsche in den Wäschekorb und warf sogar ein Paar ungleiche Socken weg, die vorher monatelang einzeln in der Schublade rumgelegen hatten. Mit der Suche nach der zweiten Socke ist es doch so wie mit der Suche nach dem passenden Partner: Auch nach einer halben Ewigkeit gibt man die Hoffnung darauf nicht auf, dass sich das richtige Pendant doch noch anfinden wird. Aber manchmal muss man einfach Einsicht haben und die Hoffnung begraben. Vor allem, wenn die Socke alt und löchrig ist.

Puh. Ich hatte gedacht, die Aufräumaktion würde mich auf andere Gedanken bringen … Stattdessen kribbelte mein Bauch immer noch wie ein Haufen Ameisen, und mein Kopf fühlte sich plötzlich ganz leer an. Wenn ich in so einem Zustand Phillip gegenübertreten würde, dann könnte ich den Job mit Sicherheit vergessen. Und ich brauchte einen Job, ganz dringend. Also musste ich für gutes Karma sorgen, denn diesmal wollte ich es nicht vermasseln.

Ich werde ganz ich selbst sein, zu mir stehen und andere von mir überzeugen. Phillip von mir überzeugen. Natürlich rein beruflich.

Ich blickte in den Spiegel, und mein Spiegelbild verdrehte die Augen. *Nicht wirklich glaubwürdig, Wilma.*

Ich betrachtete die Sachen, die ich gerade gefaltet und eingeräumt hatte, und rupfte Pullover und Hose wieder aus dem Schrank. Ich musste raus, an die frische Luft. Nach einer Runde im Park würde mit Sicherheit alles ganz anders aussehen.

Im Herbst halten sich im Park immer nur wenige Menschen auf, obwohl es so wunderschön dort ist. Das goldene Sonnenlicht glitzert durch die Bäume, deren Kronen langsam die Farben wechseln. Bei jedem Schritt raschelt es, und die Zweige bewegen sich im Wind, sodass die Blätter einem zuzuwinken scheinen.

Ich schlenderte eine kleine Runde durch den Park und blieb ab und zu stehen, um die Wolken zu beobachten, die unaufhaltsam über den Himmel zogen. Schlechte Gedanken muss man genau so ziehen lassen, sagte Sonne immer. Sie hatte ja in so vielem recht.

Ich setzte mich auf eine der Parkbänke, streckte mein Kinn dem Licht entgegen und schloss die Augen. Es war gut, eine Freundin wie Sonne zu haben. Eine, die einen immer auf den rechten Weg brachte. Auch, wenn er durch Räucherstäbchennebel führte und mit Yogamatten gepflastert war.

Gleich morgen werde ich leben wie sie. Ich werde jeden Tag eine Metta-Meditation machen, Rote-Bete-Chips essen und einen Mangobaum adoptieren. Obwohl ich zu Mangos ja ein zwiegespaltenes Verhältnis habe, und jeder, der schon mal probiert hat, so ein Ding zu teilen oder zu schälen, wird wissen, was ich meine. Lecker, aber in der Zubereitung eine Katastrophe. Wer hat sich das bitte mit dem riesigen Kern in der Mitte ausgedacht?!

Ich schüttelte den Kopf und blinzelte.

„Ein Traum, nicht wahr?“, sagte der Mann auf der Bank neben mir. Ich hätte ihn fast nicht erkannt. Kein Wunder, er trug auch völlig andere Sachen als sonst. Die braune Kutte hatte er gegen Jeans und eine dunkelgrüne Steppjacke getauscht.

Ja, bis gerade eben war es noch traumhaft schön gewesen, und ich hatte das flaue Gefühl im Bauch ganz vergessen gehabt. Doch jetzt war es urplötzlich wieder da.

„Ganz zauberhaft", entgegnete ich und blickte auf den Baum gegenüber. *Vielleicht sollte ich einfach einen Kastanienbaum adoptieren. Ich bekomme die Kastanien geliefert, wasche meine Wäsche damit und spare richtig viel Geld. Dann bin ich auch nicht so abhängig von einem Job und davon, bei anderen einen guten Eindruck zu hinterlassen. Hach, manchmal liegen die Lösungen so offensichtlich vor einem.*

Ein Schwarm Kraniche flog laut rufend über uns hinweg. Pater Vinzenz deutete nach oben.

„Wir Menschen lassen uns leicht auf Irrwege führen", sagte er und folgte mit seinem Blick dem Schwarm. „Irgendwann wissen wir dann nicht weiter, denn wir haben die Orientierung verloren. Die Zugvögel dagegen wissen immer genau, wo sie hinwollen. Und auch über Tausende von Kilometern hinweg finden sie ihren Weg zurück."

„Ich möchte trotzdem nicht mit ihnen tauschen", sagte ich mit einem Lächeln. „Erstens habe ich Höhenangst, und zweitens ist die Luft da oben recht dünn. Und ich bin ja schon beim Treppensteigen aus der Puste."

Pater Vinzenz lachte, und ich bemerkte die Grübchen um seine Mundwinkel. „Mit beiden Beinen auf dem Boden zu bleiben, hat auch noch keinem geschadet."

Oh, mein Gott. Der Pater schien mehr Humor zu haben, als ich es für möglich gehalten hatte. Ich lachte mit ihm und fühlte mich gleich viel wohler. Eine Weile sagte niemand von uns etwas, so lange, bis kein Kranich mehr zu hören war. Nur der Wind fegte mit einem Sausen durch das leuchtende Laub. Pater Vinzenz hob ein paar Kastanien auf und spielte damit in seiner Hand.

„Wie geht es Ihnen, mein Kind?"

„Glänzend", antwortete ich ohne Zögern, aber das traf wohl eher auf die Kastanien als auf mein Leben zu. Obwohl ich wirklich alles versucht hatte, es wieder in die Spur zu bringen. Doch aus irgendeinem Grund fühlte es sich immer noch nicht richtig an. Irgendwie unvollständig. Wie bei einem Puzzle, wenn ein paar Teile fehlen. Es ist dann zwar immer noch ein Puzzle, aber kein richtiges.

„Wissen Sie", sagte ich mit matter Stimme. „Eigentlich weiß ich gar nicht, wie es mir gehen soll." Ich seufzte. „Wenn Sie es so sehen wollen, hatte ich mich verflogen. Und ja – ich wusste nicht weiter. Aber dann haben Sie mir so etwas wie eine Landkarte gegeben. Und ich habe mich auch wirklich daran gehalten, ich schwöre bei Gott." Ich hob bekräftigend meine Hand. „Ich bin genauso gelaufen, wie es die Karte angezeigt hat. Und trotzdem bin ich nicht da angekommen, wo ich hinwollte."

„Glauben Sie denn, Sie sind weit davon entfernt?"

Ich nickte.

„Nicht immer ist das, was man glaubt, auch Wirklichkeit, mein Kind."

Oha. Und das aus dem Mund eines Geistlichen.

„Vielleicht sind Sie ja ganz in der Nähe von Ihrem Ziel. Vielleicht fehlt ja nur noch ein einziger, kleiner Schritt."

„Ich weiß nicht", entgegnete ich mit gesenktem Kopf. „Ich weiß ehrlich nicht, was ich noch machen soll. Ich habe die Wut in mir in etwas Gutes verwandelt, und ich glaube, dadurch habe auch ich mich verwandelt. In eine bessere Version meiner selbst, wie meine Freundin Sonne sagen würde. Ich habe es sogar geschafft, ehrlich zu sein und meine Fehler zuzugeben. Vor Tausenden von Menschen."

Pater Vinzenz sah mich anerkennend an. „Dann haben Sie doch alles, was Sie wollten, oder etwa nicht?“

„Aber keiner hat mir geglaubt.“ Ich zuckte mit den Schultern. *Und ich hätte fast einen Rückfall gehabt, aber das musste ja niemand wissen.*

Der Pater beugte sich nach vorn in Richtung Boden und griff nach einer der Kastanien, die sich noch in ihrer grünstacheligen Schale versteckte.

„Sehen Sie“, sagte er und hielt sie hoch. „Alles hat seine Zeit. Manches dauert zwar, aber irgendwann fallen die Früchte vom Baum. Im ersten Moment piksen sie vielleicht und sind noch etwas unansehnlich. Doch wenn man ganz genau hinsieht, kann man das Schöne und Glänzende schon erkennen.“

Er brach die grüne Schale auseinander, säuberte die Kastanie und drückte sie mir in die Hand. „Es ist vollkommen egal, ob andere Ihre Veränderung bemerken. Wichtig allein ist, dass Sie selbst das Gute sehen, das in Ihnen steckt. Sie wachsen ganz heimlich, ohne dass es jemand mitbekommt. Und glänzen schon, auch wenn es noch niemand sieht.“ Mit diesen Worten erhob sich Pater Vinzenz, nickte mir noch einmal zu und ließ mich und die Kastanie allein zurück.

Ich saß da und versuchte zu verstehen, was er gesagt hatte. Warum war es so leicht, ihm recht zu geben? Und warum war es so schwer, so zu denken und dann danach zu handeln? Ich saß noch lange auf der Bank und dachte nach – über all das, was in letzter Zeit geschehen war; in den letzten Wochen, in meinem gesamten Leben.

Mir war das Urteil anderer immer sehr wichtig gewesen. Oft sogar wichtiger als mein eigenes. Ich hätte vermutlich mehr Verantwortung für mich selbst übernehmen müssen. Vielleicht hatte ich mich einfach zu lange daran gewöhnt, von anderen die Kastanien aus dem Feuer geholt zu bekommen. Und vielleicht war es ab sofort an der Zeit, das selbst zu übernehmen.

Kapitel 37

#Like4Like

Auf dem Weg nach Hause wurde das Kribbeln im Bauch stärker und stärker. War es die Aufregung, die mir wieder mal auf meinen Magen schlug? Es war, als hätte ich eine Überdosis Brausepulver mit einer Flasche Schaumwein runtergespült. Am schlimmsten fühlte es sich an, wenn ich mir Phillips Nachrichten durchlas. Und ganz ehrlich: Ich musste sie natürlich mehrfach lesen, um mich zu vergewissern, dass das alles nicht nur ein Traum war. Er wollte mit mir zusammenarbeiten, weil er etwas in mir sah, das anderen fehlte. So hatte er es mir jedenfalls geschrieben.

Du hast etwas, das andere nicht haben.

Ich grübelte schon die ganze Zeit, was er damit wohl meinen konnte. Bislang hatte ich nämlich angenommen, viele Dinge NICHT zu haben, die für andere selbstverständlich waren. Einen Partner an meiner Seite, ein sicheres Einkommen, eine vorzeigbare Wohnung, eine vorzeigbare Familie, ein Polster auf meinem Konto (dafür hatte ich Polster auf meinen Hüften), ein gesundes Selbstbewusstsein und, und, und. Also kurz gesagt: ein Leben zum Liken.

Und nun sollte ausgerechnet ich einen derart gut bezahlten Job bekommen? Das konnte doch eigentlich nur ein riesiges Missverständnis sein.

Phillip hatte mir dann vorgeschlagen, sich in der Osteria Aurora, einem der beliebtesten Restaurants der Innenstadt, zu treffen, doch ich hatte sofort eine viel bessere und vor allem ruhigere Alternative im Sinn. Nach meinem unfreiwilligen Bad in der Menge fühlte ich mich in der Nähe vieler fremder Menschen noch immer etwas unwohl. Seit der Preisverleihung und dem Rummel danach versuchte ich, belebte Plätze zu meiden. Daher fragte ich Phillip, ob wir uns nicht lieber im *Karma* treffen wollten, und zum Glück stimmte er sofort zu.

Das *Karma* hatte eigentlich geschlossen, doch eine der beiden Personen, die einen Schlüssel besaßen, war ich (während die andere gerade Tante Trixi bei ihrem Lichtkörperprozess unterstützte). Im *Karma* würde uns niemand sehen, der uns nicht sehen sollte, und das war in meinen Augen ein weiteres entscheidendes Kriterium. Obwohl wir erst gegen 16 Uhr verabredet waren, ging ich schon etwas früher hin, um nach dem Rechten zu sehen. Ich hatte Sonne gegenüber noch immer ein total schlechtes Gewissen, und vermutlich war es das, was mich antrieb, ein wenig Ordnung zu schaffen (und natürlich mein neues Buch von Karie Mondo). Nicht, dass es im *Karma* jemals unordentlich gewesen wäre. Aber hier und da standen ein paar Flaschen herum, die ich wieder in die Regale einordnete. Danach kam ich auf die Idee, Sonnes japanische Glückskatzen abzustauben, und das brachte mich dann richtig in Fahrt. Ich polierte das Besteck, wischte noch mal mit Edelsteinwasser über die Tische und fegte den ein oder anderen Krümel vom Boden. In einem Anflug von Feng-Shui huschte ich sogar noch kurz zum *Flower Power* rüber und dekorierte die Tische mit ein paar blassblauen Astern. Frische Blumen für Herrn van Blomen – und für gutes Karma.

Die Putzaktion hatte mich ziemlich hungrig gemacht, und ich wollte nicht, dass mein Bauch bei unserem Gespräch plötzlich zu grummeln anfing. Deshalb schob ich schnell noch eines von Sonnes selbst gebackenen, tiefgekühlten Kräuterbaguettes in den Ofen. Nach kurzer Zeit erfüllte ein unfassbar köstlicher Duft von knusprig gebackenem Teig die Räume. Es fiel mir richtig schwer, nicht auf der Stelle über das Baguette herzufallen. Dabei dachte ich ganz kurz daran, ob ich wohl eine ähnlich ansprechende Wirkung auf Phillip haben würde …

Beim Gedanken an ihn fühlte ich mich wie unter Strom, denn plötzlich begriff ich, dass wir uns zum allerersten Mal nicht rein zufällig begegneten und wir außerdem noch ganz alleine waren. Nur er und ich und das unstillbare Verlangen nach –

Also bitte, Wilma … Reiß dich am Riemen! Dies hier ist ein Geschäftstreffen.

Es würde sich ausschließlich um Dinge drehen, die meine berufliche Laufbahn betrafen. Meine Karriere als … was auch immer. Und Herzklopfen und schmachtende Blicke standen einer professionellen Geschäftsfrau wie mir ebenso schlecht wie bauchfreie Tops oder Karottenhosen. Sich und seine Emotionen (und im besten Fall auch seine Frisur) im Griff zu haben, war das A und O erfolgreicher Verhandlungen.

Um dem Treffen einen möglichst seriösen Anstrich zu geben (so seriös es zwischen farbenfrohen Traumfängern, dickbäuchigen Buddha-Statuen und leuchtenden Lavalampen eben sein konnte), trug ich zu Jeans und T-Shirt einen hellen, schmal geschnittenen Baumwollblazer. Mein Haar hatte ich zu einem lockeren Knoten gebunden und ein leichtes Make-up aufgelegt, das hohe Wangenknochen betonte und tiefe Augenringe verdeckte. Auf falsche Wimpern hatte ich aus nachvollziehbaren Gründen verzichtet. Schließlich wollte ich diesmal wirklich positiv-emotional im Gedächtnis bleiben.

Als Phillip um kurz vor vier an die Tür klopfte, klopfte mein Herz mindestens genauso laut.

Ganz ruhig, Wilma. Tief durchatmen. Du weißt, was du zu tun hast.

Ich öffnete ihm und schenkte ihm ein strahlendes Lächeln. „Schön, dass du da bist. Komm doch rein."

Meine Hände zitterten, und meine Beine fühlten sich schwach an. *Jetzt nur nicht in Ohnmacht fallen, Wilma. Bleib einfach du selbst.*

Um meine Nerven zu beruhigen, drehte ich Sonnes tibetanische Meditationsmusik noch ein klein wenig lauter.

„Hallo." Phillip machte einen großen Schritt über die Türschwelle, blickte sich um und atmete tief ein. „Das sieht nicht nur sehr gemütlich aus, sondern duftet auch verdammt gut hier." Er sah mich schmunzelnd an und zwinkerte mir wieder zu – ganz wie damals, bei seinem Vortrag in der Buchhandlung. „Genau so habe ich mir unser drittes Treffen vorgestellt."

Ich zuckte zusammen. Oje. „Aber unser drittes Treffen war doch bei den –"

„Aber nein", fiel er mir ins Wort. „Das war doch deine Zwillingsschwester." Auf Phillips Gesicht machte sich ein Grinsen breit. „Ich soll dich übrigens schön grüßen."

Ich atmete erleichtert auf. Mit einem Schlag war meine ganze Anspannung weg. Aber mit ihr leider auch sämtliche Professionalität, die für geschäftliche Konversation hilfreich gewesen wäre. Ich sah nur noch sein sternförmiges Grübchen und seine Augen.

Dieser Blick.

Ich wollte ihm ausweichen, doch zu spät. Er ging mir durch und durch und traf mich dort, wo ich erst vor Kurzem verletzt worden war. Genau an der Stelle, die so lange noch geschmerzt hatte und auf der erst eine dünne Kruste lag. Wenn es so etwas wie Wunderheilung wirklich gibt, dann war es wohl das, was in diesem Moment geschah. Das Kribbeln wandelte sich in ein wohlig warmes Gefühl, das mich durchströmte und das jeden Schmerz vergessen ließ. Es machte mich aber auch schrecklich verlegen, und ich wollte nicht, dass Phillip sah, wie sehr.

Ich deutete ihm an, sich zu setzen, und wandte mich dann schnell zum Tresen. Dort bereitete ich uns zwei Milchkaffee mit Milchschaumherz zu und holte das köstliche Kräuterbaguette aus dem Ofen. Ich weiß nicht, wie ich es geschafft hatte, aber es war ausnahmsweise mal nicht verbrannt.

„Sieht verlockend aus", bemerkte Phillip. „Wenn es genauso gut schmeckt, wie es duftet, bin ich im siebten Himmel."

„Oh, das wirst du sein", versicherte ich ihm, und in dem Moment hatte ich einen Einfall.

Ich holte eine kleine Schale und eine Flasche Olivenöl und goss ein wenig davon hinein. „Hier, probier mal. Mit Öl zusammen schmeckt es einfach himmlisch. Es wird dich umhauen."

Während Phillip sein Stück Baguette genussvoll ins Öl tunkte, nahm ich die Flasche, um sie zurück ins Regal zu stellen. Ordnung war ja seit heute mein zweiter Vorname, und darauf war ich besonders stolz. Ich klopfte mir innerlich auf die Schulter, während ich das Regal betrachtete.

Moment mal. Irgendetwas schien nicht ganz zu stimmen. Irgendetwas irritierte mich. Etwas an dieser Flasche …

Ich starrte sie an, und mein Blick fiel auf ihr Etikett. Das – das war ja gar kein Olivenöl. Ach, du grüne Neune! In der Flasche war ayurvedisches Chakra-Öl!

Aus den Augenwinkeln nahm ich wahr, wie Phillip gerade sein Stück Brot zum Mund führte.

„HALT!", schrie ich und stürzte in seine Richtung, um das Schlimmste zu verhindern. Dabei rutschte ich aus, kam ins Straucheln und flog wie ein Football-Spieler beim Touchdown auf Phillip zu. Dann lief plötzlich alles wie in Zeitlupe ab. Ich landete auf ihm, sein Stuhl kippte nach hinten, und wir krachten gemeinsam zu Boden. Dort blieben wir aufeinander liegen – Gesicht an Gesicht. Neben uns das Baguette in Chakra-Öl.

Für einen kurzen und gleichzeitig unendlichen Moment lagen wir einfach nur da. Ich spürte seinen Herzschlag durch meine Brust und seinen schweren Atem dicht neben meinem. Vorsichtig hob ich den Kopf, doch Phillip bewegte sich nicht, und seine Augen blieben geschlossen.

„Hast du dich verletzt?“, flüsterte ich voller Sorge. Phillip nickte und stöhnte leise. „Ich denke, ich brauche Erste Hilfe. Sofort.“ Und dann küsste er mich.

Und ich küsste ihn. Lange und intensiv und voller Leidenschaft. Schließlich musste ich richtig sicher sein, dass es ihm gut ging.

Ein klein wenig schwindelig war mir auch, aber nicht von dem Sturz, sondern vor Glück. Genau so hatte ich mir unser drittes Treffen immer gewünscht.

„Wilma, ich muss dir etwas sagen.“ Phillip strich mir sanft meine Haare aus dem Gesicht. „Ich glaube, ich liebe dich. Seit wir uns das erste Mal begegnet sind.“

Oooooh. Ich liebe dich auch. Also … Ich meine … „Ich bin sehr froh, dass die Mund-zu-Mund-Beatmung erfolgreich gewesen ist.“ Ich schob das Baguette zur Seite und tupfte ihm mit seiner Krawatte etwas Öl aus dem Gesicht. „Und was meinen kleinen Bühnenauftritt betrifft …“

„Schhhh.“ Phillip legte seinen Zeigefinger auf meinen Mund. „Der war wirklich sehr unterhaltsam, und seine Wirkung hat er auch nicht verfehlt. Seitdem folge ich dir nämlich.“

„Oh. Ist das so?“ Ich tat überrascht, und in gewisser Weise war ich es ja auch. Offensichtlich war ich, ohne es selbst zu bemerken, eine richtige Influencerin geworden. Eine richtige Influencerin mit den richtigen Followern.

Ich beugte mich langsam zu ihm, mein Mund dicht neben seinem Ohr.

„Weißt du was?“, flüsterte ich mit geheimnisvoller Stimme. „Eigentlich mache ich so was ja nicht. Aber du hast etwas, das andere nicht haben. Und in diesem Fall vergebe ich ausnahmsweise mal ein *Like-for-like.*“

Ich nahm sein Gesicht in meine Hände und betrachtete es gründlich. Die Lachfalten um seine Augen, das Grübchen an der linken Wange und sogar sein grau schimmernder Haaransatz – all das machte einen durchaus positiv-emotionalen Eindruck auf mich.

„Du solltest nur eins wissen“, sagte ich und versuchte, möglichst ernst zu bleiben. „*Follow-unfollow* ist bei mir ausgeschlossen. Außerdem teile ich nicht gerne.“

Phillip blickte mir tief in die Augen. „Ich verspreche dir, das musst du auch gar nicht. Denn das hier ist nicht einfach irgendeine Story.“ Er zog mich an sich und küsste mich erneut. „Das hier ist der Anfang einer ziemlich guten Geschichte.“

#ToBeContinued

Mein Dank geht an

meinen Mann und meine Kinder für ihre liebevolle Abwesenheit in Zeiten ungestörten Schreibens;

meine Eltern und meine Geschwister Sarah, Laura und Christopher. Außerdem an Simon und Claudia. Ich glaube, ich liebe euch. ;)

Birte Spreng, die meinen Zeilen als Erste ihr Herz geschenkt hat;

die Literarische Agentur Kossack und meiner Agentin Antje Hartmann für ihr Vertrauen und eine fabelhafte Zusammenarbeit;

meine Lektorin Stefanie Kruschandl – ich hätte mir keine bessere als dich wünschen können.

das gesamte Team von SAGA Egmont und dotbooks. Ich schätze mich glücklich, eure Autorin zu sein.

Und natürlich geht mein Dank auch raus ans Universum, das mich mit seinen magischen Schwingungen dazu gebracht hat, Wilmas Geschichte nicht nur anzufangen, sondern sie auch zu beenden. Wobei ich eher das Gefühl habe, dass dies kein Ende, sondern erst ein Anfang ist. Und zwar ein ganz wundervoller.